Série Amor & mentiras
A Oportunista
A Perversa
O Impostor

TARRYN FISHER

O Impostor

TRADUÇÃO
FÁBIO ALBERTI

COPYRIGHT © 2013 BY TARRYN FISHER
COPYRIGHT © FARO EDITORIAL, 2016

Todos os direitos reservados.
Nenhuma parte deste livro pode ser reproduzida sob quaisquer meios existentes sem autorização por escrito do editor.

Diretor editorial PEDRO ALMEIDA
Preparação FABIANE ZORN
Revisão GABRIELA DE AVILA
Capa e diagramação OSMANE GARCIA FILHO
Imagem de capa DEAN DROBOT, NIK MERKULOV | SHUTTERSTOCK

Dados Internacionais de Catalogação na Publicação (CIP)
(Câmara Brasileira do Livro, SP, Brasil)

Fisher, Tarryn
   O impostor / Tarryn Fisher; [tradução Fábio Alberti]. — São Paulo : Faro Editorial, 2016. — (Série amor & mentiras, 3)

   Título original: Thief.
   ISBN 978-85-62409-74-5

   1. Homem-Mulher - Relacionamento - Ficção
   2. Ficção norte-americana I. Título. II. Série.

16-05129   CDD-813

Índice para catálogo sistemático:
1. Ficção : Literatura norte-americana 813

1ª edição brasileira: 2016
Direitos de edição em língua portuguesa, para o Brasil, adquiridos por FARO EDITORIAL

Alameda Madeira, 162 – Sala 1702
Alphaville – Barueri – SP – Brasil
CEP: 06454-010 – Tel.: +55 11 4196-6699
www.faroeditorial.com.br

*Dedico este livro aos loucos apaixonados
do mundo inteiro.*

CAPÍTULO 1

Presente

EU PERDI OLIVIA TRÊS VEZES. NA PRIMEIRA VEZ FOI POR impaciência. Na segunda, por causa de uma mentira tão odiosa que não conseguimos superar. E na terceira vez — no momento presente —, eu a perdi para Noah.

Noah é um cara legal. Eu o investiguei — e investiguei a fundo. Mas a verdade é que, mesmo que ele fosse o príncipe da Inglaterra, eu não o consideraria bom o suficiente para ela. Olivia é uma obra de arte. É preciso saber interpretá-la, saber enxergar a beleza que se esconde sob os contornos ásperos de sua personalidade. Quando penso nos dois juntos, quando me lembro de que ele pode tê-la e eu não, sinto vontade de esmurrar o rosto de Noah até deixá-lo irreconhecível.

Olivia pertence a mim. Ela sempre foi minha e sempre será. Seguimos rumos diferentes nos últimos dez anos, mas nossos caminhos sempre se cruzam. Algumas vezes isso acontece porque procuramos um pelo outro; outras vezes, por obra do destino.

Ela tem o tipo de amor que pode manchar a alma de um homem, fazendo-o desejar desesperadamente não possuir uma alma só para escapar de seu feitiço. Fiz inúmeras tentativas de me afastar de Olivia de vez, mas todas foram inúteis. Há mais dela dentro de mim do que meu próprio sangue.

Eu a vejo neste exato momento; ela está na televisão. A imagem de Olivia preenche as 72 polegadas da tela: cabelos negros, olhar ambíguo, dedos tamborilando a mesa a sua frente, as unhas pintadas de vermelho-rubi. O programa de notícias do canal Seis está cobrindo a história. Trata-se do julgamento de Dobson Scott Orchard, o famoso estuprador que sequestrou oito garotas no período de doze anos... E Olivia é a advogada de defesa dele. Isso faz meu estômago revirar. Os motivos que a levaram a pegar o caso desse homem estão muito além da minha compreensão. Talvez seu desprezo por si mesma ajude a explicar por que passou a defender criminosos imprestáveis. Ela já defendeu minha mulher uma vez e ganhou o caso que poderia tê-la colocado atrás das grades por vinte anos. E aí está Olivia agora, sentada, calmamente, ao lado de seu cliente, inclinando-se de vez em quando para lhe sussurrar alguma coisa ao ouvido enquanto esperam o júri retornar com o veredito. Já estou em meu segundo uísque. A situação em que ela se encontra me deixa irritado e preocupado ao mesmo tempo. Meus olhos se detêm nas mãos de Olivia — suas mãos sempre indicam o que ela está sentindo. Seus dedos pararam de tamborilar a mesa, e agora suas mãos estão cerradas, e seus pequenos pulsos estão apoiados na beirada da mesa como se estivessem acorrentados ali. Tenho uma visão privilegiada de sua aliança. Despejo mais uísque no meu copo, bebo o conteúdo em um só gole e deixo a garrafa de lado. A tela troca a imagem para a sala de imprensa, onde um repórter fala a respeito das seis horas que o júri já havia gastado para deliberar e comenta as implicações disso sobre o veredito. De repente ele se sacode em seu assento, como se tivesse levado um choque: *"O júri acaba de entrar na sala do tribunal, onde o juiz lerá o veredito em poucos minutos. Vamos para lá agora"*.

Sentado na cadeira, eu me inclino para a frente, apoiando meus cotovelos sobre os joelhos. Minhas pernas ficam inquietas — isso acontece sempre que estou nervoso —, e me vem o desejo de mais uma dose de uísque. Todos os presentes na sala do tribunal estão em pé. Dobson, um homem grande, faz com que Olivia pareça uma pequena boneca de porcelana ao seu lado. Ela está vestindo uma blusa de seda azul no tom que eu mais gosto. Seu cabelo está preso atrás, mas há cachos escapando e descendo pelo rosto. Como ela é linda! Eu abaixo a cabeça na tentativa de evitar as lembranças. Mas é inútil, elas vêm mesmo assim. Os cabelos dela, longos e despenteados, dominam cada uma dessas lembranças. Eu os vejo em meu travesseiro, em minhas mãos, na piscina onde a beijei pela primeira vez. Esta é a primeira impressão que temos dela: uma garota pequena, rodeada por abundantes cabelos negros e ondulados. Depois que rompemos, ela os cortou. Eu quase não a reconheci na loja de discos onde nos encontramos. Fiquei chocado ao ver como ela havia mudado, o que me ajudou a mentir. Eu precisava conhecer aquela Olivia que cortava o cabelo e abria caminhos usando apenas suas mentiras. Mentiras... Parece loucura querer as mentiras de uma mulher. Porém é assim que Olivia ama: mentindo. Ela mente sobre o que está sentindo. Mente ao dizer que não quer você quando na verdade ela quer, sim. Ela mente para proteger você e se proteger ao mesmo tempo.

Vejo-a colocar uma mecha de cabelo atrás da orelha num gesto impaciente e brusco. Para quem não a conhece bem, essa atitude é perfeitamente normal. Mas noto que seu pulso se move para trás bruscamente. Ela está agitada.

Eu sorrio. O sorriso se estampa em meu rosto no instante em que o juiz lê o veredito: *"Inocente por insanidade"*. É inacreditável — ela conseguiu! Corro as mãos pelos meus cabelos. Não sei se quero recriminá-la ou parabenizá-la. Olivia desaba em sua cadeira, com os olhos arregalados numa expressão de surpresa. Todos a abraçam e lhe dão tapinhas nas costas. Quanto mais congratulações ela recebe, mais fios de cabelo vão se desprendendo de seu coque. Dobson será enviado a uma instituição para doentes mentais, em vez de ser mandado a uma prisão federal. Espero para ver se Olivia o abraçará, mas ela mantém distância de seu cliente e lhe oferece apenas um sorriso nervoso. A câmera se volta para o rosto do promotor público; ele parece furioso. Todos parecem furiosos. Olivia está fazendo inimigos, o que, diga-se de passagem, é a especialidade dela. Eu quero protegê-la, mas ela não é minha. Espero que Noah consiga dar conta do recado.

Eu pego minhas chaves e saio para correr um pouco. A umidade deixa o ar pesado; o som da chuva repercute ao meu redor, distraindo-me de meus pensamentos. Mal acabo de sair do meu condomínio e já estou todo molhado. Na rua do meu prédio, viro à esquerda e sigo em direção à praia. É hora do *rush*, e o tráfego de carros é intenso. Passo por entre os para-choques, ignorando os olhares irritados que me seguem pela rua. Mercedes, BMWs, Audis — dinheiro não parece ser problema para as pessoas em minha vizinhança. Eu gosto de correr. Meu condomínio fica a quase dois quilômetros da praia. É preciso atravessar duas pontes para chegar lá. Eu desvio de um carrinho de bebê e vejo de relance os iates, então penso em meu barco. Já faz tempo que não o uso. Talvez eu esteja precisando exatamente disso: passar um dia no barco. Quando alcanço a água, mudo de direção e começo a correr ao longo da praia. É neste lugar que eu lido com a minha raiva.

Corro até ficar exausto. Então sento-me na areia, respirando aceleradamente. Tenho de recuperar minha serenidade. Se eu continuar a me arrastar nessa fossa por muito mais tempo, talvez não consiga escapar dela. Tiro meu celular do bolso e faço uma ligação. Minha mãe atende, sem fôlego, como se tivesse acabado de usar a bicicleta elíptica. Em toda e qualquer situação, por mais desesperada que minha voz soe, mamãe, polidamente, me pergunta se estou bem e em seguida fornece um resumo de seus temas favoritos. Espero até que ela termine e então digo, com uma emoção involuntária na voz:

— Vou aceitar o trabalho em Londres.

Pega de surpresa, ela ficou em silêncio por um momento. Então respondeu, com voz extremamente alegre:

— Caleb, essa é a coisa certa a se fazer. Graças a Deus você mudou de ideia. Na última vez você rejeitou o convite por causa daquela garota e esse erro lhe cust...

Eu corto a conversa dizendo que ligarei para ela amanhã, depois de fazer contato com o escritório de Londres. Contemplo uma vez mais o mar antes de tomar o caminho de casa. Amanhã eu vou para Londres.

Não, não vou!

Acordo com o barulho de batidas. A princípio, penso que se trata de uma obra que está acontecendo em meu prédio. Os moradores do 760 estão reformando sua cozinha. Enfio minha cabeça debaixo do travesseiro, numa tentativa inútil de silenciar o barulho. Praguejando, jogo o travesseiro para o lado. As batidas soam muito próximas. Deito-me de costas e presto atenção. O quarto começa a girar ao meu redor. Uísque demais — de novo. As batidas estão vindo da porta da frente. Passo as pernas por cima do colchão, sento-me na lateral da cama e visto o mais rápido possível uma calça de pijama cinza que encontro no chão. Atravesso minha sala de estar, chutando para o lado sapatos e pilhas de roupas que venho amontoando pelo caminho há semanas. Abro a porta num gesto apressado, e então tudo para. Tudo se paralisa: a respiração, as batidas do coração... o pensamento.

Nós avaliamos um ao outro em total silêncio. De repente ela passa por mim e começa a caminhar em minha sala de estar, como se dar as caras por aqui fosse a coisa mais natural do mundo. Eu ainda estou de pé diante da porta aberta, observando-a perplexo, quando ela se volta para mim e me fuzila com os olhos. Levo um longo momento para conseguir falar, para perceber que a coisa está acontecendo de verdade. Posso ouvir alguém usando uma furadeira no andar de cima. Olhando pela janela, enxergo um pássaro cruzando o céu, mas digo a mim mesmo que meus sentidos estão enganados a respeito dela. Não é possível que ela esteja aqui depois desses anos todos.

— O que você está fazendo aqui, duquesa?

Volto toda a minha atenção para ela; eu me concentro nela. Ela parece alucinada. Seus cabelos estão presos para trás, em uma trança, mas parte deles acabou se desprendendo e balança ao redor do seu rosto. Seus olhos, com um contorno preto bem forte, expressam grande emoção. Eu jamais a vi usar maquiagem dessa maneira antes. Ela abre os braços, num gesto amplo e brusco — um gesto raivoso. Eu me preparo para a enxurrada de palavrões que costuma acompanhar a ira dela.

— O que houve? Nunca mais vai limpar isso?

Não é o que eu esperava ouvir. Empurro a porta com o pé, fechando-a, e passo a mão na nuca. Faz três dias que não me barbeio, e estou vestindo apenas uma calça de pijama. Minha casa parece um dormitório de estudante.

Caminho lentamente até o sofá, como se não estivesse em minha própria sala, e sento-me, constrangido. Ela anda de um lado para o outro, e eu a acompanho com os olhos.

Então, de repente, ela para.

— Ele está livre por minha causa. Eu o coloquei de volta nas ruas... Coloquei nas ruas um psicopata filho da puta! — Olivia dá um soco na palma de sua outra mão quando diz a última palavra. Seu pé toca em uma garrafa vazia de uísque que rola pelo piso de madeira. Nós dois a seguimos com o olhar, até vê-la desaparecer debaixo da mesa. — Qual é o problema com você, porra? — ela me pergunta, olhando para o caos ao redor.

Eu me reclino e entrelaço as mãos atrás do pescoço. Sim, concordo que meu apartamento esteja um desastre, mas há assuntos mais importantes a tratar no momento.

— Você devia ter pensado nisso antes de pegar o caso.

Olivia parece prestes a me dar um soco. Primeiro olha para o meu cabelo, então para a minha barba, detendo-se nela por um momento. Por fim seus olhos passam devagar pelo meu peito e voltam a se fixar no meu rosto. Subitamente ela recupera o controle. Sua expressão facial não deixa dúvida: ela acaba de se dar conta de que veio até mim e de que não deveria ter vindo. Nós dois entramos em ação ao mesmo tempo; ela dispara em direção à porta, e eu me levanto de um salto e bloqueio o seu caminho.

Ela mantém distância, mordendo o lábio inferior. Seu olhar já não era mais tão penetrante.

— E então? Vamos ficar parados assim o dia inteiro? — eu pergunto.

— Certo, certo... você venceu! — Olivia diz, por fim. Ela retrocede, contorna a poltrona e senta-se na cadeira reclinável.

Começamos nosso velho jogo de gato e rato. Isso me traz uma sensação de tranquilidade.

Sento-me no sofá de dois lugares e olho para ela, agitado. Olivia gira continuamente o dedo polegar sobre a sua aliança. Quando percebe que estou observando, ela para. Quase solto uma risada quando ela ergue o pé da cadeira e se espreguiça para trás como se estivesse em sua própria casa.

— Você tem uma Coca?

Eu me levanto e pego uma garrafa pequena para ela. Não tomo Coca-Cola, mas sempre tenho algumas guardadas na geladeira. Não sei por quê — talvez seja para Olivia. Ela tira a tampa, leva a garrafa aos lábios e bebe de uma só vez. Adora fazer isso.

Quando termina, ela passa a parte de trás da mão na boca e me encara.

— Acho que deveríamos tentar ser amigos.

Eu abro as mãos e balanço-as junto a cabeça, para o alto, indicando que não faço ideia do que ela está falando. Mas a verdade é que eu sei. Nós não conseguimos nos manter afastados um do outro, então qual é a alternativa?

Olivia soluça por causa do refrigerante.

— Bem... Sabe, eu nunca encontrei ninguém como você, capaz de me dizer tantas coisas sem pronunciar uma única palavra — ela disparou.

Eu sorrio. Na maioria das vezes, se eu a deixo falar sem interrompê-la, ela acaba me dizendo mais do que pretendia.

— Eu me odeio. Posso também ter sido a pessoa que colocou o maldito Casey filho da puta Anthony nas ruas de novo.

— Onde está Noah?

— Na Alemanha.

Essa informação me deixou surpreso.

— Ele estava fora do país quando deram o veredito?

— Ah, não enche. Nós não sabíamos quanto tempo demorariam para deliberar.

— Você deveria estar celebrando. — Eu me recosto no sofá e suspendo os braços, cruzando-os sobre o encosto.

Ela começa a chorar, mantendo o semblante sério, contudo. Seus olhos despejam lágrimas como se fossem torneiras abertas.

Fico imóvel onde estou. Tenho vontade de confortá-la, porém quando eu a toco não consigo mais parar.

— Está lembrada daquela vez, na faculdade, em que você começou a chorar porque achou que seria reprovada em um exame, e o professor pensou que você estivesse sofrendo uma convulsão?

Isso a faz rir. Eu relaxo.

— Você fez seu trabalho, duquesa — digo calmamente. — E fez muito bem.

Olivia concorda com um movimento de cabeça e se levanta. Nosso tempo acabou.

— Caleb... Eu...

Erguendo a mão, indico que ela não precisa falar nada. Não quero ouvi-la dizer que se arrepende de ter vindo ou que isso não acontecerá de novo.

Eu a acompanho até a porta.

— Eu deveria dizer que lamento pelo que aconteceu com Leah? — Ela me lança um olhar ambíguo. As lágrimas borraram a sua maquiagem. Em qualquer outra mulher, isso pareceria desleixo; em Olivia, porém, parece sexy, até lascivo.

— Eu não acreditaria se você dissesse isso.

Ela sorri; o sorriso começa em seus olhos e vai se estendendo lentamente por seus lábios.

— Venha jantar conosco. Noah sempre quis conhecê-lo. — Ela solta uma risada, pois deve ter notado ceticismo na minha expressão facial. — Ele é um grande sujeito. De verdade.

Passo a mão em meu rosto e balanço a cabeça num gesto de recusa.

— Jantar com o seu marido é algo que não está em meus planos. Não nesta vida.

— Defender a sua ex-mulher em uma ação judicial também não estava nos meus planos.

— Uau... essa doeu.

— Vejo você na próxima terça-feira, às sete? — Ela dá uma piscada e praticamente desaparece da minha frente.

Ela sabe que eu estarei lá, mesmo sem ter esperado pela resposta.

Diabos! Era só o que me faltava...

CAPÍTULO 2

Presente

EU TELEFONO PARA A MINHA NAMORADA. ELA ESTÁ atrasada, como sempre. Nós nos vimos duas vezes por semana nos últimos três meses. Foi uma surpresa perceber que a companhia dela me agrada, principalmente depois do que aconteceu com Leah. No momento eu me sinto cansado das mulheres, mas acho que sou viciado nelas.

Concordamos em nos encontrar na casa de Olivia em vez de irmos juntos até lá de carro. Mando para ela um torpedo com o endereço enquanto aparo a barba e a transformo num cavanhaque. Estou usando uma roupa casual: calça jeans e camiseta branca.

Meu dedo ainda conserva a marca deixada pela minha aliança — uma estreita faixa mais clara. No primeiro mês após o divórcio, eu me sentia triste o tempo todo por causa da aliança e era invadido pelo pânico sempre que via meu dedo vazio e pensava que tivesse perdido o objeto. A verdade sempre me chocava. Eu perdi meu casamento, não minha aliança, e isso aconteceu por minha culpa. O "para sempre" se resumiu a cinco anos; o "até que a morte nos separe" não sobreviveu às diferenças irreconciliáveis. Eu ainda sinto falta do casamento. Ou da ideia dele. Minha mãe não se cansava de dizer que eu havia nascido para me casar.

Enquanto espero pelo elevador no prédio de Olivia, eu me dedico a esfregar o lugar em meu dedo onde a aliança costumava ficar.

Ela continua morando no mesmo endereço. Eu estive aqui uma vez durante o julgamento de Leah. É quase três vezes maior que o meu apartamento e suas janelas têm vista panorâmica para o oceano. Olivia é uma exibicionista. Nem mesmo gosta do mar; não faz questão alguma de se aproximar dele, nem para tocar a água com os dedos do pé. Ela mora no último andar.

Quando o elevador chega ao andar dela e as portas se abrem, eu seguro com força a garrafa de vinho. Ela é a única moradora deste andar.

Faço uma avaliação do que encontro no corredor de entrada: um par de tênis (dele), uma planta (dele), uma placa na porta com os dizeres *"Suma Daqui!"* (dela). Observo tudo com cuidado. Eu vou ter de me comportar de maneira impecável — sem flertar, sem tocá-la, sem despi-la com os olhos. Basta que eu mantenha o foco em minha parceira e tudo correrá sem problemas. Antecipo a reação de Olivia, e isso me dá uma sensação de prazer. Antes que eu tenha tempo de alcançar a campainha, a porta se abre. Um homem surge diante de mim. Nós nos encaramos por uns bons dez segundos e por um breve momento sou tomado pelo constrangimento. E se Olivia tivesse se esquecido de avisar a ele que eu viria? Então o homem passa a mão pelo cabelo úmido e um sorriso se forma em sua face.

— Caleb — ele diz.

Então... Esse é você!

Dou uma rápida olhada no cara que está em pé à porta. Ele é alguns centímetros mais baixo que eu, mas é mais robusto — um sujeito forte. Tem cabelo escuro e curto; alguns fios grisalhos já surgem aqui e ali. Parece ter cerca de 35 anos, mas o detetive particular que contratei já havia me informado que ele tem 39. É judeu, se as suas feições não tivessem me indicado isso, a estrela de Davi em seu pescoço já o teria feito. Ele é um sujeito de boa aparência.

— Como vai, Noah?

Ele estende a mão para mim. Com um sorriso, eu o cumprimento. De súbito, minha mente é invadida pelo pensamento irônico de que nossas mãos já tocaram a mesma mulher, que é a esposa dele; isso me faz sentir um tanto obsceno.

— Olivia me mandou vir aqui fora para pegar isso — diz Noah, recolhendo os seus tênis. — Não diga a ela que você viu esses tênis. Ela é uma nazista quando se trata de bagunça.

Dou risada quando o marido judeu de Olivia a chama de "nazista" e o sigo rumo ao interior do apartamento. Já na entrada eu me surpreendo: está diferente. As coisas mudaram desde a última vez em que estive aqui. Ela havia substituído os frios tons em preto e branco por cores quentes. Agora parece de fato um lar — piso de madeira, tapetes, enfeites. O ciúme me atinge em cheio, me fulmina, mas eu trato de me livrar dele quando Olivia sai da cozinha apressadamente, tirando um avental.

Ela põe o avental de lado e me abraça. Por uma porcaria de segundo parece bom que ela tenha vindo até mim com tanta determinação. Então, ela deixa o corpo rígido, em vez de permitir que ele se encaixe no meu. Não consigo evitar a sensação de frustração. Procuro controlar o sorriso que sempre se escancara em meu rosto quando Olivia está por perto. Noah está nos observando; assim, eu entrego a ela a garrafa de vinho.

— Olá, Olivia. Eu não sabia ao certo o que teríamos para o jantar, então comprei vinho tinto.

— Malbec! — ela diz, sorrindo para Noah. — O seu favorito.

Vejo afeto genuíno quando ela olha para Noah. E me pergunto se era assim que eu olhava para Leah, e como Olivia aguentou isso por todos aqueles meses durante o julgamento.

— Nós teremos carneiro — ela diz. — Então esse vinho vai cair como uma luva.

A campainha toca. Eu imediatamente fico mais animado. A cabeça de Olivia se vira de repente na minha direção, e olha diretamente em meus olhos, tentando perceber o que estou tramando. Um sorriso se insinua lentamente em minha boca. Vou ter enfim a minha resposta. Vou saber se ela sente — ou não — o que eu sinto. Noah recua alguns passos para abrir a porta; Olivia e eu continuamos a nos olhar fixamente. Seu corpo está paralisado, tenso, antecipando o que eu estou prestes a revelar. Ouço a voz da minha namorada atrás de mim. Olivia desvia seu olhar e o dirige para onde Noah está temporariamente bloqueando sua visão da mulher que acabou de chegar; então ela dá um passo para o lado, e eu vejo o que esperava. Olivia perplexa, Olivia desarmada, Olivia zangada.

Ela fica pálida e leva uma mão ao pescoço, para agarrar o colar — uma corrente com um diamante. Noah toca em meu ombro; eu me viro e sorrio para Jessica. Jessica Alexander.

— Jess, você deve se lembrar de Olivia — eu digo.

Jessica faz um sinal afirmativo com a cabeça e sorri com alegria genuína para a vilã de cabelo negro e lustroso que a havia derrubado da minha vida como se ela fosse um pino de boliche.

— Olá, estranha! — Surpresa, Jessica vai até Olivia e lhe dá um abraço. — Há quanto tempo não nos vemos!

Jessica Alexander me encontrou no Facebook. Ela me enviou uma mensagem para informar que estava morando novamente na área de Miami e quis que saíssemos para beber e conversar. Eu estava bêbado quando li a mensagem e respondi com o número do meu telefone. Nós nos encontramos no dia seguinte no Bar Louie. Ela parecia a mesma pessoa: cabelos longos, pernas longas, saia curta. Minha namorada dos tempos de faculdade ainda me despertava desejo, e sua personalidade também me atraía — aliás, sua personalidade parecia ainda mais doce do que eu me lembrava. Eu precisava de uma gostosa e de uma longa dose de doçura depois do que havia passado com as duas víboras que amei. Nenhum de nós tocou no assunto do bebê, mas eu falei a respeito de Estella. Pude deduzir que Jessica não fazia ideia de que Olivia contribuíra para o nosso rompimento. Depois disso, passamos a nos ver regularmente. E a transar também.

Observo a expressão de Olivia ao receber o abraço de Jess. Olivia sempre teve o dom do autocontrole, mas dessa vez ela faz algo incrível: ri e retribui o abraço de Jess, como se fossem velhas amigas. Isso me espanta — na verdade, mal posso acreditar no que os meus olhos veem. Noah observa o desenrolar da cena com alguma curiosidade. Sem dúvida, nós todos somos como personagens para ele.

— Venha, vamos entrando. — Olivia nos conduz à sala de estar e me lança um olhar triunfante. Eu me dou conta de que ela não se tornou uma pessoa melhor, apenas uma atriz melhor.

Touché. Ainda teremos diversão pela frente.

Jess logo vai ajudar Olivia na cozinha. Eu e Noah ficamos com um prato de queijo brie e biscoitos. Nós jogamos conversa fora por cerca de dez minutos. O assunto preferido dos homens é o esporte — os jogadores do momento, a atuação de zagueiros, a pontuação dos times —, e eu não tenho mais o menor interesse por essa merda toda.

— Está incomodado com a situação?

Olho surpreso para Noah. *Ele sabe! Que droga!* Bem, pelo menos a franqueza dele me deixa mais tranquilo.

— Você não estaria? — Aceito o uísque que ele me oferece. Envelhecido 12 anos, *Black Label*... hum, bem interessante.

Ele senta-se diante de mim e sorri.

— Sim, pode ter certeza.

Eu não o incomodo, então, quanto ele deve realmente saber? A menos que... A menos que ele esteja tão seguro quanto ao seu relacionamento com Olivia que não se sinta preocupado com nada. Procuro relaxar e enxergar a situação sob uma nova perspectiva. Noah obviamente não é um cara ciumento.

— Se isso não é um problema para você, para mim também não é — eu digo.

Ele cruza as pernas, colocando o tornozelo sobre o joelho e se recosta tranquilamente em sua cadeira.

— Você mandou que me investigassem?

— Contratei profissionais que investigaram seu passado em três países diferentes. — Tomo um gole da saborosa bebida.

Noah apenas balança a cabeça, como se já esperasse por isso.

— E encontrou alguma coisa de que você não gostasse?

— Bem... — Ergo os ombros num gesto de indiferença. — Eu já não gostava de você; afinal, você se casou com o meu primeiro amor.

Um sutil sorriso sagaz forma-se no canto de sua boca.

— Você se importa com ela, Caleb. É uma atitude nobre. Nós dois não teremos problemas, desde que você mantenha as suas mãos longe da minha mulher.

As garotas voltaram. Eu e Noah nos levantamos. Olivia consegue perceber que houve um acerto. Seus olhos frios viajam entre nós dois, movendo-se de um para o outro.

Você tem que me escolher.

O olhar dela se detém em Noah. A intimidade que noto entre os dois me enche de ciúme. E de raiva. Começo a ranger os dentes, e chamo a atenção de Olivia. Paro assim que ela põe os olhos em minha mandíbula, mas já é tarde demais. Ela percebeu o que eu estou sentindo.

Uma sobrancelha impecável se arqueia.

Deus, eu odeio quando ela faz isso!

Adoraria poder dar umas palmadas nela.

O carneiro passou do ponto, e o aspargo está mole. Fico realmente impressionado ao constatar que as mãozinhas malignas dela agora estão cozinhando; eu limpo o meu prato e ainda repito. Olivia bebe três copos de vinho tão naturalmente que me pergunto se é um hábito ou se esse jantar está mexendo com seus nervos. Falamos sobre seus clientes, todos felizes e satisfeitos. Noah está claramente encantado por ela. Observa tudo o que ela faz com um leve sorriso nos lábios. Isso me lembra a mim mesmo. Ela se dirige a Jessica, perguntando-lhe o que tem feito da vida. Começo a me sentir constrangido. Tomo o cuidado de não falar apenas com Olivia, de não olhar demais para ela, e evito desviar o olhar quando ela interage com Noah, por mais que me aborreça vê-los assim. É difícil não reparar na química entre os dois. Ela gosta muito dele, isso é claro. Noto que a personalidade dela se suaviza quando Noah está por perto. Ela não praguejou nem ao menos uma vez desde que eu entrei pela sua porta — em toda a sua história, Olivia nunca ficou tanto tempo sem xingar alguém ou alguma coisa.

A boca de Olivia está mais pura do que nunca. *A boca de Olivia...*

Noah é uma dessas raras pessoas que exercem influência conciliadora em uma situação potencialmente explosiva. Devo confessar que gosto desse cara, muito embora minha garota esteja ao lado dele. Além do mais, ele teve peito para me ameaçar.

Quando estamos todos nos despedindo, Olivia evita olhar em meus olhos. Parece exausta, como se a noite tivesse cobrado dela um preço alto em termos emocionais. Ao lado de Noah, ela estende a mão à procura da dele. Eu desejo saber o que Olivia está sentindo. Desejo estar no lugar do homem que a conforta.

Jess me acompanha até a minha casa e passa a noite comigo. Minha mãe deixou quatro mensagens perguntando sobre a minha mudança para Londres.

Acordo sentindo cheiro de bacon. Posso ouvir o retinir das panelas e a água correndo na pia. Saio andando nu até a cozinha. Jess está preparando o café da manhã. Debruço-me na bancada e a observo. Fui casado com uma mulher por cinco anos e não me lembro de alguma vez tê-la visto partir a casca de um ovo. Jessica está vestindo uma de minhas camisetas. Seus cabelos estão presos de um jeito displicente. Ela é sexy demais. Olho para as pernas dela: espetaculares, como sempre. Sou louco por pernas. Em *Uma Linda Mulher*, a cena em que Vivian diz a Richard a medida exata de suas pernas é um dos melhores momentos do filme. Muitas coisas podem ser perdoadas se uma mulher tem um lindo par de pernas.

E as de Jessica são incomparáveis.

Eu me sento, e então ela me passa uma xícara de café e sorri com timidez, como se nunca tivéssemos feito isso antes. Eu realmente gosto dela. Já a amei uma vez; não seria nada difícil me apaixonar por essa mulher de novo. Ela é tão bonita — mais bonita que Leah, mais bonita que Olivia. *Pode existir uma mulher mais bonita que Olivia?*

— Não quis acordá-lo — Jessica diz. — Então resolvi preparar eu mesma algo para alimentar você.

— Para me alimentar — repito. É bom ouvir isso.

— Gosto de fazer coisas para você. — Ela me fita com uma adorável expressão envergonhada. — Senti saudade, Caleb.

Eu pisco para ela. Como estaríamos hoje se Jess tivesse me contado que estava grávida, em vez de escolher abortar? Nós teríamos uma criança de 10 anos de idade.

Puxo-a para mim e a beijo. Ela nunca se opõe, jamais age como se não me quisesse. Eu a levo para a cama, e nós deixamos o café esfriando.

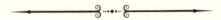

Mais tarde nesse dia, estou sentado no café perto de casa, bebendo um *espresso*. Jess teve de ir trabalhar. Meu celular sinaliza que há uma nova mensagem de texto para mim.
Tudo bem?
Eu sorrio e termino meu espresso antes de responder.
Sim, por quê?
Uma longa pausa se segue. Olivia está pensando em um modo de arrancar a informação de mim sem parecer que se importa.
Não faça joguinhos comigo!
Eu me lembro da última vez que você me pediu uma coisa parecida. Acho que estávamos em um laranjal.
Vá se foder. O que você achou de Noah?
Cara legal. E você, o que achou de Jess?
A mesma vadia estúpida.
Eu começo a rir alto. Os outros clientes do café olham na minha direção para saber do que estou rindo.
Recolho as minhas coisas para ir embora. Olivia é assim: sempre vai direto ao ponto. Estou quase chegando ao meu carro quando uma nova mensagem aparece no meu telefone.
Não vá se apaixonar por ela.
Fico olhando para a mensagem por um longo tempo. Um minuto. Três minutos. O que ela quer de mim, afinal? Eu não envio resposta. Sinto-me como se ela tivesse me desferido um soco.
Depois disso, não ouvi falar dela por mais um ano.

CAPÍTULO 3

PASSADO

QUANDO A VI PELA PRIMEIRA VEZ — MEU DEUS! — FOI como se eu nunca tivesse visto mulher alguma em toda a minha vida. Seu modo de andar aprisionou o meu olhar. Ela se movia como a água: fluida, determinada. Tudo ao meu redor se tornou vago; eu enxergava apenas ela, mais nada. A única coisa real em meio àquele cenário. Eu sorri quando ela parou debaixo de uma árvore grotesca, que parecia retorcida, e lançou o olhar mais contrariado que eu já havia visto na vida. Até então eu não havia nem mesmo notado a existência dessa árvore, e cheguei até mesmo a me perguntar como pude ter deixado algo assim passar despercebido. Um dos meus amigos me deu um soco no braço para chamar a minha atenção. Nós estávamos conversando sobre basquete. O técnico tinha suspendido metade do time por fumar maconha, e agora teríamos de disputar as últimas partidas sem nossos melhores jogadores, que ficariam afastados pelo resto do período. Mas nossa conversa sobre basquete terminou para mim no instante em que eu a vi. Meus amigos seguiram o meu olhar e logo compreenderam o motivo da minha desatenção. Eu tinha certa reputação de conquistador. Afastei-me deles e fui até a árvore. A garota estava de costas para mim. Ah, quem não daria tudo para mergulhar a mão naquele cabelo? Ele parecia feito para isso — negro e extravagante em todo o seu trajeto até a fina cintura dela. Minhas primeiras palavras para ela deveriam ter sido: *"Quer se casar comigo?"*, mas o que eu acabei dizendo foi:

— Por que está zangada com a árvore?

Ela se virou para mim com tanta rapidez que dei um passo para trás. Seu rosto fechado me desestabilizou; eu me senti inseguro e indeciso — e esses sentimentos eram quase desconhecidos para mim. O resto do nosso diálogo abriu buracos enormes no meu ego:

— Eu só fiz uma pergunta, luz do sol, não me ataque. — Porra, como a garota era difícil!

— Posso ajudá-lo em alguma coisa? — Ela retrucou rispidamente.

— Eu fiquei me perguntando por que essa árvore fez você fechar a cara. — Foi uma desculpa idiota, mas o que diabos eu deveria ter dito? Ou o dia da garota havia sido bem ruim ou ela sempre agia desse modo; fosse como fosse, eu não tinha saída a não ser permanecer ali e falar com ela.

De repente, ela pareceu cansada.

— Você está tentando me cantar?

Droga! O momento tinha se transformado no encontro mais estranho que eu já havia tido com uma garota. Então, eu falei o meu nome.

— Perdão... O que disse?

— Meu nome... — E estendi a mão para ela. Eu só queria tocá-la. Ela era fria como o gelo. Era como se a personalidade dela passasse através da pele. Ela recolheu sua pequena mão bem rápido. — Sim, eu estava tentando cantá-la, até que você me deu um fora.

Acho que em toda a minha vida eu jamais havia apertado a mão de uma garota que eu queria. Foi constrangedor. Para ela também. Suas sobrancelhas se arquearam e ela correu os olhos pelo estacionamento, como se procurasse alguém que pudesse salvá-la.

— Escute, eu adoraria continuar alimentando o seu ego com essa conversinha mole, mas tenho que ir embora.

Conversinha mole. Eu agora havia sido insultado, sem ter feito nada para merecer esse tratamento. Deus! Quem era aquela mulher, afinal? Mas como ela se sentiria se eu conseguisse barrar a sua hostilidade? Ela já estava indo embora. Eu precisava fazer algo ou dizer alguma coisa que pelo menos a fizesse se lembrar de mim. Então eu decidi insultá-la também.

— Se você fosse um animal, seria uma lhama — disparei.

E falei sério. Eu realmente gosto de lhamas. Elas são reservadas e te olham como se você fosse um lixo. Se você as irritar pra valer, vai levar uma cusparada. Certa vez, vi isso acontecer com meu irmão num zoológico interativo. Desde então lhamas se tornaram meus animais favoritos. Mas aquela garota não sabia disso; para ela, eu havia acabado de compará-la a um bicho. E isso a tirou do sério. — Vejo você por aí — eu disse, antes de me afastar.

E veria mesmo, não tinha dúvida disso. Eu não ia perder de vista aquela garota fria e ríspida. Eu a seguiria por todos os lados até a merda do seu palácio de gelo e o derreteria, se fosse necessário. Eu estava acostumado a fazer sucesso com as mulheres; a garota da árvore, porém, não queria nada comigo — nem mesmo se deu ao trabalho de me dizer seu nome. Enquanto a via ir embora, eu me dei conta de duas coisas: eu a queria e teria um trabalho enorme para conquistá-la.

Ninguém sabia quem era ela. Isso me deixou totalmente frustrado. A garota superava em beleza tudo o que eu já havia visto na vida, e eu acreditei que muitos caras no campus a reconheceriam assim que eu a descrevesse — cabelos negros formidáveis, olhar desafiador, cintura tão fina que seria possível envolvê-la com as mãos. Tive de recorrer a uma conhecida nos escritórios da administração da universidade: uma garota que eu havia namorado no colégio e que ainda tinha uma queda por mim.

— Caleb, eu não tenho permissão para fazer isso — ela disse, inclinando-se sobre o balcão. Eu ignorei sua tentativa de me fazer olhar para o seu decote.

— Só dessa vez, Rey!

— Certo, vamos lá... Prédio?

— Quando a vi, ela caminhava na direção do Conner's.

— Há mais de quinhentas garotas no Conner's. Vou precisar de informações mais precisas.

— Segundo ano — arrisquei.

Rey digitou algo no teclado do computador.

— Que ótimo, agora temos apenas duzentas meninas!

Vasculhei meu cérebro em busca de pistas. Calça jeans, camisa branca, unhas das mãos pintadas de preto. Talvez conseguisse alguma coisa se tentasse por área de estudo.

— Tente preparatório para direito ou filosofia — eu disse. A garota parecia ter um tipo de personalidade combativa, algo comum em advogados. Por outro lado, ela estava parada debaixo de uma árvore, perdida em pensamentos...

Rey olhou em volta e então virou para mim rapidamente o monitor. Olhei de cima a baixo a coluna de fotografias. Havia cerca de trinta fotos na tela. Ela rolava a página e meus olhos procuravam.

— Rápido com isso, Casanova. Se me pegarem, estou encrencada, você sabe.

— Ela não está aqui — falei depois de alguns segundos. Tentei me mostrar indiferente. — Bem, acho que hoje não é o meu dia de sorte. De qualquer maneira, obrigado pela ajuda.

Rey abriu a boca para dizer alguma coisa, mas eu lhe fiz um aceno breve e tratei de ir embora. A fotografia da garota estava lá, a terceira de cima para baixo. Mas não quis colocá-la no radar de Rey — ela tinha o mau hábito de espalhar boatos a respeito das meninas de quem eu gostava.

Olivia Kaspen. Um nomezinho perfeito para uma perfeita esnobezinha. Percorri sorrindo todo o caminho de volta aos alojamentos.

Procurei por essa garota em todos os lugares. Ela não ia à academia. Também não ia à cantina, nem a nenhum dos locais mais frequentados. Voltei ao lugar onde a vi pela primeira vez e montei guarda do lado de fora do alojamento dela. Nada. Ou ela era uma espécie de estudante eremita ou eu havia imaginado a coisa toda. Olivia Kaspen. Uma mistura de Branca de Neve com a Rainha Má. Eu tinha de encontrá-la.

Uma semana depois, eu não estava exatamente rindo à toa. Eu a havia visto nas arquibancadas em um dos nossos últimos jogos da temporada. Nós tínhamos chegado às finais e ganhávamos a partida por dez pontos. No minuto em que vi Olivia, eu me distraí. Continuei olhando para o lugar em que ela estava sentada, segurando entre as mãos um copo descartável. Uma coisa era certa: ela não estava olhando para mim. Não sei por que diabos me convenci de que poderia impressioná-la com meu jogo, mas eu tentei. Os visitantes conseguiram empatar. Então, uma falta foi marcada a nosso favor. Parei na linha de arremesso livre, mas minha mente estava em outro lugar e eu hesitei. Algo se apossou de mim e me fez tomar uma atitude que nos custou o jogo. Eu avancei até o treinador do nosso time. Normalmente, uma atitude dessas teria como consequência a minha saída do time, e isso só não aconteceu porque o treinador era amigo da minha família.

— Não consigo me concentrar. Tenho que cuidar de um assunto — eu lhe disse.

— Caleb, você vai foder com a minha vida bem agora?

— Treinador — insisti. — Só peço que me dê dois minutos.

Ele abaixou os óculos e me olhou direto nos olhos.

— É aquela garota, não é?

Senti o sangue gelar. Meu treinador era um cara perspicaz, mas era impossível que soubesse sobre Olivia e...

— A garota que está desaparecida — ele concluiu.

Encarei-o sem entender direito. Laura? Nós tínhamos namorado, mas não foi nada sério. Eu me perguntei se meus pais haviam dito alguma coisa a ele. Minha mãe era amiga da mãe dela. Mamãe ficou entusiasmada quando começamos a namorar. O relacionamento, contudo, não vingou: Laura era linda, mas não tinha personalidade. Nós terminamos tudo quase imediatamente. O treinador falou antes que eu pudesse corrigi-lo:

— Vá logo. Depressa.

Ele pediu tempo e mandou reunir o time.

Subi os degraus das arquibancadas, dois de cada vez. Quanto mais eu me aproximava de Olivia, mais pálida ela ficava, e a garota já era bastante pálida. Quando eu me agachei ao lado dela, seus olhos estavam arregalados e ela parecia prestes a fugir correndo.

— Olivia — eu disse. — Olivia Kaspen.

A princípio, ela se mostrou chocada, mas se recompôs rapidamente. Olhou para o meu rosto por alguns instantes, antes de inclinar o corpo para a frente e falar para mim:

— Parabéns, você descobriu meu nome! — Olivia observou e depois continuou num tom mais baixo. — Que diabos você está fazendo?

— Você é um enigma e tanto aqui no campus, Olivia — eu disse, seguindo o contorno dos lábios dela com meus olhos. Os lábios mais sensuais que eu já havia visto em toda a minha vida. Por que tive que esperar tanto tempo para encontrar aqueles lábios?

— Você pretende me dizer algo, em algum momento, ou está retardando o jogo para se gabar das suas habilidades de detetive? — ela disparou.

Meu Deus! Como eu poderia não rir disso? Eu pretendia, sim, dizer — ali mesmo, naquele exato momento — que ela iria se casar comigo, mas tinha certeza de que levaria um tapa se fizesse isso. Decidi recorrer ao charme. Sei que teria funcionado com qualquer outra garota. Bem, e daí se ela me enxotasse?

— Se eu acertar esse arremesso, você sai comigo?

Olivia não gostou da proposta, o que ficou bem claro. O olhar no lindo rostinho dela foi de total desgosto. Para piorar, ela ainda me chamou de pavão, dando-me o troco por tê-la comparado a uma lhama.

— Você levou a semana inteira para inventar isso, não é? — observei, forçando um sorriso. A essa altura, eu tinha quase certeza de que ela estava se fazendo de difícil.

— Pode acreditar que sim — ela respondeu com desdém.

— Então, é correto dizer que você pensou em mim durante a semana inteira?

Quando eu era criança, assisti a cada episódio de *Pernalonga e sua turma* um milhão de vezes. Sempre saía fumaça do nariz dos personagens quando eles ficavam furiosos. Muitas vezes eles também pairavam suspensos no ar por causa da raiva. A expressão no rosto de Olivia indicava que ela poderia soltar fumaça pelo nariz a qualquer instante.

— Não mesmo... E quer saber? Eu não vou sair com você — a garota respondeu.

Ela não estava mais olhando para mim. Eu quis segurar seu queixo e mover seu rosto para que ela voltasse a me fitar.

— Por que não? — Tive de me controlar para não dizer: "*Por que diabos você não quer?*".

— Porque eu sou uma lhama e você é um pássaro, e NÓS não somos compatíveis.

— Certo — murmurei. — Então, o que terei de fazer? — Eu mal podia acreditar naquela situação... estava implorando a uma garota para que saísse comigo! Nunca me senti tão fracassado.

— Erre o arremesso.

Olhei bem dentro dos frios olhos azuis dela e soube que havia encontrado uma mulher que não se enquadrava em padrão nenhum; era uma em um milhão. Duvido que haja outra como ela.

— Erre o arremesso, e eu sairei com você.

Eu não disse mais nada. Estava perplexo. Voltei rápido para a quadra, com a mente tão conturbada que meu cérebro parecia estar prestes a explodir, antes mesmo que eu pudesse fazer o arremesso. Eu não faria uma bobagem dessas. Era loucura. Ela era maluca. Merda, merda, merda!

Porém, quando me posicionei na linha de arremesso livre, com a bola na mão, milhões de coisas passaram pela minha cabeça em questão de segundos. Eu estava furioso. Devia ter feito a minha parte, o que me cabia fazer — ganhar o jogo —, mas continuava a ver o rosto de Olivia. O olhar arrogante dela ao me dizer "erre o arremesso". Havia algo nos olhos dela que me enfeitiçava, algo de que eu não conseguia me livrar. Era impossível fazer o que ela me pedira. A garota havia imposto sua condição absurda e esperava que eu errasse.

Levantei a bola, com as palmas das mãos curvadas ao redor dela, como se fosse uma extensão do meu corpo. Quantas horas eu gastava jogando basquete toda semana? Vinte... trinta? Acertar aquela cesta seria a coisa mais fácil do mundo para mim — eu conseguiria fazer isso até vendado. Contudo, o olhar estampado na face de Olivia parecia ter o poder de amarrar meus pulsos com uma corda invisível, obrigando-me a segurar a bola com mais força do que o necessário. Eu podia ver um triste ar de vitória em seu rosto, como se ela estivesse convencida de que homens eram sinônimo de desapontamento. Olivia estava errada se acreditava que era capaz de adivinhar o que eu ia fazer. Se eu a quisesse...

E eu a queria.

Eu errei o arremesso.

E ingressei em um mundo que não conhecia.

CAPÍTULO 4

PASSADO

EU ERREI O ARREMESSO. AS PESSOAS ME OLHARAM como se eu tivesse disparado uma arma de fogo dentro do ginásio lotado em vez de lançar a bola ao cesto. Minha mãe sempre me provocava dizendo que eu não levava nada a sério. Minha família fazia piadas disso — do fato de eu não me dedicar de verdade a coisa nenhuma. Eu era bom em quase tudo o que fazia, mas não amava nada do que fazia. Nem basquete, nem finanças, nem navegação, nem o dinheiro que vinha tão facilmente para a minha família. Eu me sentia vazio com tudo isso. Meus amigos — aqueles com os quais eu havia crescido — gastavam tempo e dinheiro indo a jogos de beisebol, de basquete e de futebol. Eu também ia aos malditos jogos e gostava deles, mas, no fim das contas, nada me satisfazia de fato. Comecei a ler livros sobre filosofia. Passei até a frequentar aulas. Eu apreciava isso. A filosofia me oferecia algo em que acreditar. Mas Olivia Kaspen acabou entrando na minha vida e pela primeira vez eu estava me dedicando a alguma coisa: à filosofia dela. À sua complexidade emocional. Eu a levava a sério — muito a sério. Ela era insolente e arrogante, e nunca sorria, mas eu gostava dela. Eu queria dar algo a ela. Então, errei o arremesso.

— Isso é verdade?

Tirei os olhos do prato de panquecas e levantei a cabeça na direção da voz. Desiree, uma das líderes de torcida, passou para a cadeira que ficava na frente da minha. Ela ainda usava a maquiagem da noite anterior e a camisa do time, a do meu amigo Kiel. Por que uma garota ia querer vestir a camisa do uniforme de um cara?

— O que é verdade?

— Que você errou o arremesso por causa de uma garota?

— Onde você ouviu isso? — Empurrei o prato para o lado e tomei um gole de chá.

— Todo o mundo está falando nisso. — Ela me deu um sorriso bobo e roubou um pedaço de panqueca do meu prato, enfiando-o entre os dentes.

Olhei para ela com uma expressão séria.

— Quem anda dizendo que fiz isso por causa dela? — Se as pessoas descobrissem que eu havia errado o lance por causa de Olivia, ela poderia ter problemas bem desagradáveis.

Desiree lambeu a calda da panqueca que ficara em seus dedos.

— Bem, não passa de um boato. Quem sabe se essas pessoas estavam falando sério? Você sabe como elas são.

Balancei os ombros, tentando mostrar indiferença, mas eu estava tenso.

— Vamos lá, Des, me conta tudo.

Ela contraiu os lábios e se inclinou na minha direção.

— Uma estudante do preparatório para Direito. Ninguém sabe realmente quem ela é. Algumas pessoas afirmam que viram você conversando com ela antes de errar o arremesso.

— Talvez eu tenha errado simplesmente porque meu jogo foi um lixo — eu disse, colocando a xícara na mesa, me levantando.

Desiree sorriu para mim.

— Pode ser... Mas seu jogo nunca foi ruim antes, Caleb. E, se quer saber, isso é tão romântico!

— Romântico?

— E muito! Ela deve ser bem gostosa.

Curvei o corpo até apoiar as duas mãos na mesa e fitei Desiree diretamente nos olhos.

— Você acredita realmente que eu agiria dessa maneira, Des?

Ela olhou para mim por um longo momento antes de balançar a cabeça.

— Não, não mesmo.

— Bem, aí está a sua resposta.

Fui embora, secando as mãos nas pernas da calça. Quantas pessoas me viram falar com Olivia? Que descuido idiota... Mas como eu poderia adivinhar que ela me desafiaria daquela maneira? Se as coisas tivessem ocorrido como eu esperava, ela teria concordado em sair comigo se eu *acertasse* o arremesso! Todos sairiam ganhando... E eu seria o grande ganhador.

Eu não pude deixar de sorrir enquanto descia a passos rápidos a escada diante do refeitório. Garotas raramente me surpreendiam. Eu teria errado aquele arremesso quinhentas vezes por um encontro com ela.

Olivia era uma experiência inédita em minha vida.

Ela queimava. Quando ela caminhava por uma sala, você podia sentir o fogo que emanava dela. O fogo se desprendia dela em ondas. Ela era irascível e apaixonada e destemida. Emanava calor suficiente para manter todos afastados. Era um bom truque, mas eu estava disposto a brincar com fogo.

Bang, bang — ela me acertou em cheio.

— Eu acho que nós simplesmente não somos compatíveis.

Olivia tinha medo de mim. Soube disso no momento em que olhamos um para o outro naquele primeiro dia, debaixo da árvore. É provável que ela não tenha se dado conta disso, mas eu sim.

Eu quase ri. Ela pronunciou essas palavras com sua voz contida, pragmática, evitando olhar para o meu rosto. Nosso primeiro encontro havia acontecido uma semana antes. Eu praticamente tive de enganá-la para conseguir que saíssemos, enviando-lhe a bola de basquete do jogo trágico para poder enfim marcar o encontro. Enviei a bola para o alojamento dela, com um aviso para que me encontrasse na biblioteca. Deu certo. Ela apareceu vestindo uma camisa de renda preta com mangas compridas, tão apertada que eu podia ver cada curva de seu corpo, sem mencionar sua pele branca como marfim que se destacava através dos orifícios da renda. Eu quis beijá-la ali mesmo, entre as estantes de livros. Seria bom poder levá-la até a coleção de Dickens e comprimi-la contra os livros, mas eu sabia que ela fugiria apavorada dali se eu tentasse isso. Com relutância, ela concordou em sair comigo. Eu a levei para o Jaxson's Ice Cream, minha sorveteria favorita. No início da noite, ela havia se mostrado fria e distante, mas depois começou a se soltar e me contou coisas sobre o seu passado. Tudo parecia correr muito bem. Até que...

— Eu acho que nós simplesmente não somos compatíveis.

— Eu não vejo as coisas desse modo — foi minha resposta.

A química entre nós era agradável. Então, ou ela estava em negação ou estava fingindo. Eu teria apostado tudo na segunda alternativa.

Ela hesitou e piscou várias vezes — piscadinhas rápidas, como o bater de asas de um pássaro.

— Bem... eu sinto muito. Eu acho que estamos em sintonias diferentes. — Ela titubeou ao dizer "sintonias", como se não soubesse ao certo qual palavra usar.

Na verdade, nós estávamos na mesma sintonia — eu a queria e ela me queria, mas eu não conseguiria convencê-la disso. Olivia ainda não sabia que me desejava.

— Não, não é assim que eu penso. Eu sei que você gosta de mim tanto quanto eu gosto de você. Mas a escolha é sua, e eu sou um cavalheiro. Você não me quer por perto? Tudo bem. Adeus, Olivia.

E antes que eu lhe gritasse a verdade, antes que a sacudisse para que abrisse os olhos e enxergasse o óbvio, eu fui embora.

Não vá! Confronte-a!

Sim, eu pensei em fazer isso. Mas a última coisa que eu tinha em mente era perseguir alguém que não me queria... Ou não sabia que me queria.

Voltei para o meu alojamento e bebi cerveja sem gelo. Rejeitado pela primeira vez. Não foi nada legal. Na verdade, eu tinha me fodido legal. Pelo menos era o que eu pensava na época. Eu havia feito tudo o que ela me pedira. Meus colegas mal falavam comigo, meu treinador havia me punido com uma suspensão e meu coração estava doendo. *Doendo.* Como era possível sofrer dessa maneira por causa de alguém que eu havia acabado de conhecer?

Tomei um gole de cerveja, abri meu livro de Estatística e fiquei olhando fixamente para uma página por trinta minutos sem enxergar coisa alguma de fato. Não, isso não é verdade. Eu estava enxergando Olivia Kaspen.

Eu a via em todos os lugares. Fingia que não. Eu fingia que ela era somente mais uma garota, não a garota que eu desejava. Meus amigos acreditavam que eu havia me dado mal. Eu a queria porque não podia tê-la — esse era o consenso. Talvez fosse verdade. Eles começaram a me dar tapinhas nas costas e a chamar minha atenção para outras garotas do campus que topariam transar comigo. Chamavam isso de terapia do sexo. Tentei fazer isso uma ou duas vezes, mas foi inútil. Fui suspenso do time e bebia sem parar por causa de uma garota que eu havia beijado apenas uma vez e que tinha me rejeitado. Quando alguém comentou que ela provavelmente era lésbica, eu afastei essa hipótese. Então, apenas alguns meses depois de me dizer que nós não éramos compatíveis, ela começou a sair com os maiores idiotas que eu já havia visto em toda a minha vida. Como eu odiava esses merdas! Diante disso, resolvi partir para outra. Olivia não era o que pensei que fosse.

Nessa época, eu conheci Jessica. E a primeira coisa que ela me disse foi: *"Droga, eu não sei se quero lamber você ou me casar com você."*.

Eu respondi: *"Que tal fazer as duas coisas?"* E bastou: nós estávamos juntos. Jessica Alexander era sexy e afável e frívola — exatamente o meu tipo. Também era inteligente, mas ficava difícil de perceber isso, pois ela só falava sobre assuntos triviais, como roupas e filmes. Eu gostava da companhia dela. Gostava de transar com ela. Jessica afastou minha tristeza e intranquilidade. Aos poucos, Olivia foi perdendo espaço em meus pensamentos, até se tornar uma lembrança remota. Depois de algum tempo, passei até a fazer piada a respeito do assunto. Analisando com frieza o passado, foi até engraçado que eu tivesse ficado tão obcecado por uma garota que mal conhecia. De repente, quando tudo parecia ir muito bem, eu descobri que Jessica havia engravidado e abortado sem que eu soubesse. Não foi Jessica quem me contou tudo; eu soube por outra pessoa. Foi isso que me aniquilou. Ela havia tomado a decisão sozinha, sem me consultar. Era meu bebê também! E eu queria aquele bebê. Mesmo que Jessica não o quisesse, eu ficaria com ele e cuidaria dele. Esmurrei uma árvore, torci o pulso, e meu namoro entrou em coma.

Após o divórcio dos meus pais, minha mãe quis se mudar para os Estados Unidos. Ela nasceu em Michigan. Seu pai — meu avô — era um estudante estrangeiro em Cambridge, e lá conheceu minha avó. Quando se casaram, vieram para os Estados Unidos por algum tempo e tiveram a minha mãe. Mas quando minha avó sentiu saudade de casa, meu avô vendeu as terras e se mudou de volta para a Inglaterra por causa dela. Meus pais frequentavam os mesmos círculos sociais e acabaram se conhecendo. Ela vetou nomes britânicos — "Sams e Alfreds e Charlies" — e deu a mim e a meu irmão nomes bem norte-americanos. Quando foi traída pelo marido pela terceira vez, ela fez nossas malas e se mudou para os Estados Unidos. Lidar com essa situação foi mais difícil para mim que para o meu irmão. Durante algum tempo eu culpei minha mãe, até que viajei à Inglaterra para o quarto casamento do meu pai. Quando o vi fazendo os votos pela quarta vez, *minha ficha caiu*. Eu nem sabia com certeza qual era o nome da esposa dele. Elizabeth? Victoria? Eu podia jurar que era o nome de uma rainha da Inglaterra. Mas eu me dei conta de que não acreditava em divórcio. Uma pessoa não podia fazer os votos e depois simplesmente quebrá-los. Se eu me casasse com uma mulher, eu permaneceria casado. Eu não trataria o casamento como se fosse um aluguel. Jamais.

Eu queria me casar com Jessica. Bem, eu tinha essa intenção, embora nada tenha sido oficializado. O caso é que ela se encaixava em meu mundo como uma luva. Mamãe gostava dela; Jessica me amava. Era tão simples. Mas quando descobri que ela havia feito um aborto e nem mesmo se dera ao trabalho de me contar sobre sua gravidez, perdi o entusiasmo. Jessica tinha de me dar ao menos o direito de opinar sobre o destino do meu filho.

Então, Olivia voltou. E voltou dançando como uma sereia. Eu sabia exatamente o que Olivia estava fazendo na noite em que ela apareceu na festa da minha fraternidade e me chamou para a pista de dança com um sinal de seu dedo indicador. Se ela não viesse até mim, eu teria ido até ela. *"Esqueça tudo o que passou"* — Eu disse a mim mesmo. *"Vocês foram feitos um para o outro."* Eu não tinha dúvida alguma disso e não sei dizer por quê. Talvez nossas almas tenham se ligado debaixo daquela árvore. Talvez eu tenha decidido amá-la. Talvez não tivéssemos escolha a não ser amar um ao outro. Mas quando olhei para aquela mulher, vi a mim mesmo de uma maneira diferente. Não de maneira positiva, porém. Nada no mundo me afastaria dela. Essa certeza podia levar uma pessoa a fazer coisas que ela jamais imaginara ser capaz de fazer. O que eu sentia por Olivia me deixava apavorado. Era uma gigantesca obsessão.

Na verdade, eu ainda não havia mergulhado na obsessão. O pior ainda estava por vir.

CAPÍTULO 5

Presente

— QUER ME PASSAR A MANTEIGA, POR FAVOR?

Mas que droga...

Passo a manteiga para ela, mas não sem antes avaliar a qualidade desse pedido. Quando você se apanha passando manteiga para uma mulher na mesa, está envolvido em algo sério. Ela estende o braço bronzeado na minha direção e eu o seguro, e então dou um beijo em seu pulso. Aspiro o seu cheiro de tecido de linho limpo. Ela sorri para mim — está sempre sorrindo. Ela tem covinhas no rosto; quanto mais intenso é o sorriso, mais as covinhas se destacam. Jessica e eu não vivemos oficialmente juntos, mas alternamos entre a minha casa e a dela. Na maioria das vezes ficamos em minha casa, porque eu gosto de dormir em minha própria cama. Observo-a enquanto passa manteiga no pão e mexe no iPad. Existe algo bem legal rolando entre a gente. Eu ainda sinto por dentro um vazio desolador, mas ela torna essa sensação mais leve e suportável.

— Me passa o sal, por favor. — Resolvo fazer um teste. Quero ver como as coisas vão funcionar. Ela me entrega o saleiro distraidamente, o que não me agrada. Todos sabem que quando você passa o sal a alguém, deve passar também a pimenta. Trata-se de um par. Mesmo que a pessoa peça-lhe apenas um, você lhe entrega os dois. Bem, agora não tenho alternativa a não ser terminar tudo com Jessica.

É só brincadeira...

Estamos prontos para ir trabalhar e nos despedimos com um beijo no elevador.

— Caleb — Jessica diz quando eu já me afastava dela.
— Sim?
— Eu te amo.
Uau. Que bom!
— Jess — respondo. — Eu...
— Não precisa retribuir nada. — Ela sorri. — Só queria que você soubesse.
— Tudo bem, querida. Nós nos veremos logo mais à noite, não é?
Ela assente com a cabeça.

Já se passaram oito meses e uma semana desde que Jessica dormiu em meu apartamento pela primeira vez. O que ela acaba de dizer parece estranho, mas não sei explicar exatamente por quê. Talvez tenha chegado a hora de morarmos juntos. Entro em meu carro e ligo o ar-condicionado na potência máxima. Jessica gosta de minha barba. Leah não toleraria barba; dizia que a barba lhe esfolava o rosto. Quando ela usou a palavra "esfolar", eu quis me divorciar dela. Ou talvez eu tenha desejado me divorciar dela desde sempre. Eu me sinto doente quando penso em Leah. Não por causa dela — ela tinha pouca influência sobre mim, de qualquer modo. Fico assim por causa da minha garotinha.

Trato de afastar esses pensamentos da mente. Quando chego ao trabalho, minha mãe está no escritório, visitando Steve.

— Ele quase não fica mais em casa, e você dificilmente vai me visitar — ela diz, abraçando-me. — Eu preciso vir até aqui para ver meus dois meninos.

Ela não menciona meu irmão. Está muito decepcionada com ele — assim como eu estou — por ter dormido com minha ex-mulher. Leah lançou essa pequena bomba sobre mim na mesma noite em que me revelou que eu não era pai. Eu mentiria se dissesse que não pensei um milhão de vezes que Estella poderia ser dele. Isso machuca demais.

— Como está Jessica? — minha mãe pergunta.

Ensaio um sorriso e mexo nos papéis em minha mesa. Mamãe se acomodou em uma cadeira da minha sala, o que indica que ela está aqui para conversar. Se eu não lhe der alguma coisa, ela não irá embora.

— Hoje de manhã ela disse que me amava.
— Mas você respondeu que a ama também?
— Não.
Ela fica em silêncio por alguns minutos.
— Eu gostava muito de Leah — ela diz, por fim. — Quando você perdeu a memória, Leah se manteve firme ao seu lado. Como mãe, eu apreciei isso. — Ela suspira. — Mas eu sei que você ainda ama *aquela* garota.
Minha vez de suspirar.
— Não sei do que você está falando. E mesmo que eu ainda gostasse dela, não tenho vontade de falar sobre o assunto. É melhor conversarmos sobre outra coisa. Como vão as suas rosas?
— Tudo bem, já entendi. Caleb, eu sei que Jessica é incrível. Não tenho dúvidas. Mas ela busca um compromisso. Você sabe disso, não é?
— Sim.
— E você quer se casar de novo? Ter... filhos?
— Bem... — Eu hesito. — Na verdade, não.
— Você não pode deixar que uma mulher o impeça de ser quem você é.
Reconheço que minha mãe se preocupa comigo, e sou grato por isso. Mas ela não faz ideia do que está dizendo. Meu coração continua partido. Estou tentando descobrir como viver sem ter o que eu realmente desejo. Isso inclui abrir mão de sonhos antigos e vislumbrar novos. Pelo menos é o que eu acho.
— Não quero mais essas coisas — respondo com firmeza.
— Eu vi Estella.
Pego de surpresa, arregalo os olhos.
— O quê?
— No shopping. Cruzei com Leah e ela estava com Estella.
Não digo nada. Não sei o que dizer. Como ela está? Ela estava falando? Com quem ela se parece?
Passo a mão nervosamente pelo pescoço e fixo o olhar no braço da cadeira.
— Ela era minha neta. Eu a amo. — A voz dela soa triste, e pela primeira vez eu levo em consideração os sentimentos de minha mãe a respeito da situação. Ela perdeu Estella também.
— A menina é sua, Caleb. Eu sinto que é.

— Mãe, pare com isso...

— Não vou parar. Para quê existem testes de paternidade? Tem algo de errado nessa história.

Interrompo o que estou fazendo e me sento.

— Por que Leah mentiria para mim sobre isso? Ela perdeu pensão alimentícia, entre outras coisas. Isso tornou a vida mais difícil para ela.

— Ah, Caleb... Leah é o tipo de mulher que valoriza a vingança mais do que a comodidade.

Sinto um calafrio. Nada como ir direto ao ponto.

Balanço a cabeça numa negativa.

— Você quer que seja verdade. E eu também quero. Mas não é, infelizmente. Há uma boa chance de que a menina seja *sua* neta. Converse com o seu filho.

Ela contrai os lábios. Isso a faz parecer mais velha.

— Só lhe peço que pense no assunto, Caleb. Se ela se recusar, você pode acionar a justiça para exigir o seu direito. — Minha mãe se inclina para a frente. — Estella tem o seu nariz, filho!

— Porra! Muito bem, a nossa conversa já acabou. — Eu nunca xingo na presença dela. Levanto-me e a acompanho até a porta. Dou um beijo em seu rosto antes de fazê-la sair. — Você é uma boa mãe. Mas eu já sou crescidinho. Vá meter o nariz na vida de Seth.

Ela sorri e dá uns tapinhas em minha bochecha. Mas parece mais preocupada do que antes.

— Até logo, meu filho.

CAPÍTULO 6

PASSADO

ELA ERA MINHA. NÃO SE TRATAVA DE UM COMPROMISSO sólido, mas eu finalmente a tinha. Quando percebemos, estávamos em um relacionamento. Nossa rotina diária era leve e alegre. Nós nos divertíamos, nos beijávamos, conversávamos durante horas sobre coisas que eram importantes e também sobre coisas que não eram. Nossos encontros eram sempre excitantes; eu nunca podia prever o que ela iria dizer. E eu gostava disso. Ela era tão diferente das garotas com as quais eu estava acostumado. Nem mesmo Jessica — a experiência mais próxima de me apaixonar que vivi — jamais fez surgir em mim sentimentos como os que conheci ao lado de Olivia.

Certo dia, nós conversávamos a respeito de ter filhos — ou talvez eu estivesse falando sobre o assunto. Olivia não tinha muito interesse em falar do futuro.

— Cinco. Quero cinco filhos! — eu disse.

Ela ergueu as sobrancelhas, surpresa, mas nada entusiasmada.

— E por que tantos? E se sua mulher não quiser tantos filhos?

Nós tínhamos viajado à praia e estávamos deitados sobre uma manta, fingindo olhar as estrelas — mas a verdade é que na maior parte do tempo ficávamos olhando um para o outro.

— Acho que eu e você estamos prontos para estabelecer um compromisso — afirmei.

Olivia começou a piscar rapidamente, como se alguma coisa tivesse caído em seu olho.

— Eu não quero crianças — ela disse, sem olhar para mim.

— Sim, você quer.

Ela odiava quando eu fazia isso — dizer-lhe que estava enganada a respeito de seus próprios pensamentos.

Apoiei-me sobre os cotovelos e olhei para o mar, a fim de evitar o olhar de reprovação que ela me dirigia.

— Não vou deixar que ponha tudo a perder — eu disse. — Você não será como o seu pai, nem terminará como a sua mãe, porque eu jamais a abandonarei.

— Então vou morrer de câncer.

— Não, não vai. Vamos cuidar para que faça exames regularmente.

— Como você sempre consegue saber a merda que estou pensando?

Eu olhei para Olivia. Ela estava sentada, com os joelhos encostados ao peito e a cabeça descansando sobre os joelhos. Seu cabelo estava amontoado no topo da cabeça em um nó grande e quase cômico. Quis puxá-lo para que caísse todo em suas costas, mas ela ficava tão engraçadinha assim que mudei de ideia.

— Eu a observo, mesmo quando você pensa que não estou olhando. Estou provavelmente mais obcecado por você do que seria razoável.

Olivia tentou reprimir o riso, e eu vi os cantos de sua boca se contraírem nervosamente. Então eu a agarrei pelas costas, e ela soltou uma pequena risada. Ela quase nunca dava risadas... Eu provavelmente poderia contar nos dedos das duas mãos o número de vezes que a vi rir bobamente.

— Como você é dura na queda! É por isso que a adoro, Olivia "sem nome do meio" Kaspen. Você me faz lutar por cada sorriso, cada risadinha...

Ela balançou a cabeça de modo ostensivo.

— Não dei risadinha nenhuma.

— Ah, não? — Passei os dedos pelas costelas dela, provocando-lhe cócegas. Dessa vez ela riu com vontade e me fez rir também.

Quando conseguimos parar de rir, Olivia deitou a cabeça em meu peito. As palavras que ela disse em seguida me surpreenderam. Eu mal me mexia e mal respirava, receando fazer algum movimento brusco que a interrompesse naquele momento raro em que abria seu coração.

— Mamãe queria seis crianças. Mas só teve a mim, e foi muito ruim para ela, porque eu era uma maluca esquisita.

— Você não era nada disso — observei.

Olivia ergueu a cabeça e me olhou com cara feia.

— Eu costumava passar delineador preto nos lábios e me sentar com as pernas cruzadas na mesa da cozinha... para meditar.

— Nada mau — eu disse. — Buscando atenção a todo custo.

— Então escute esta: quando eu tinha 12 anos, comecei a escrever cartas à minha mãe biológica porque eu queria ser adotada.

Balancei a cabeça.

— Sua infância foi uma droga, Olivia, você desejava uma nova realidade.

Ela respirou fundo. Estava só começando.

— Eu acreditava que uma sereia vivia no ralo do meu chuveiro... Eu a chamava de Sarah e costumava conversar com ela.

— Imaginação fértil — argumentei. Mas a teimosia de Olivia aumentava, e eu sentia seu pequeno corpo se contorcendo junto ao meu.

— Eu fazia papel com os fiapos que ficavam no filtro da secadora de roupas.

— Coisas de nerd.

— Eu queria total integração com a natureza, então comecei a ferver grama e bebê-la usando uma pitada de terra como açúcar.

Pensei um pouco.

— Dessa vez eu concordo, isso é estranho.

— Obrigada! — ela disse. E então voltou a ficar séria. — Apesar de todas essas esquisitices, mamãe sempre me amou.

Eu a abracei forte. Tinha medo de que ela fosse tirada de mim um dia, por alguma força desconhecida ou algo assim. Eu não queria que ela sumisse da minha vida.

— Perto do fim, quando estava no hospital, ela só se preocupava comigo, mesmo sentindo dores terríveis. — Olivia ficou em silêncio por um instante, e riu baixinho. — Ela já não tinha cabelo. Sua cabeça parecia um ovo reluzente, e estava sempre fria. Tentei tricotar um gorro, mas não deu certo, ficou cheio de buracos... Mesmo assim, minha mãe o vestiu, é claro.

Eu podia ouvi-la chorar. E a dor dela partia o meu coração.

— Mamãe não parava de me perguntar: *"Você está com fome? Está cansada? Está triste?"*.

A voz dela ficou fraca. Deslizei a mão por suas costas, na tentativa de confortá-la, mesmo sabendo que não conseguiria.

— Se pudesse eu teria trocado de lugar com ela, Caleb.

Ela caiu num choro convulsivo. Eu me sentei e a aninhei em meu colo enquanto ela chorava.

A dor de Olivia era tão cortante. Você não podia tocá-la sem sair ferido também. Desejei ter o poder de envolvê-la completamente com meu corpo e amortecer as desgraças que a vida ainda lhe trouxesse.

Naquele exato momento o meu coração se fundiu ao de Olivia. Foi como se alguém aparecesse com uma agulha e costurasse a minha alma à dela. Como podia uma mulher ser tão decidida e tão vulnerável ao mesmo tempo? Tudo o que acontecesse a ela acontecia também a mim. Toda a dor que ela sentia, eu também sentia. Mas eu queria isso — essa era a parte mais surpreendente. Caleb, o egocêntrico, tão egoísta, amava tanto uma garota que até estava se modificando para servir às necessidades dela.

Eu estava prostrado. Caído.

Pelo resto dessa vida e, provavelmente, na próxima também.

Eu a queria — queria cada centímetro daquele coração teimoso, combativo e traiçoeiro.

Alguns meses mais tarde, eu disse pela primeira vez à Olivia que a amava. Eu já a amava havia muito tempo, mas sabia que ela não estava pronta para ouvir isso. No minuto em que eu disse as palavras, tive a impressão de que ela as enfiaria de volta em minha boca se pudesse. Suas narinas se alargaram, e seu rosto ficou vermelho. Ela não conseguiu dizer que me amava. Fiquei desapontado, mas não surpreso. Eu sabia que Olivia me amava, mas queria ouvir isso. Quanto mais ela me rejeitava, mais agressivamente eu lutava para derrubar suas defesas. Às vezes, eu a pressionava demais... como aconteceu quando acampamos. Na ocasião, tentei provar que ela não era tão independente quanto pensava. Quis mostrar-lhe que estava tudo bem, que ela não precisava se envergonhar por ser vulnerável e por me querer. Para alguém como Olivia, sexo estava diretamente ligado às emoções. Ela tentou fingir que sexo não era importante em sua vida — que podia ter um relacionamento saudável sem ele. O fato, porém, é que ela estava jogando com seu corpo. Quanto mais tempo ficava sem sexo, mais dependente ficava desse poder.

Quando entrei naquela tenda, no acampamento, eu estava determinado a despi-la daquele poder.

— Você tem domínio total sobre o seu próprio corpo, não é? — eu perguntei.

Olivia ergueu o queixo com ar desafiador.

— Isso mesmo!

— Então você não terá problemas para controlar isso.

Eu podia ver a dúvida nos olhos dela quando avancei em sua direção. Ela gostava de jogar? Pois bem, nós agora jogaríamos pra valer. Olivia se enganara achando que seria páreo para mim. No último ano eu havia lutado contra cada desejo, cada necessidade que eu tinha. Já era hora de cobrar essa dívida.

Ela tentou se retirar, mas eu a agarrei pelo pulso e a puxei de volta.

O controle que havia refreado meu desejo por um ano agora estava por um fio. Na beira do precipício. Deixei que balançasse ali mais alguns instantes; então, chutei-o para baixo e a beijei. Beijei-a como se beija uma garota experiente. Eu a beijei como havia feito quando nos beijamos pela primeira vez, na piscina — antes que eu soubesse que ela estava tão despedaçada. Olivia reagiu melhor do que eu imaginava. Por um instante pareceu que ela me perguntaria por que eu havia demorado tanto para beijá-la assim. Tentou me afastar uma ou duas vezes, porém sem convicção. E mesmo assim ela não parou de me beijar em nenhum momento. Uma batalha se travava na mente de Olivia. Decidi dar a ela uma pequena ajuda. Interrompi o beijo, agarrei sua frágil camiseta e a rasguei de cima a baixo, como papel. Ela ficou sem ação quando eu tirei dos braços dela os trapos que ainda restavam da roupa. Puxei-a para mim novamente e a beijei, enquanto meus dedos encontravam o fecho de seu sutiã e o abriam de um só golpe. Nossos corpos agora estavam colados. Ela gemia com sua boca unida à minha, como se fosse ao mesmo tempo a pior e a melhor coisa que eu já havia feito.

Ela ofegava enquanto nos beijávamos — Deus, como eu estava excitado! Diminuí um pouco o meu ímpeto. Queria beijar sem pressa todas as partes daquele corpo que sempre desejei e nunca pude ter: o ponto entre os seios, a junção entre as pernas, a curva no alto das coxas.

Olivia tinha uma área deliciosa bem acima da clavícula, onde o pescoço se insinuava. Ouvi quando ela inspirou vigorosamente, reagindo aos meus beijos com satisfação; e fui descendo. Assim que alcancei os bicos perfeitos de seus seios, ela projetou-se agressivamente na minha direção, como se estivesse tomada pela luxúria a ponto de não aguentar mais. Eu a coloquei no chão e me deitei sobre ela. Logo estava sugando os bicos de seus seios, enquanto acariciava suas coxas com a mão. Me detive ao tocar entre as suas pernas. Friccionei com o dedo polegar o tecido de sua calça e, quando fiz isso, ela elevou a pelve, pressionando-a contra a minha mão. Perguntei-me se algum outro homem já a havia tocado ali alguma vez. Fiz um esforço incrível para manter o controle sobre minhas ações. Colado aos cabelos dela, eu ofegava. Seus cabelos cheiravam a roupa recém-saída da lavanderia.

— E então, você ainda está no controle?

Olivia fez um sinal afirmativo com a cabeça. E eu quis dizer: *"Que grande mentira!"*.

— Por que não me interrompe? — desafiei. — Me faça parar. Se você tem o controle da situação, então me detenha!

Abaixei com determinação a calça de moletom que ela ainda vestia. Ela me fitou com os olhos vidrados, como se me deter fosse a última coisa que desejasse fazer.

Foi então que me dei conta do que estava fazendo. Meu jogo se tornava cada vez mais nocivo. Respirei fundo. Eu poderia tê-la naquele momento; ela não resistiria. Mas não era justo fazer as coisas assim. Eu a estava manipulando. Olivia ficaria furiosa comigo depois — ela se fecharia em seu mundo e eu a perderia. Eu só queria que ela reconhecesse.

— Quem é o seu dono?

Olivia passou a língua pelos lábios. Suas mãos agarravam meus braços com força. Pude sentir uma certa pressa quando ela me puxou em sua direção — era um pedido silencioso que ela me fazia. Porém, eu me contive — a convivência com Olivia me tornara bom nisso. Ela balançou a cabeça, sem entender minha reação.

Busquei os olhos dela com insistência, até que olhasse para mim com atenção.

Coloquei a mão em seu peito. Eu podia sentir o coração daquela mulher... batendo por mim.

Eu a quero. Eu a quero demais. Ah, Olivia! Por favor, seja minha!

— Quem é o seu dono?

Seus olhos se fecharam por um instante. Ela compreendeu. Seu corpo ficou mole.

— Você — Olivia disse baixinho.

Sua vulnerabilidade, seu corpo, seu cabelo — tudo nela me excitava. Eu desejava Olivia como jamais havia desejado mulher alguma em toda a minha vida.

Fechei os olhos e rolei para o lado, separando nossos corpos.

Não olhe para ela! Se olhar para ela novamente, possuí-la vai ser inevitável.

— Obrigado.

Então eu saí dali o mais rápido que pude para me enfiar debaixo de uma ducha bem gelada.

Depois disso, ela nem mesmo olhou para mim durante uma semana.

CAPÍTULO 7

Presente

MEU CELULAR TOCA. ABRO UM OLHO BRUSCAMENTE. AS cortinas não estão filtrando nenhuma luz, e percebo que é tarde demais ou cedo demais para a porra de um telefonema. Apanho o aparelho e o pressiono contra a minha orelha.

— Alô.

— Caleb?

Sento-me na cama e dou uma espiada em Jessica para saber se a acordei. Ela está dormindo de bruços, com o rosto coberto pelos cabelos.

— Sim? — Esfrego os olhos e ergo os joelhos.

— Sou eu.

Não levo muito tempo para descobrir quem é a pessoa do outro lado da linha.

— Olivia?

Olho para o relógio e vejo que são 4h49. Movimento-me com cuidado na beirada da cama, com o telefone preso entre o ombro e a orelha. Quando Olivia volta a falar, eu já vesti uma calça e estou tentando calçar meus sapatos.

— Caleb, me desculpe... Eu não sabia para quem ligar.

— Não precisa se desculpar, só me diga o que está acontecendo.

— É Dobson — ela responde. Está falando de maneira confusa e apressada. — Ele vem me enviando cartas há um ano. Dobson fugiu da prisão de Selbet na noite passada. A polícia acha que ele vem atrás de mim...

Solto por alguns instantes o telefone para vestir uma camisa, enfiando-a pela cabeça.

— Onde está Noah? — O demorado silêncio do outro lado da linha me faz pensar que ela desligou o telefone. — Olivia?

— Não está aqui.

— Certo — respondo. — Tudo bem. Eu estarei aí em trinta minutos.

Acordo Jessica e digo a ela aonde irei.

— Quer que eu vá com você? — ela pergunta, mal conseguindo abrir os olhos.

— Não, não precisa. Eu ficarei bem.

Dou um beijo em sua têmpora e ela desaba sobre o travesseiro, prostrada.

Posso sentir o cheiro de sal quando saio do elevador e entro na garagem. O cheiro do mar é sempre mais forte de manhã bem cedo, quando há poucos carros e a máquina de poluição humana ainda não despertou para o dia de trabalho.

Gasto trinta minutos para chegar a Sunny Isles Beach, onde o condomínio de Olivia se destaca em meio a todos os outros; de um lado tem vista para a cidade, do outro tem vista para o mar. É o único prédio residencial com vidro espelhado na área externa. Quando entro no saguão, o porteiro da noite me olha de cima a baixo; talvez estivesse se perguntando se meu nome era Dobson e se eu havia acabado de fugir de alguma fortaleza perdida no nada.

— Sinto muito, mas ninguém pode subir. São ordens expressas da senhora Kaspen.

— Ligue para ela — eu digo, apontando para o interfone.

Nesse momento eu escuto a voz dela atrás de mim.

— Está tudo bem, Nick.

Volto-me e a vejo caminhando em minha direção. Ela está usando uma calça de ioga branca e um agasalho de moletom. O capuz do agasalho cobre a cabeça dela, mas alguns fios escapam e emolduram sua face ansiosa. Rapidamente vou ao encontro dela e a abraço forte. Ela enterra o rosto em meu peito com tanta força que mal consegue respirar e agarra meu pescoço em vez de me enlaçar num abraço. É assim que costumávamos nos abraçar. Olivia chamava isso de "golpe no queixo". Na faculdade, ela sempre dizia "Caleb, quero um golpe no queixo!". As pessoas olhavam para nós como se eu estivesse pronto para bater nela.

— Você está com medo? — pergunto ao topo da cabeça dela.

Ela faz que sim sem desgrudar do meu peito.

— É iss que contece uando se faz erda.

O som da voz dela sai abafado, então eu ergo o seu queixo. Sua boca fica a poucos centímetros da minha. Eu me recordo da doçura dos lábios dela e tenho de lutar contra o ímpeto de beijá-la. O que me faz levantar uma questão importante.

— Onde está o seu marido, Olivia?

Ela me olha com tanta tristeza que eu quase me arrependo de ter perguntado.

— Não me pergunte isso esta noite, *ok*?

— Combinado — respondo, encarando-a. — E que tal tomar um "café de amanhã"? Quer dizer, um "cafrio da manhã"? Não, um *café da manhã*!

Depois da piadinha, faço uma careta boba e consigo arrancar uma risada dela. Nós costumávamos ser assim.

Nós.

Costumávamos ser assim.

Ela olha nervosamente para a entrada do prédio.

— Duquesa — eu digo, apertando-lhe os braços. — Vou tomar conta de você. — Sorrio para ela.

— Isso é bom, Caleb. Porque, se ele puser as mãos em mim, eu vou ter um puta problema.

O humor ácido de Olivia me arranca uma risada. Eu a conduzo até a saída.

No caminho, nós damos de cara com Cammie.

— Não é possível! — ela exclama, lançando as mãos no ar. — Eu não sabia que isso seria uma reunião para discutir relacionamentos...

— Não me julgue — Olivia responde, cobrindo os olhos com as mãos como se estivesse envergonhada.

Cammie me dá um tapa na bunda e abraça Olivia.

— Eu lhe disse que viria imediatamente; não era necessário ligar para ele.

— Eu o chamei primeiro, Cammie. Me sinto mais segura com ele do que com você.

— Por causa do pênis enorme dele, né? Se ele batesse em Dobson com essa coisa, eu aposto q...

— Entrem no carro — eu peço, abrindo a porta. Cammie passa por mim e se acomoda no banco de trás. — Olá, Cammie.

Ela sorri para mim e eu balanço a cabeça. A melhor amiga de Olivia é o oposto dela, eu nunca havia visto pessoas tão diferentes uma da outra. É sempre estranho observar essas duas juntas. É como ver uma chuva torrencial quando não há nuvens no céu. Em um momento elas estavam brigando e no minuto seguinte se abraçavam aos agarrões, desesperadamente.

— Bem, aqui estamos nós — diz Cammie. —Todos juntos de novo, como se oito anos de mentiras e conversa fiada não significassem merda nenhuma.

Olho para ela pelo espelho retrovisor.

— Raiva demais? — pergunto ironicamente.

— Nada disso. Eu estou ótima. Você está ótimo? Eu estou ótima. — Ela cruza os braços e olha pela janela.

Dou uma espiada em Olivia que observa o movimento lá fora e está distraída demais para prestar atenção.

— Vamos tentar não brigar hoje, Cam — ela diz, sem muito entusiasmo. — Caleb está aqui porque eu pedi que ele viesse.

Faço cara de paisagem e não comento nada. Antes isso do que perguntar o que está acontecendo entre as duas e correr o risco de provocar uma guerra de gritos bem ao meu lado. Entro no estacionamento de uma cafeteria. Olivia observa minha mão enquanto mudo de marcha.

— Mas então, Oli... Você contou a ele sobre Noah?

— Cale essa boca, Cammie — Olivia adverte.

Minha curiosidade, porém, já foi despertada. Olho para ela o mais discretamente possível.

— Pode me dizer por quê? — retruca Cammie.

Olivia subitamente gira em seu assento e aponta um dedo para a amiga.

— Eu vou acabar com você!

— E por que você faria isso se é tão boa em acabar consigo mesma?

— Hummm, que cheiro delicioso de waffles... — digo, abrindo a porta. As duas trocam mais algumas farpas e comentários depreciativos, e então eu as interrompo:

— Ninguém mais abre a boca a partir de agora, a não ser para morder alguma coisa gostosa.

Quando elas tinham seus 20 anos, começavam a brigar assim que sua taxa de glicose no sangue baixasse. Dez anos depois, quase nada havia mudado. Mantenha-as alimentadas ou então elas matarão você. Como Gremlins.

Ambas ficam de cara amarrada e obedientes até que a garçonete nos traz nossos pedidos. Eu corto minha omelete e as observo enquanto elas lentamente vão deixando sua crise para trás. Em poucos minutos as duas estão rindo e pegando pedaços de comida uma da outra.

— O que a polícia disse, Olivia?

Ela baixa seu garfo e limpa a boca.

— Depois que ganhei o caso, ele ficou convencido de que eu o amava e de que deveríamos ficar juntos. Agora que escapou, acho que virá reivindicar a sua noiva.

— Parece que isso acontece o tempo todo — Cammie comenta, com a boca cheia de waffle. — Seus ex-clientes desenvolvem uma obsessão por você e se tornam autodestrutivos. — Ela lambeu a ponta do dedo indicador e o apontou para mim.

Dou um pontapé em Cammie por baixo da mesa.

— Ai!

Olivia apoia o queixo nas mãos.

— Você não gostaria que Dobson estivesse apaixonado por Leah e não por mim?

Tento não rir — tento de verdade. Mas os comentários sarcásticos dela... Ela é simplesmente...

— Pare de olhar assim para ela — Cammie diz, enquanto me encara.

Eu não respondo, porque sei exatamente do que ela está falando. Pisco para Olivia. Minha ex-mulher me acusava da mesma coisa. Quando olho para Olivia, eu não consigo desviar o olhar. É assim desde que a vi pela primeira vez debaixo da árvore. Desde então todas as outras mulheres bonitas só fazem me lembrar dela. Não importa quem seja a garota — no fim das contas, é apenas um reflexo de Olivia. Essa pequena feiticeira me lançou um encanto.

Nossos olhos se encontram e permanecem assim por alguns segundos, presos numa contemplação tão absoluta e íntima que me sinto vazio quando desviamos os olhares. Percebo quando ela engole em seco na tentativa de sufocar a emoção. Sei o que está pensando.

Por quê?

Eu penso nisso todos os dias.

Eu pago a conta e nós voltamos para o carro. As garotas não querem retornar ao apartamento de Olivia.

— Caleb, ele pode trucidar você — Cammie diz. — Eu já o vi pessoalmente. Não me leve a mal, mas acho que você não teria nenhuma chance contra ele. Estou dizendo, o cara vai *esmagar* você!

A cabeça de Olivia está enfiada entre seus joelhos. Ela não quer fazer brincadeiras a respeito de algo tão sério, mas é difícil com Cammie e eu tratando o assunto sem respeito nem seriedade. Posso ver as costas de Olivia balançando numa risada silenciosa. Puxo o elástico do seu sutiã e em seguida o solto.

— Você também, duquesa? Não acha que consigo dar conta de Dobbie?

— Dobbie já torturava pequenos animais antes mesmo de aprender a andar. Uma vez eu o vi arrancar a cabeça de um rato e comê-la.

Faço uma careta.

— Sério?

— Não. Mas ele come a sua carne *muito* malpassada.

— Engraçadinha... Mas me diga, é verdade o que dizem sobre a mãe dele? Ela molestou mesmo todas aquelas crianças naquela igreja?

Olivia retira uma migalha de pão de sua calça e encolhe os ombros em sinal de incerteza.

— Parece que isso aconteceu, sim. Ele falou várias vezes sobre as coisas que sua mãe lhe fez. Talvez tenha vindo daí a sua necessidade de... bem... forçar mulheres depois de ter uma mãe assim.

53

— Caramba — Cammie diz no banco de trás. — Sei que às vezes os pais enlouquecem a gente, mas assim já é demais.

— Alguma vez ele já foi agressivo com você, Olivia? — pergunto sem olhar diretamente para ela.

— Não, nunca. Ele sempre foi muito pacato. Praticamente um cavalheiro. As vítimas me disseram que ele simulava um pedido de permissão antes de estuprá-las. Que coisa doentia! "Por favor, deixe-me estuprar você... Claro que você é uma mulher morta se disser não, mas quero lhe perguntar mesmo assim..." — Ela contrai o canto da boca e balança a cabeça. — Como as pessoas são perturbadas! Todos nós. Só fazemos ferir uns aos outros.

— Mas algumas pessoas são piores que outras, não acha? Por exemplo, Dobson poderia ter se tornado advogado para defender crianças abusadas, em vez de se tornar um psicopata.

— É verdade — Olivia responde. — Mas a mente dele é doentia. Ele não conseguiu superar os traumas vividos e ainda manter sua cabeça no lugar...

Eu amo esta mulher! Meu Deus, eu a amo tanto!

— Será que podemos simplesmente *não* voltar para a minha casa? — ela diz. — Ficar lá não me parece uma boa ideia.

— Que tal a casa de Cammie? — sugiro.

Cammie balança a cabeça numa negativa.

— Estou morando com meu namorado enquanto minha casa nova não fica pronta. Olivia o odeia.

Olho para o meu relógio. Jessica ficará em minha casa até sair para trabalhar, dentro de poucas horas. Ela passa a noite em casa apenas umas duas noites por semana, mas de qualquer maneira eu não gosto da ideia de levar Olivia para um lugar onde transei com outra mulher.

— Podemos ir para um hotel — digo. — E nos escondermos lá até que capturem Dobson.

— Não vai dar certo, Caleb — responde Olivia. — Quem sabe quanto tempo isso vai demorar? Tudo bem, não se preocupem mais. Apenas me levem para casa.

Posso ver o medo estampado em sua face e sinto vontade de perguntar mais uma vez onde Noah está.

— Tive uma ideia, garotas.

Elas me pressionam para que eu revele o que tenho em mente, mas eu não direi. É um plano ridículo, mas me agrada. Faço o retorno e conduzo o carro pelo trânsito do início da manhã, de volta para o prédio dela.

— Querem pegar algumas roupas, meninas?

Olivia faz que sim com a cabeça.

Paramos rapidamente em seu prédio. Subo sozinho até o apartamento dela, para despistar Dobson, caso ele esteja observando. Tiro uma mochila de seu closet. Abro algumas gavetas até encontrar roupas íntimas. Enfio tudo na mochila. Depois disso, começo a escolher ao acaso algumas peças para ela e Cammie. Antes de sair, paro diante do outro closet. *O dele.*

Abro a porta, sem saber o que esperar. Suas roupas estão ali, todas muito bem organizadas em seus cabides. Fecho a porta, batendo-a com mais força do que seria preciso. Faço mais uma parada na sala de estar. Há uma mesa onde ele mantinha seu uísque em um decanter. Está vazio. Eu abro o recipiente e o seguro de cabeça para baixo.

Nem uma gota.

Ele foi embora há quanto tempo? E por quê? Por que ela não me disse?

Quando entro de volta no carro, não comento nada a respeito do que vi. Cammie está roncando docemente no assento traseiro.

Entrego a Olivia a mochila, e ela sussurra um "obrigada".

Não por isso, duquesa. Não por isso.

CAPÍTULO 8

PASSADO

O SABÃO SE ESPALHOU EM MEU PARA-BRISA, E O CARRO vibrou quando os jatos de água foram lançados contra as janelas. Olivia parou de me beijar e me olhou com malícia. Beijei o contorno elegante de seu pescoço e então mergulhei os dedos em seus cabelos, na altura da nuca, conduzindo sua boca de volta à minha. As coisas estavam saindo de controle — para Olivia. Para mim, isso era normal. Uma garota sentada em meu colo, de saia... na lavadora de carros... numa situação dessas, as coisas só poderiam melhorar mais e mais. Mas com Olivia não havia a parte do "melhorar mais e mais". As coisas nem mesmo iam melhorar. Muito embora ela fosse a minha namorada, e eu a amasse, e a quisesse nua bem em cima de mim, eu não iria tirar dela algo que ela não estava pronta para dar.

Eu a segurei pela cintura e a recoloquei em seu assento. Então, agarrei o volante e pensei em minha querida tia Ina. Tia Ina tinha 67 anos e... verrugas. Verrugas grotescas, detestáveis e salientes. Pensei em sua papada, em seu tornozelo inchado e no pelo que crescia numa verruga em seu braço. Foi útil recorrer a Tia Ina naquele momento. Senti que recuperei um pouco do meu autocontrole.

Olivia bufou inconformada no banco ao meu lado.

— Por que você sempre faz isso, Caleb? Estava divertido!

Fechei os olhos e inclinei a cabeça para trás.

— Duquesa, você quer fazer sexo?

A resposta dela veio rapidamente.

— Não.

— De que adianta ficarmos nisso então?

Ela levou algum tempo pensando na questão.

— Não sei. Dar uns amassos é legal, todo mundo faz isso. Por que nós não podemos simplesmente... bom, você sabe...

— Não, não sei — eu disse, voltando a olhar para ela. — Por que você não me explica exatamente o que tem em mente?

Olivia enrubesceu.

— Não podemos apenas entrar em um acordo? — ela sussurrou sem olhar para mim.

— Eu tenho 23 anos. Transo desde os 15 anos de idade. Acho que já estou entrando em um acordo. Se quer que eu me contente em ficar só apalpando você como um adolescente, pode esquecer. Não vou fazer isso.

— Eu sei — ela respondeu com timidez. — Sinto muito... eu simplesmente não posso!

Sua voz me fez deixar o egoísmo de lado. A culpa não era dela. Eu já havia esperado um ano e poderia esperar mais um — eu queria esperar. Olivia valia a pena.

Eu a queria demais.

— Dar uns amassos não é nada mais, nada menos do que abrir caminho aos poucos para a transa propriamente dita. Você começa usando as mãos, depois a boca, e sem que perceba já está usando as três coisas ao mesmo tempo.

Ela ficou vermelha ao ouvir minhas palavras.

— Uma vez que você começa, não quer mais parar. Então, se acredita de fato que não está pronta para fazer sexo, não faça as coisas que levam ao sexo. É tudo que tenho a lhe dizer.

Abri a garrafa de água que estava no porta-copos e bebi um gole. A máquina de lavar carros fazia um grande barulho ao nosso redor, com suas tiras de borracha ensaboadas batendo no metal.

Olivia voltou para o meu colo. *Deus, tomara que ela não sinta a minha ereção...* Ela pôs uma mão em cada lado do meu rosto e encostou seu nariz no meu. O nariz dela estava frio. Esse era o lado mais doce de Olivia. O lado que me fazia querer vigiar seus passos como um macho alfa e rosnar com os dentes à mostra para qualquer um que se aproximasse dela.

— Me desculpe, Caleb. Se ao menos eu não fosse tão esquisita...

Minhas mãos voltaram à cintura dela.

— Você não é esquisita, é sexualmente reprimida. Só isso.

Ela deu uma risadinha nervosa. Era tão feminina e doce.

Meus olhos pousaram nas lindas pernas dela. Tudo o que eu precisava fazer era abrir o zíper da calça, porque ela já estava bem na...

— Certo, agora você vai ter de voltar para o seu lugar. — Minha voz soou um tanto áspera.

Ela pulou para o seu banco sem hesitar, com uma expressão de culpa.

Nós ficamos em silêncio por alguns minutos, enquanto o carro passava pelo processo de secagem. Observei as gotas de água dançando pelo para-brisa até desaparecerem. Em que situação eu havia me metido, afinal? Estava apaixonado por alguém que eu não conseguia "reparar". Meu treinador me chamava de reparador. Isso começou no meu primeiro ano de faculdade, quando vi alguns novatos no time enfrentando muitas dificuldades para jogar. Trabalhei com eles até que melhorassem como defensores. O treinador sempre usou meus projetos paralelos. No meu penúltimo ano da faculdade, dez caras me procuraram nas horas vagas e pediram que lhes ministrasse sessões de treinamento. Não sei bem por quê, mas eu era bom nisso. Agora, minha necessidade de reparar as coisas havia se transferido para a mulher que eu amava. Lembrei-me de minha ex-namorada, Jessica. Ela era perfeita em tudo, até que um dia...

Uma estranha ideia me veio à mente e me incomodou. Talvez nosso relacionamento não tenha dado certo justamente por causa disso. Jessica era perfeita em tudo. Olivia era tão maravilhosamente imperfeita! As rachaduras em sua personalidade eram mais obras de arte do que defeitos. A estátua de Lorenzo feita por Michelangelo, com sua base irregular que se eleva para acomodar o pé. A falta de sobrancelhas na Mona Lisa. As falhas são excessivamente desprezadas. Elas são lindas se você as enxerga sem julgar.

Eu sabia que estava mentindo para mim mesmo quando acreditava que podia modificá-la. Era tarde demais, porém. Não sabia como lidar com a situação. Olivia quebrou o silêncio primeiro.

— Eu gostaria de saber o que você está pensando — ela disse.

— Já passou pela sua cabeça que você tem a opção de me perguntar?

— Mexi no câmbio para colocar o carro em funcionamento. Ela acompanhou os movimentos da minha mão na alavanca de câmbio; ela sempre fazia isso.

Lavagem do carro: acabou. Necessidade incontrolável de penetrá-la: não acabou.

— É como se você tentasse o tempo todo invadir a minha mente. Olivia, você é uma espécie de Peter Pan: sempre subindo em janelas e causando problemas.

Ela fez uma careta brincalhona.

— Então agora vai me chamar de Peter Pan?

— Já chamei você de coisa pior — respondi, conduzindo o carro com cuidado em meio ao trânsito.

— É verdade, me chamou de lhama — ela observou. — E eu adorei!

Seu óbvio sarcasmo me fez rir, e o transe do desejo foi quebrado. Eu havia voltado à simples necessidade de estar com ela.

— Peter Pan quer entrar em sua mente e saber o que você está pensando — ela tentou mais uma vez. E olhou para mim com tanta seriedade que eu cedi.

Nós paramos em um sinal vermelho. Estendi o braço e lhe agarrei a mão. Se Olivia queria meus pensamentos, então eu os daria a ela. Talvez lhe fizesse bem saber o que se passava no interior da mente de um adulto normal do sexo masculino. Talvez ela tivesse um pouco mais de cautela ao lidar com o dito "adulto normal do sexo masculino". Trouxe seus dedos até meus lábios e os beijei. Deixei que viesse à minha mente a imagem de Olivia em meu colo e dei à voz um tom grave para que ela percebesse que eu não estava brincando.

— Se você se sentar em meu colo vestindo saia e me beijar daquele jeito novamente, eu vou abaixar a sua calcinha e te comer.

Ela ficou pálida. Bom sinal. Eu precisava assustá-la o suficiente para que ela não fizesse aquilo de novo. Eu não era de ferro. Eu era apenas um homem — um homem louco para fazer amor com sua namorada.

Olivia não soltou minha mão; na verdade, apertou-a com mais força. Eu a espiei com o canto do olho. Ela estava mordendo o lábio inferior e olhando fixamente para a frente.

Reprimi uma risada. *Meu Deus, acho que dessa vez ela sentiu o golpe de verdade!* Minha duquesinha — sempre me surpreendendo.

Daquele dia em diante, Peter Pan se tornou nosso código para *"o que você está pensando?"*.

— Peter Pan.
— Pare com isso.
— Quem inventou essa história foi você.

Nós estávamos deitados no chão, supostamente estudando. Os lábios dela estavam ainda um pouco inchados devido a nossa sessão de beijos.

— Eu estou coberta desse pó de Cheetos e tentando estudar. Você está me incomodando porque não tira os olhos de mim há quarenta minutos. Isso atrapalha a minha concentração. — Olivia colocou outro salgadinho na boca e deixou que se dissolvesse. Peguei a mão dela, levei aos lábios e chupei de seu dedo o "pó de Cheetos". Aliás, "pó de Cheetos" era um novo olivianismo.

Os olhos dela brilharam por um segundo, e eu soltei a sua mão.

— Desde quando você lê o jornal? — As folhas estavam debaixo dela, meio encobertas. Ela ergueu as costas para que eu as puxasse.

— Eu vi isso quando estava pagando a conta na mercearia.

Olivia parecia um tanto constrangida. Desdobrei o jornal e fitei a primeira página.

— Laura — eu disse. Não pretendia dizer isso em voz alta, mas ver a fotografia da garota me causou surpresa. Eu sentia uma pontada no estômago sempre que pensava no assunto.

"Novas pistas no caso de Laura Hilberson", eu li. A notícia informava que um de seus cartões de crédito havia sido usado em um posto de gasolina no Mississippi. Infelizmente o posto não contava com câmeras de segurança, e não foi possível conseguir imagens da pessoa que usou o cartão. O adolescente que ficava no caixa estava chapado na ocasião e não se lembrava de absolutamente nada.

— Ela foi sua namorada — disse Olivia. Eu concordei com um aceno de cabeça. Ela pôs de lado o livro de estudos e apoiou a cabeça no punho. — Então, como ela era? Você acha que ela simplesmente desapareceria? Acha que alguém a sequestrou?

Cocei a minha barriga.

— O nosso lance não durou muito. Eu não a conheci muito bem. — *Isso não é verdade. Por que estou mentindo?*

Olivia percebeu que eu estava mentindo.

— Pode começar a falar, Caleb...

— Não há nada a dizer, duquesa.

— Caleb, você é uma das pessoas mais observadoras que eu já conheci. Quer realmente que eu acredite que não consegue intuir nada sobre essa situação?

Não sabia ao certo o que dizer e não conseguia pensar em nada. O assunto era delicado demais. Eu estava prestes a contar outra mentira — ou talvez fosse a verdade —, quando Cammie entrou com tudo no quarto e me salvou.

— Ah, meu Deus! Vocês estavam transando?

Pus as mãos atrás da cabeça a fim de observar enquanto elas iniciavam seu costumeiro diálogo maluco.

Mas e Laura, onde estaria? Isso era uma grande loucura.

Laura Hilberson era uma mentirosa compulsiva. Bastaram três encontros com ela para que eu constatasse isso. Uma bela garota, tímida, de uma maneira geral, embora bastante popular. Provavelmente porque ela convidava muita gente para o iate dos pais nos finais de semana. Nossa faculdade era particular. Olivia era uma das poucas pessoas que haviam conquistado uma bolsa integral. A grande maioria dos estudantes ali não precisava de bolsas de estudos.

Eu convidei Laura para sair depois que participamos de um trabalho em grupo. Em nosso primeiro encontro ela me revelou que sua melhor amiga havia morrido num acidente de automóvel, três anos antes. A garota chorou ao me contar isso, afirmando que era mais próxima da falecida do que de seus próprios irmãos. Quando lhe perguntei quantos irmãos e irmãs tinha, ela hesitou por um breve instante antes de responder: oito. Oito irmãos. *Puxa vida!*, pensei. Os pais dela deviam estar acabados. Até o ato simples de abraçar um por um todos os dias já parecia exaustivo.

O segundo encontro aconteceu no iate dos pais de Laura. Apesar de todo o dinheiro que possuíam, eram pessoas simples. A mãe dela fez sanduíches para nós: fatias de peru, pão e tomate. Elas falaram sobre sua igreja e sobre as viagens missionárias que Laura havia realizado quando cursava a escola secundária. Quando perguntei se algum de seus irmãos a havia acompanhado nessas viagens, elas olharam para mim com uma expressão vaga. Nesse momento, Laura avistou golfinhos, e todos nos distraímos observando as evoluções deles na água. Mais tarde, voltamos à casa delas, onde eu havia deixado o meu carro. Tratava-se de um sobrado modesto; a única indicação de que tinham dinheiro era o iate, que elas diziam ser o seu luxo.

Laura se encarregou de me mostrar a casa enquanto sua mãe foi buscar algumas cocas na geladeira da garagem. Contei os quartos: um, dois, três, quatro. Todos com camas de casal, exceto o de Laura, que preferia cama de solteiro. Quando perguntei onde cada um deles dormia, ela disse que quase todos os seus irmãos eram mais velhos do que ela e já não moravam mais com a família.

Fiquei seriamente desconfiado de que havia algo de errado quando me despedi da família dela na sala de espera. Na parede, à direita da porta de entrada, havia uma enorme montagem com fotografias. Avós, Natais, festas de aniversário — corri os olhos por cada uma delas enquanto falávamos sobre os exames finais, que se aproximavam. Depois que eu finalmente disse "até logo", caminhei até meu carro sabendo de duas coisas: Laura era filha única e Laura era uma mentirosa compulsiva.

O terceiro encontro jamais deveria ter acontecido. Eu estava totalmente decepcionado depois de descobrir tudo. Nós saímos em grupo, e eu e Laura formávamos um dos casais. Pegamos a estrada de carro para assistir ao jogo dos Yankees contra os Rays. Todos sabiam que seria um jogo angustiante para os Rays, mas nós queríamos sair da cidade e nos divertir um pouco antes que as provas acabassem conosco. Eu e Laura fomos num carro com outro casal. Ela se sentou no banco da frente e ficou tagarelando sobre sua última viagem a Tampa, quando sua irmã se perdeu na praia e seus pais tiveram de chamar a polícia.

— Eu pensei que você fosse a mais nova — comentei.

— Isso aconteceu há muito tempo. Acho que minha irmã tinha só 5 anos de idade — ela respondeu.

— E qual era a sua idade?

— Eu tinha 3 anos — ela disse rapidamente.

— E consegue se lembrar do que aconteceu?

Laura hesitou.

— Não. Mas meus pais vivem falando comigo sobre o assunto.

— Sua irmã está na faculdade agora?

— Não. Está nas Forças Armadas.

— Em qual setor?

— Os SEALS, da Marinha.

Hein? Mal pude acreditar no que ouvi. Espiei pelo espelho retrovisor para saber se John e Amy, no banco de trás, estavam escutando o que Laura dizia.

Mas ambos estavam fora de combate, dormindo.

Droga!

Estava escuro. Felizmente Laura não podia ver bem a expressão em meu rosto. Não havia mulheres no quadro de SEALS da Marinha. Eu podia não ser 100% norte-americano, mas esse detalhe sobre os SEALS era bem conhecido. Ou ao menos eu pensava que fosse.

— Nossa, isso é impressionante — comentei, sem saber muito bem o que dizer. — Você deve sentir muito orgulho. — *De ser tão mentirosa...*

Durante o resto da viagem, eu perguntei o que cada um de seus irmãos fazia, e ela sempre tinha uma resposta na ponta da língua.

A essa altura dos acontecimentos, eu lhe perguntava coisas apenas por distração. No jogo de beisebol do dia seguinte, eu me enfiei entre dois amigos para não ter que me sentar ao lado dela. As mentiras já estavam me deixando esgotado. À noite, porém, mais mentiras me esperavam.

Perguntei a ela sobre suas viagens missionárias, tentando entender um pouco o seu perfil psicológico. Esperava-se que cristãos não mentissem — ou que não mentissem tanto, ao menos. Que grande engano! Talvez Laura fosse maluca. Mas ela interagia normalmente com as outras pessoas. *Meu Deus.* Isso me deixava tão confuso. Eu devia ter estudado Psicologia — na verdade, era o que eu queria — em vez de Administração. Mais tarde, naquela semana, fiz perguntas sobre Laura a uma das garotas de nosso grupo.

— Ela é legal — disse a garota. — Meio calada.

— Sim. Talvez por ser a mais nova entre todos aqueles irmãos — comentei.

O rosto de Tori se contorceu numa careta.

— Mas ela tem só dois irmãos: um irmão e uma irmã. Os dois estudam fora do país.

Diabos!

Nunca mais falei com Laura novamente. Jamais descobriria se ela sabia que estava mentindo ou se ela tinha algum problema mental. Ou talvez ela achasse divertido sair inventando coisas por aí. Quem poderia ter certeza, afinal? Eu é que não ficaria por perto para descobrir. Quando disseram que Laura havia desaparecido, eu deduzi imediatamente que ela havia sumido de propósito. Depois eu me senti culpado por pensar dessa maneira.

Provavelmente Laura tinha sido sequestrada, e eu, ali, inventando histórias para reforçar a minha avaliação sobre ela.

Ela foi encontrada no Aeroporto de Miami. Quando os jornais começaram a divulgar informações sobre seu sequestro por um homem chamado Devon, eu tentei não me envolver no assunto. Tentei. Olivia estava fascinada pelo caso. Lia tudo o que podia sobre ele. Não sei se ela fazia isso porque estudava direito ou porque tinha alguma ligação pessoal com Laura. Guardei minhas opiniões para mim e torci para que Laura ficasse bem.

Contudo, um fato curioso ocorreu na noite em que Estella nasceu. Eu estava preparando o jantar enquanto na televisão, com volume reduzido, era apresentado o noticiário. Ouvi o nome dela. Apesar do som baixo, meus ouvidos tinham uma ligação especial com aquele nome. Saí da cozinha a tempo de encontrar Leah tentando mudar de canal.

— Deixe aí — eu pedi. Olivia estava na tela da minha televisão, caminhando com um homem que presumi ser Dobson Orchard. Ela driblou a imprensa e entrou com Dobson em um carro.

Não, Olivia.

Eu gostaria de ter dito a ela que se afastasse daquele caso. Que ficasse longe daquele homem. Gostaria de poder tocar seus cabelos negros e sedosos, e colocá-la sob a minha proteção. Quando cortaram para o intervalo, minha boca estava seca.

Nesse momento, percebi que havia sido exibida uma fotografia de Laura, descrita no noticiário como uma das primeiras vítimas do criminoso. Dobson/Devon...

Esqueça isso, eu pensei. Laura tinha sido drogada. Provavelmente se enganou a respeito do nome. Talvez a notícia estivesse errada. Laura deve ter entrado no carro de Dobson por engano. Quando estava na faculdade, ela desejava ansiosamente ser parte de algo, de uma família de oito. Talvez — infelizmente — alguém tenha se aproveitado disso da pior maneira possível.

CAPÍTULO 9

— ONDE NÓS ESTAMOS? — CAMMIE SENTA-SE NO BANCO, esfregando os olhos.

— Em Naples. — Entro em uma rua extremamente arborizada, e ela olha em volta, assustada.

— Que droga é essa, Drake?

Olivia, que permaneceu em silêncio durante toda a viagem, observa a paisagem pela janela impassivelmente. Ela me preocupa. Ainda não me perguntou nenhuma vez para onde estamos indo. Ou ela confia em mim ou não se importa. Ambas as alternativas me parecem boas.

Numa curva da estrada, pego uma rua bem menor. As casas aqui são mais afastadas umas das outras. Há dez residências, todas em torno de um lago. Os vizinhos mais próximos possuem cavalos. Posso vê-los pastando atrás de cercas brancas de madeira. Quando passamos perto, Olivia levanta a cabeça para ter uma visão melhor.

Eu sorrio. Ela não tem o hábito de deixar a mente divagar e o olhar se perder.

Paro o carro diante de um belo portão branco e estico o braço para apanhar o controle remoto no porta-luvas. Minha mão roça o joelho de Olivia, que dá um pulinho.

— É bom saber que ainda provoco essa reação em você — eu digo, apontando o controle para o portão. Quando ele começa a se abrir, Olivia me acerta um soco bem no peito.

Eu agarro sua mão no momento em que ela me toca e a mantenho sobre o meu coração. Ela não opõe resistência.

Cammie bufa no assento de trás, e eu solto a mão de Olivia.

O caminho de entrada é pavimentado com tijolos marrom-claros. Seguimos nele por duzentos metros até alcançarmos a casa. Manobro o carro na garagem; Olivia olha para a minha mão.

Eu a observo enquanto ela observa a minha mão. Quando ela ergue os olhos, eu sorrio.

— Onde nós estamos?

— Em Naples — repito, abrindo a porta do meu lado. Inclino o assento para a frente a fim de deixar Cammie sair, depois contorno o carro e vou abrir a porta para Olivia.

Ela sai do carro e se espreguiça longamente, olhando para a casa.

Eu espero pela reação dela.

— É linda! — Olivia diz.

Ouvir isso acalma um pouco o meu coração.

— Quem é o dono disso, Caleb?

— Eu.

Ela arregala os olhos e me segue escada acima. É uma casa de três andares com parede de tijolos à mostra, uma torre e uma sacada que proporciona a mais incrível vista do lago. Quando nos aproximamos da porta da frente, ela suspira.

Presa a uma sólida porta de madeira, a aldrava tem a forma de uma coroa.

Eu paro à porta e olho para ela.

— E você.

Isso a pega de surpresa. Os cílios dela vibram, suas narinas se elevam levemente, e sua boca se contrai numa expressão entre confusa e zangada.

Giro a chave na fechadura, e entramos na casa.

O calor está insuportável. Procuro o termostato imediatamente. Cammie xinga sem piedade, e fico feliz porque elas não podem ver o meu rosto.

A casa é muito bem mobiliada. Uma pessoa vem uma vez por mês para tirar o pó e limpar a piscina — que nunca foi usada. Caminho de quarto em quarto, abrindo as venezianas. As garotas me seguem.

Quando chegamos à cozinha, Olivia leva as mãos à cintura e uma expressão de encanto se estampa em seu rosto.

— Gostou? — pergunto, observando-a atentamente.

— Foi você mesmo quem projetou tudo isso, não foi?

Bom demais saber que ela me conhece tão bem. Minha ex-mulher fazia questão de que tudo fosse moderno: aço inoxidável, branco asséptico e azulejo. Em minha casa, porém, tudo tem calor e vida. A cozinha é rústica. Há muita pedra, cobre e madeira-de-lei. Fiz o decorador abusar da cor vermelha, porque o vermelho me lembra a Olivia. Leah tem cabelo vermelho, mas Olivia tem personalidade vermelha. E pelo que sei, vermelho pertence ao amor da minha vida.

Perambulando pela sala de estar, Cammie por fim resolve se atirar no sofá e ligar a televisão. Olivia e eu ficamos ali, lado a lado, observando-a. Depois olhamos um para o outro e por pouco não caímos na gargalhada.

— Posso lhe mostrar o restante da casa?

Ela concorda com um aceno de cabeça, e eu a conduzo para fora da cozinha, na direção da escadaria curva.

— Leah...

— Não — eu a interrompo. — Não quero falar sobre Leah.

— Está bem — ela responde.

— Onde está Noah?

Ela se aborrece.

— Por favor... Já pedi para parar de me perguntar isso, Caleb.

— Por quê?

— Porque tocar nesse assunto me magoa.

Paro por um instante a fim de considerar a situação.

— Você terá de me contar mais cedo ou mais tarde, Olivia.

— Mais cedo ou mais tarde? — Ela suspira. — Isso é tão *a nossa cara*, não acha? Mais cedo ou mais tarde você me dirá que está simulando uma amnésia. Mais cedo ou mais tarde, eu lhe direi que estou fingindo não conhecer você. Mais cedo ou mais tarde, nós voltaremos a ficar juntos, e romperemos, e voltaremos.

Fascinado com suas palavras, eu a observo enquanto ela examina minha arte de parede. Olivia diz coisas que calam fundo em mim. Ela deixa que sua alma se comunique através de seus lábios e o que sai dela é sempre genuíno e incrivelmente triste.

— Caleb, o que é esta casa?

Ela para na entrada do quarto principal, e brinca com as pontas dos cabelos. Eu estou logo atrás dela.

— Eu estava construindo isso para você. Tinha a intenção de trazê-la para cá na noite em que a pedisse em casamento. Era apenas um terreno vazio, mas eu queria lhe mostrar o que nós podíamos construir juntos.

Olivia solta o ar com força pelo nariz e balança a cabeça. É sua maneira de lutar contra as lágrimas.

— Então você ia me pedir em casamento?

Por um momento eu considero a possibilidade de lhe falar sobre a noite em que ela foi ao meu encontro no escritório, mas não quero sobrecarregá-la emocionalmente.

— Por que você continuou construindo, Caleb? Por que a mobiliou?

— Um projeto, duquesa — eu digo em voz baixa. — Eu precisava moldar alguma coisa.

Ela ri.

— Você não conseguiu me moldar, nem conseguiu moldar aquela ruiva suja. Daí você resolveu tentar com uma casa?

— É bem mais compensador.

Olivia bufa. Eu teria preferido uma risada.

Ela acende a luz do quarto e caminha com cuidado pelo recinto, como se o chão pudesse se abrir debaixo dela a qualquer instante.

— Você já dormiu aqui, Caleb?

Ela deixa um dedo correr pelo edredom macio e branco, e senta-se na beirada da cama. Depois, ainda sentada, dá alguns pulos. Isso me faz sorrir.

— Não.

Ela se deita de costas e então, de repente, rola na cama duas vezes, até chegar do outro lado e ficar de pé. É um movimento que uma criancinha faria. Como sempre, quando a palavra "criança" me vem à mente, sinto uma pontada no estômago.

Estella.

Uma grande tristeza me invade, mas quando Olivia sorri para mim meu coração se alegra um pouco.

— Esse lugar tem algo de feminino — ela comenta.

— Bem, eu pretendia dividir isso aqui com uma mulher...

Ela repuxa os lábios e acena com a cabeça.

— Azul-pavão... é mesmo muito apropriado.

Há um vaso de penas de pavão sobre a penteadeira. Os cantos da boca de Olivia se elevam, como se ela se lembrasse de algo que aconteceu muito tempo atrás.

Mostro a ela os outros quartos e depois a levo até o estreito lance de escadas que vai dar no sótão, que eu converti numa biblioteca. Olivia vibra quando vê os livros e sou obrigado a praticamente arrastá-la até a escadaria que conduz à sacada. Há dois livros em suas mãos, mas quando sai à luz do sol ela arregala os olhos e coloca os livros em uma das cadeiras de jardim.

— Santo Deus! — ela exclama, projetando os braços para o alto. Ela gira devagar o corpo enquanto caminha. — É maravilhoso. Eu não sairia daqui de cima se...

Nós dois desviamos o olhar ao mesmo tempo. Eu me afasto dela e vou olhar as árvores; ela fica contemplando o lago.

Se...

— Se você não tivesse mentido para mim — Olivia diz, suspirando.

Eu devia imaginar que ela diria algo parecido. É a rainha do comentário sarcástico. Eu rio muito. Rio com vontade. Cammie entra pela porta aberta e dá uma espiada para fora. Quando nos vê, balança a cabeça e retorna para dentro. Sinto-me como se tivesse sido censurado.

Olho para Olivia. Ela apanha o seu livro e se instala em uma das cadeiras de jardim.

— Se precisar de mim, eu estarei aqui em cima, Drake.

Caminho até ela e beijo o topo de sua cabeça.

— Tudo bem, duquesa. Vou preparar algo para comer. Não deixe ninguém se aproximar de você.

Dois dias depois, Dobson é apanhado no prédio de Olivia. Ele realmente queria pegá-la. Sinto vontade de matar Noah. E se ela não tivesse entrado em contato comigo? Dobson havia escapado da polícia por quase uma década. E se tivesse passado pelos policiais e chegado até ela? Não quero nem mesmo pensar em tal possibilidade. Quando recebemos a notícia, eu me dou conta de que é hora de levá-la de volta, mas nós ficamos mais um dia. Nem mesmo Cammie parece ansiosa para ir embora. No quarto dia, eu toco no assunto da nossa partida no momento em que estamos terminando nossa refeição de salmão grelhado com aspargos. Cammie pede licença e se retira da mesa montada ao ar livre, retornando para o interior da casa. Olivia fica beliscando a alface em seu prato e se esforça para evitar o meu olhar.

— Acha que está preparada para voltar?
— Não se trata disso — ela responde. — Acontece que tem sido tão...
— Legal — termino a frase, e ela concorda com um aceno.
— Você pode ficar em meu apartamento por alguns dias — ofereço.

Ela me fita de um modo estranho, e não responde imediatamente.

— E eu dormiria entre você e Jessica?

Isso me deixa um tanto embaraçado, mas eu tento sorrir.

— Como você sabe que eu ainda estou saindo com Jessica?

Olivia suspira.

— Eu me mantenho informada a seu respeito.
— Você anda me seguindo — eu digo. Ela não responde, e então eu toco as costas da mão dela com um dedo, acompanhando uma veia. — Não faz mal. Eu também segui você, não é?
— As coisas continuam as mesmas com Jessica? Quer dizer, como costumavam ser nos tempos de faculdade?
— Está me perguntando se estou apaixonado por ela?
— O que o faz pensar que lhe perguntei uma coisa dessas?

Cubro o rosto com as mãos e suspiro dramaticamente.

— Se você quiser me fazer perguntas pessoais e extremamente constrangedoras, vá em frente. Eu lhe direi tudo que desejar saber. Mas eu lhe peço: pelo amor de Deus, vá direto ao ponto e faça perguntas objetivas!
— Certo — ela concorda. — Está apaixonado por ela?
— Não.

Ela se mostra surpresa.

— Mas já se apaixonou por ela antes? Quero dizer, na faculdade?
— Não.
— Você teria se casado com Jessica se tivesse o bebê?
— Sim.

Ela morde o lábio inferior e seus olhos se entristecem.

— Você não foi a responsável pelo aborto de Jessica, Olivia.

Lágrimas começam a rolar por seu rosto.

— Sim, eu fui. Eu a levei de carro para a clínica. Se eu tivesse ao menos tentado falar com ela, talvez a tivesse persuadido a mudar de ideia. Mas eu não fiz isso. No fundo, eu sabia que você teria se casado com Jessica se descobrisse que ela estava grávida. Eu poderia ter dito isso a ela; talvez assim desistisse do aborto.

— Jessica não quer ter filhos — eu digo. — Jamais quis. Vocês duas são completamente diferentes nesse aspecto.

Ela enxuga o rosto com a manga da camisa e funga. É patético, mas também é adorável.

— Mas vocês estão juntos, Caleb. Por que manter um relacionamento se não leva a um objetivo comum?

Eu rio e tiro uma lágrima de seu rosto com a ponta do dedo.

— Isso é tão você... Você não faz nada se não tiver um objetivo. Pra começar, é por isso que você não me dá uma oportunidade. Você não se vê casada comigo, então descarta a possibilidade até de falar a respeito.

— Você não me conhece, seu bobo. — Ela sorri discretamente.

— Ah, conheço, sim. Você só passou a considerar a possibilidade de sairmos juntos depois de me ver quase rastejar e implorar.

— Onde quer chegar com isso, Drake?

— Jessica rompeu com uma pessoa antes de voltarmos a nos encontrar. Eu me divorciei. Estamos os dois tentando entender o que deu errado, buscando colar os cacos da nossa vida, e gostamos da companhia um do outro.

— E vocês gostam de trepar — ela dispara.

— Sim. Gostamos de trepar. Está com ciúme?

Ela ri com sarcasmo, mas eu sei que está.

Começa a escurecer. O céu ganha um colorido laranja e amarelo enquanto o sol vai se escondendo atrás das árvores.

Eu me inclino sobre o tampo da mesa e seguro a mão de Olivia.

— Sabe, eu poderia ter transado com mil mulheres, mas ainda assim não sentiria o que senti aquela noite no laranjal.

Ela puxa a mão abruptamente. Depois vira o corpo, dando-me as costas, e fica observando o pôr do sol. Eu rio e começo a recolher os pratos.

— A negação é uma coisa tão ruim, duquesa...

CAPÍTULO 10

PASSADO

— QUERO VER AQUELE.

O homem retirou de dentro da vitrine imaculada um anel um pouco mais impressionante que o último. Mas não me impressionou. Depois de algum tempo, anéis de noivado se parecem todos iguais. Quando era criança, eu me lembro de ficar repetindo o meu próprio nome até que soasse mais como um ruído estranho do que como um nome. Então, ele colocou sobre o balcão outra peça, ainda maior do que a última. Essa peça estava sobre um quadrado de veludo negro. Eu a peguei e a encaixei no dedo mindinho para avaliá-la melhor.

— Este é um de três quilates, incolor, classificação VVS2 — Thomas explicou.

— É maravilhoso, sem sombra de dúvida. Acontece que estou procurando algo mais... exclusivo. — Empurrei a joia de volta para ele.

— Fale-me sobre a garota — ele disse. — Talvez isso me dê as pistas para encontrar o anel certo.

A sugestão me fez rir.

— Ela é ferozmente independente. Jamais aceita ajuda de ninguém, nem mesmo a minha. Curte coisas legais, mas tem vergonha disso. Odeia parecer superficial. E não é. Meu Deus, o que mais? Oh, sim, ela é observadora... e conhece a si mesma. E é uma pessoa boa. Só não sabe que é boa. Ela se acha fria, mas na verdade tem um grande coração.

Quando olhei para ele, vi suas sobrancelhas ligeiramente erguidas. Nós dois demos risada ao mesmo tempo. Eu me inclinei sobre o balcão e cobri meu rosto com ambas as mãos.

— Bem, você definitivamente está apaixonado — ele diz.

— Tem razão, estou mesmo.

Ele se afastou alguns passos e logo retornou com outro anel.

— Essa peça vem de nossa coleção mais cara. Também é um solitário. Porém, como pode ver, o desenho é absolutamente único.

Apanhei o anel. A pedra central possuía um formato oval, com o diamante fixado de maneira incomum, fora dos padrões. Tinha uma concepção diferente, e por isso já achei que ela iria gostar. Quando olhei mais de perto, notei ramificações e pequenas folhas gravadas no ouro branco. O anel tinha um estilo parecido com o das joias que se usavam um século atrás. Moderna e clássica ao mesmo tempo. Assim como Olivia.

— É este — eu disse. — Perfeito para um encontro debaixo de uma árvore.

Deixei a loja e saí caminhando sob o clima muito quente e úmido. Viver na Flórida é como estar perpetuamente numa sauna. Naquele dia, porém, não liguei a mínima para isso. Eu estava feliz, sorrindo. Carregava um anel no bolso. O anel de Olivia. Todos pensariam que eu estava louco por pedir em casamento uma garota com quem eu nem mesmo tinha feito sexo. Por isso eu nem iria perder tempo revelando meus planos a ninguém. Se a minha família e os meus amigos não eram capazes de me dar apoio, então, não seriam incluídos. Eu não precisava transar com ela para ter certeza do que sentia. Olivia poderia se recusar a fazer sexo comigo todos os dias pelo resto de nossas vidas, e ainda assim eu a escolheria.

Sim, os planos estavam em pleno andamento. Dentro de seis semanas eu pediria Olivia... não, eu *diria* a Olivia que se casasse comigo. Ela provavelmente responderia não, e nesse caso eu continuaria pedindo — ou dizendo. Essa é a sina de quem está louco por uma mulher. Um dia, subitamente, você para de fugir do amor e começa a quebrar todas as suas próprias regras... a ponto de se tornar até ridículo. Mas eu não me importava; não tinha problemas com isso.

Liguei para o celular dela, tentando manter minha voz serena.

— Olá — ela sussurrou.

— Olá, querida.

Sempre havia uma breve pausa quando dizíamos nosso "olá" um ao outro. Em certa ocasião ela me disse que todas as vezes que via meu nome no identificador de chamadas sentia um frio na barriga. Já eu sentia meu peito inflar tanto que chegava a doer. Era uma dor boa — como um orgasmo do coração.

— Estou fazendo planos para daqui a algumas semanas. Acho que podemos viajar por uns dias; para Daytona, talvez.

— Eu nunca estive lá! — ela respondeu com entusiasmo.

— É apenas mais praia. Outro pedaço da velha e boa Flórida. Eu quero mesmo é levar você para a Europa. Mas Daytona vai servir, por enquanto.

— Caleb, eu gostei disso. Daytona e Europa.

— Legal — eu respondi, sorrindo.

— Legal — ela repetiu.

Por alguns segundos, não dissemos nada um ao outro.

— Ei — Olivia disse, quebrando o silêncio. — Não pegue quartos separados.

Eu tropecei no meio-fio e quase caí na rua.

— O quê?

Ela riu.

— Tchauzinho, Caleb.

— Tchau, duquesa.

O sorriso que se formou em meu rosto ia de orelha a orelha.

Depois que desligamos o telefone, eu parei para tomar um café espresso num quiosque. Sequei o suor da minha testa e então telefonei para um hotel e fiz reservas. Um quarto: cama de casal, banheira com hidromassagem jacuzzi, vista para o mar. Depois, liguei para uma floricultura e encomendei três dúzias de gardênias. Pediram-me o endereço do hotel em que seria feita a entrega, e precisei desligar o telefone para procurar o endereço antes de retornar para a floricultura. Entre uma chamada e outra, eu ria sem parar. E ria alto. As pessoas olhavam, mas eu não podia evitar. Tudo aquilo era uma loucura, e me fazia feliz demais. Telefonei para Cammie, mas pensei melhor e resolvi desligar. Além de ser a melhor amiga de Olivia, Cammie era também tudo o que Olivia podia chamar de família no mundo. Porém, guardar segredo não era exatamente o forte de Cammie.

Desejei que houvesse um pai para comunicar a ele o... não, nada disso. Eu teria esmurrado o pai dela, provavelmente, em várias ocasiões. Minha última ligação foi para uma amiga que poderia me ajudar com a parte final do plano. A melhor parte. Eu não iria simplesmente dar a ela um anel; Olivia precisaria de mais do que isso para saber quão sério eu estava falando.

Levantei-me e pus na mesa o dinheiro da conta. Então, fui para a casa de minha mãe. Felizmente, havia um ótimo suprimento de sedativos na mansão dos Drake. Mamãe iria precisar deles.

— Caleb, não cometa esse erro.

O rosto de minha mãe ficou pálido. Ela puxava o medalhão que usava em volta do pescoço — um claro sinal de que estava prestes a ter um colapso nervoso.

Como resposta à reação dela, eu ri. Eu não gostava de ser desrespeitoso, mas também não ia permitir que ninguém me dissesse que Olivia era um "erro". Tirei a caixa do anel da mão dela e fechei a tampa.

— Não vim até aqui para pedir a sua opinião. Estou aqui porque você é a minha mãe e quero que participe da minha vida. Entretanto, não vou mais tocar no assunto se você insistir em tratar Olivia como se ela não fosse boa o suficiente para mim.

— Mas ela...

— É perfeita para mim! — eu disse com firmeza. — Na faculdade, eu era o garanhão que dormia com todas as garotas porque podia. Conheci muitas mulheres, e ela é a única que me faz querer ser uma pessoa melhor... e uma pessoa melhor para ela. Eu nem mesmo preciso ser bom, apenas preciso ser bom para ela.

Minha mãe não parecia nem um pouco interessada no que eu dizia.

— Esqueça, mãe. — Eu me levantei. Ela agarrou o meu braço.

— Já contou para o seu pai?

Eu me senti inseguro.

— Não. Por que eu faria isso?

— E para o seu irmão? — ela perguntou.

Fiz um aceno negativo com a cabeça.

— Eles vão confirmar o que eu lhe disse, meu filho. Você é jovem demais.

— Eu não seria tão jovem assim se tivesse comprado este anel para a Sidney, não é?

Ela mordeu o lábio inferior e empurrou com força o meu braço, soltando-o.

— Meu pai é tão avesso a compromisso que conseguiu namorar uma mulher diferente a cada mês nos últimos dez anos. E Seth é tão solitário e neurótico! Ele preferiria ficar sozinho pelo resto da vida do que ver alguém deixando um prato sujo na pia. Não acredito que eles sejam as pessoas mais indicadas para me dar conselhos sobre relacionamento. Aliás, só para constar, é seu trabalho me oferecer apoio. Todo o mundo disse a você para não se divorciar de meu pai e se casar com Steve. Se você tivesse dado ouvidos a isso, onde estaria agora?

Quando terminei de falar, minha mãe estava ofegante. Olhei para a porta. Eu tinha de sair dali, rápido. Queria estar com Olivia. Ver o rosto dela, beijá-la.

— Caleb...

Olhei de relance para a minha mãe. Ela havia sido uma boa mãe para meu irmão e para mim. Boa o bastante para deixar meu pai quando percebeu que ele seria uma influência nociva para nós. Não era uma mulher que se destacava pela gentileza no trato com as outras pessoas, mas eu compreendia isso. Ela era sarcástica e crítica; uma característica comum entre os ricos. Eu jamais tive esperanças de que ela aceitasse Olivia. Mas eu esperava uma reação menos negativa. Talvez até uma demonstração forçada de alegria, para o meu próprio bem. Eu já estava ficando farto da maldade dela.

Ela colocou a mão em meu braço novamente, apertando-o com suavidade.

— Sei que você pensa que sou frívola. E talvez tenha razão. As mulheres da minha geração foram orientadas a não dar demasiada importância aos próprios sentimentos e a fazer o que tem de ser feito sem maiores questionamentos de caráter emocional. Mas eu sou mais sensível do que você pensa. Essa garota será a sua ruína. Ela não é uma pessoa sã.

Retirei gentilmente a mão dela do meu braço.

— Então deixe que ela seja a minha ruína.

CAPÍTULO 11

Presente

LEVO CAMMIE PARA CASA PRIMEIRO. ELA SALTA DO carro, beija meu rosto e me olha nos olhos um segundo a mais do que seria normal. Eu sei que ela está triste. E como poderia não estar, depois de tantos anos tão perto de Olivia, de mim e da sucessão de erros que foram as nossas vidas? Eu lhe faço um aceno com a cabeça e recebo um sorriso discreto como resposta. Quando volto ao carro e fecho a porta, Olivia está me observando.

— Às vezes eu tenho a impressão de que você e Cammie falam sem usar palavras — ela diz.

— É possível que isso aconteça mesmo.

Percorremos o restante do caminho em silêncio. Isso me faz recordar nossa viagem de volta do acampamento, quando havia tanto a dizer e nenhuma coragem para dizer. Agora estamos muito mais velhos, muita coisa aconteceu. Colocar as cartas na mesa já não devia ser tão difícil.

Carrego as malas de Olivia para cima. Quando chegamos ao seu andar, ela abre a porta da frente para mim; então eu entro e rumo para a sala de espera. Uma vez mais sinto a ausência de Noah. Tenho a impressão de que ela está vivendo aqui sozinha. O ar está quente. Posso sentir indícios do perfume dela em certos pontos. Ela liga o ar-condicionado e nós passamos para a cozinha.

— Quer chá, Caleb?

— Sim, por favor.

Por alguns minutos, posso fingir que esta é nossa casa e que ela está fazendo chá para mim, como faz todas as manhãs. Ela coloca a chaleira no fogo e apanha os saquinhos. Coça levemente a nuca e prende um pé atrás do joelho enquanto espera a água ferver. Depois, traz para a mesa um pote de vidro com cubos de açúcar, uma pequena caneca de leite e os coloca diante de mim. Eu desvio o olhar para que Olivia não perceba que a estou observando. Isso me deixa comovido. Nós sempre dissemos que teríamos açúcar em cubos em vez do simples açúcar refinado. Ela vai buscar duas xícaras no armário, esticando-se na ponta dos pés para alcançá-las.

Contemplo o seu rosto enquanto ela deposita quatro cubos em minha xícara. Ela mexe o açúcar para mim e coloca o leite. Eu levo a mão à xícara antes que ela afaste a mão dela, e nossos dedos se tocam. Ato contínuo, nossos olhos se encontram. Olivia desvia o olhar. Ela bebe seu chá com apenas um cubo de açúcar. Nós achamos o tampo da mesa mais interessante a cada minuto que passa. Por fim, coloco minha xícara de volta no pires, fazendo um barulho característico. Há uma tempestade se formando entre nós, talvez porque estejamos saboreando a calmaria. Levanto-me e levo as nossas xícaras para a pia, então lavo-as e as coloco no escorredor.

— Eu ainda quero você — digo. Nem eu mesmo acredito que disse isso em voz alta. Não sei como Olivia está reagindo à minha declaração, pois estou de costas para ela.

— Foda-se.

Surpresa, surpresa...

Não me deixo enganar por sua boca suja. Eu percebo como ela olha para mim. Sinto o ferrão do remorso quando nossas peles se tocam acidentalmente.

— Construí aquela casa para você. — Viro-me para ela. — Mantive o lugar mesmo depois de casado. Contratei um especialista em jardinagem e um piscineiro. Um serviço de limpeza cuida da casa uma vez por mês. Por que eu faria isso?

— Porque você é um tolo nostálgico que só se livra do passado por tempo suficiente para se casar com outra mulher.

— Tem razão. Sou mesmo um tolo. Como você pode ver, porém, sou um tolo que jamais se livra do passado.

— Pois então livre-se dele.

Balanço a cabeça de um lado para o outro numa negativa.

— Nã-nã-não. Quem me procurou dessa vez foi *você*, está lembrada?

Um leve rubor surge em seu rosto.

— Olivia, diga-me por que você me ligou.

— E para quem mais eu ligaria?

— Que tal seu marido, para começar?

Ela tenta disfarçar, olhando para um lado e para outro.

— Está bem — Olivia diz por fim. — Eu estava apavorada... Você foi a primeira pessoa que me veio à mente.

— Porque...

— Mas que droga, Caleb! — Ela dá um murro na mesa, e a tigela de frutas balança.

— Porque... — insisto. Ela precisará de muito mais do que um pequeno ataque de raiva para me impressionar.

— Você sempre quer conversar sobre tudo até a exaustão! Precisamos esgotar todos os assuntos?

— Não se trata de esgotar assunto algum. O problema aqui é a falta de comunicação.

— Você devia ter se tornado um psicanalista.

— Eu sei. Mas não mude de assunto.

Ela morde a unha do polegar.

— Porque você é o meu refúgio! É quem eu procuro quando minha vida não faz sentido.

Minha língua se enrola. Congela. Que resposta eu daria a isso? Eu não esperava ouvir isso jamais.

Então eu enlouqueço. Perco a cabeça de verdade. É a tensão de querê-la e de querer que ela admita que me quer.

Marcho pela pequena cozinha com as mãos unidas atrás do pescoço. Preciso bater em alguma coisa. Quero pegar uma cadeira e usá-la para quebrar tudo nessa caixa de vidro que é o apartamento dela. De súbito, porém, eu paro e olho para Olivia.

— Deixe-o, Olivia. Você vai deixar esse cara ou então esse é o fim para nós.

— Fim? O fim DE QUÊ? — Ela se inclina sobre o balcão; seus dedos se estendem, assim como a sua raiva. Suas palavras ferem fundo. — Nós nunca tivemos um começo, nem um meio, nem a porra de um minuto de amor! Acha que eu quero isso? Ele não fez nada de errado!

— Bobagem... Ele se casou com você mesmo sabendo que você estava apaixonada por mim!

Ela hesita, parecendo insegura. Caminha de um lado a outro da cozinha, com uma mão na altura da testa e outra no quadril. Quando ela para e olha para mim, há aflição em seu rosto.

— Eu amo Noah.

Atravesso a cozinha em dois segundos. Agarro seu antebraço para que ela não se afaste e aproximo meu rosto do seu o máximo possível. Olivia tem de enxergar a verdade. Minha voz não parece humana; parece mais a de um animal — um rosnado:

— Mais do que me ama?

O brilho desaparece dos olhos dela, que tenta desviar o olhar. Eu a sacudo e repito a pergunta:

— Mais do que me ama?

— Não existe nada nesse mundo que eu ame mais do que você.

Meus dedos se fecham com mais força em volta de seu braço.

— Então por que estamos jogando esses jogos estúpidos, Olivia?

Ela puxa o braço com força e se solta de mim, com os olhos faiscando.

— Você me largou em Roma! — Ela me empurra, fazendo-me cambalear para trás. — Me deixou por aquela vaca ruiva... Sabe a dor que isso me causou? Cheguei a lhe dizer como me sentia, e você foi embora!

Olivia raramente expõe sua dor. Presenciar isso é tão estranho que não sei ao certo como agir.

— Ela era instável! — respondo. — A irmã dela atirou em si própria. Ela engoliu um frasco inteiro de pílulas para dormir, pelo amor de Deus! Eu estava tentando salvá-la. Você não precisava de mim. Aliás, fazia questão de me mostrar o tempo todo que não precisava de mim.

Ela procura algo na pia, pega um copo, enche-o com água, toma um gole e o atira na minha cabeça. Abaixo-me e o objeto bate contra a parede, espatifando-se todo. Olho para a parede contra a qual o copo havia se chocado e depois encaro Olivia:

— Fraturar o meu crânio não vai resolver os nossos problemas.

— Você era um covarde de merda. Se tivesse sido correto naquele dia na loja de discos, se tivesse falado comigo sem contar as mentiras que contou, nós não estaríamos nessa situação...

Os ombros dela — que segundos atrás se erguiam em uma postura hostil — agora estão abaixados e imóveis. Um soluço escapa de seus lábios. Ela ainda ergue a mão para tentar detê-lo, mas é tarde demais.

— Você se casou... Teve uma criança... — Suas lágrimas correm abundantemente, misturando-se com a maquiagem e deixando rastros negros em suas bochechas. — Era comigo que você devia ter se casado. Eu é que devia ser a mãe da sua filha! — Olivia desaba no sofá atrás dela e se encolhe, abraçando o próprio corpo.

E esse pequeno corpo é bombardeado com soluços. Seu cabelo cai em cascata pelo rosto, e ela abaixa a cabeça a fim de ocultar a face.

Vou até ela. Ergo-a e a levo até o balcão, colocando-a sentada para que fiquemos cara a cara. Ela tenta se esconder atrás dos cabelos, que de novo estão quase na altura de sua cintura, como quando a vi pela primeira vez. Puxo o elástico de seu pulso e divido seus cabelos em três partes.

— Não esperava que eu soubesse fazer uma trança, não é?

Ela ri entre um soluço e outro, depois olha para mim. Eu amarro a trança com o elástico e a desloco para trás do ombro. Agora posso vê-la.

— Odeio que você sempre faça piadas quando estou tentando sentir pena de mim mesma... — ela diz, e sua voz soa grossa.

— Eu me odeio por sempre fazer você chorar. — Acaricio o pulso dela com o polegar, em pequenos movimentos circulares. Gostaria de tocá-la mais, mas sei que não devo. — Duquesa, a culpa não foi sua. Foi minha. Eu acreditei que fosse possível apagar o passado...

Minha voz se enfraquece, porque não existe nenhuma maneira de apagar o passado. Agora eu sei disso. Você simplesmente aceita as experiências negativas e segue em frente com a sua vida. Fecho os olhos e dou um beijo em seu pulso.

— Deixe que eu a carregue, Olivia. Eu nunca vou permitir que você toque o chão. Eu fui feito para carregá-la. Você está pesada demais com toda essa porra de culpa e autodepreciação. Mas eu posso ajudá-la com isso. Porque eu amo você.

Ela pressiona o dedo mindinho entre os lábios, como se tentasse reprimir algo. É um novo olivianismo. Eu gosto disso. Retiro o dedinho dela de seus lábios e em vez de soltar sua mão eu entrelaço meus dedos aos dela. *Deus, quanto tempo faz desde a última vez que segurei a mão dela?* Sinto-me como um garotinho. Tento refrear o sorriso que insiste em tomar conta do meu rosto.

— Diga-me, Olivia. Peter Pan...

— Noah — ela sussurra.

— Onde ele está, duquesa?

— Neste exato momento, em Munique. Na semana passada, em Estocolmo, e uma semana antes disso, em Amsterdã. — Ela olha para o chão. — Nós não estamos... nós resolvemos dar um tempo.

Eu balanço a cabeça.

— Dar um tempo em relação ao casamento? Ou dar um tempo um do outro?

— Ao casamento, eu acho. Nós gostamos um do outro.

— Essa merda não faz sentido nenhum pra mim — digo. — Se estivéssemos casados, eu jamais deixaria você longe da minha cama, por mais que nossas opiniões divergissem.

Ela faz uma careta.

— O que você quer dizer com isso, Caleb?

— Há caras como eu por aí, e eu não deixaria que se aproximassem de você. O que está rolando entre vocês dois?

Olivia fica em silêncio por um longo momento. Então, subitamente, ela fala:

— Ele não quer ter filhos.

Neste instante o rosto de Estella vem à minha mente, e então pergunto...

— E por que ele não quer?

Ela encolhe os ombros, tentando dar a impressão de que não é nada de mais.

— A irmã dele tem fibrose cística. Noah é portador da fibrose. Ele viu todo o sofrimento da irmã, e não quer trazer crianças ao mundo devido ao risco.

83

Posso perceber que isso a incomoda, e muito. Sua boca está contraída e seus olhos vasculham a superfície da mesa como se ela procurasse uma migalha qualquer.

Eu engulo em seco. Esse assunto é delicado para mim também.

— Você sabia disso antes de se casar com ele?

Olivia faz que sim com a cabeça.

— Eu não queria filhos antes de me casar com Noah.

Eu me levanto. Não posso ouvi-la falar dos desejos que Noah despertou nela e que eu não consegui despertar. Meu mau humor deve ser evidente, e ela tenta banalizar a situação.

— Sente-se — ela diz com energia. — Parece que a sua criança interna continua tirando você do sério.

Ando até a janela panorâmica da sala de estar e olho para fora. Faço a pergunta que não quero fazer, simplesmente porque não posso *não saber*. Estou com ciúme.

— O que a fez mudar de ideia?

— Eu mudei, Caleb.

Olivia se levanta e vem até onde estou. Olho para ela de relance; seus braços estão cruzados na altura do peito. Ela está vestindo uma blusa de manga comprida, camisa de algodão cinza e uma calça preta de cintura baixa que deixa à mostra alguns centímetros do seu corpo. O cabelo, frouxamente trançado, cai sobre os ombros. Ela observa com atenção o tráfego intenso abaixo de nós. Parece durona.

— Nunca senti que realmente merecia ter um bebê. Dãã... né? Eu tenho todas aquelas questões mal resolvidas ligadas ao meu incrível paizinho.

— Ah, sem essa. Você ainda está lidando com esse problema?

Ela sorri sem entusiasmo.

— Mais ou menos. Agora eu posso fazer sexo.

Entorto o canto da boca e arqueio uma sobrancelha.

— Eu tenho certeza que curei você disso, Olivia.

Seus cílios vibram com tanta rapidez que poderiam apagar a chama de um fósforo. Ela morde o lábio inferior numa expressão maliciosa.

Eu caio na risada. Nós dois estamos nos aperfeiçoando mais e mais na arte de nos espezinhar mutuamente. *Meu Deus, como eu amo esta mulher!*

— Sim, você fez isso — ela diz. — Mas, apesar do que pensa, não foi por causa da sua performance sexual. Foi o que você fez para se reaproximar de mim.

Meus olhos se arregalam:

— A amnésia? — indago, cheio de surpresa.

Olivia faz que sim com a cabeça lentamente. Ela ainda está olhando através da janela, mas meu corpo está mais perto dela agora.

— Caleb, você não é essa pessoa... a pessoa que mente e que faz coisas loucas. Essa sou eu. Eu não pude acreditar que você fez isso.

— Você é maluca.

Ela me lança um olhar zangado.

— Você quebrou as suas próprias regras, Caleb. Eu compreendi que se alguém como você se dava ao trabalho de lutar por mim, então eu realmente poderia merecer algo de bom.

Olho para ela com seriedade. Não quero dizer mais do que devo, nem menos:

— Lutar por você vale muito a pena. E eu não entreguei os pontos ainda.

Uma expressão preocupada surge na face de Olivia:

— Pois deveria entregar. Eu sou casada.

— Pois é, você se casou, não é mesmo? Mas fez isso apenas porque pensou que nós dois havíamos terminado; só que *não* terminamos! Nem nunca iremos terminar. Está muito enganada se pensa que esse pequeno pedaço de metal em seu dedo vai impedi-la de sentir algo por mim. Eu usei um desses por cinco anos, e todo santo dia eu desejava que minha mulher fosse você.

Olho para os lábios dela, lábios que eu quero beijar. Então, apanho as minhas chaves para ir embora, antes que comecemos a brigar — ou a nos beijar. Ela permanece à janela. Antes de deixar a sala, eu pronuncio seu nome.

— Olivia...

Ela move a cabeça e olha para mim de relance. Sua trança oscila pelas costas como um pêndulo.

— O seu casamento não vai durar. Jogue limpo com Noah; diga-lhe a verdade. Depois que fizer isso me procure e eu lhe darei um bebê.

Eu não fico para ver a reação dela.

85

Sinto-me culpado por oferecer um bebê à minha ex-namorada quando minha atual namorada provavelmente está em minha casa esperando por mim — e esperando que eu lhe ofereça um casamento. Ao atravessar a porta da frente de meu apartamento, dou-me conta de que estou de volta à realidade do meu dia a dia. Há música tocando alto no meu som. Caminho direto para o aparelho e diminuo o volume. Jessica está ao fogão, preparando alguma coisa em uma frigideira. Acho impressionante que ela queira cozinhar mesmo quando não está trabalhando. Pelo visto ela jamais se cansa dessa atividade. Sento-me em um banco alto de bar e fico observando, até que ela se vira.

Algo em minha expressão deve ter chamado sua atenção. Ela deixa sobre a pia uma colher de pau que estava segurando e seca as mãos com um pano de prato antes de vir até mim. Em cima do balcão e sob a colher, identifico um pouco do tempero que Jessica usou para cozinhar seja lá o que for. Não sei por quê, mas não consigo parar de olhar para a colher. Fico tenso enquanto Jessica caminha na minha direção. Não quero magoá-la, porém, se eu fizer com ela o que fiz com Leah, acabarei ficando ao seu lado apenas para proteger seu coração e preservar seus sentimentos. E seria péssimo, porque eu faria isso a contragosto, pois a única coisa que desejo na vida é proteger o coração de Olivia.

Quando ela estende os braços para mim, eu agarro suas mãos e as seguro. Jessica pode ver a separação em meus olhos; ela balança a cabeça antes mesmo que eu abra a boca para falar.

— Eu ainda estou apaixonado por Olivia — digo. — Isso jamais será justo para ninguém que esteja comigo. Não quero dar a você apenas uma parte de mim.

Lágrimas se formam em seus olhos e então começam a rolar por sua face.

— Acho que eu já sabia que isso ia acontecer — ela responde, resignada. — Quero dizer, percebi que você estava diferente, mas não sabia por quê. Pensei que fosse por causa do que houve com Leah e Estella.

Eu hesito.

— Sinto muito, Jessica, sinto demais...

— Caleb, ela é uma vaca. Você sabe disso, não sabe?
— Jess...
— Não, não, só me escute. Ela é ruim. Defende pessoas ruins. Quando menos se espera, ela telefona no meio da noite e pede que você vá resgatá-la. Que mulher esperta!
— Não é bem assim. — Esfrego a testa. — Ela não é assim. Olivia está casada, Jessica. Não vou ficar com ela. Eu apenas não quero ficar com mais ninguém. — Olho para a colher, e então me obrigo a fitar Jessica. — Eu quero ter filhos.

Ela recua um passo.
— Mas você tinha dito que não queria.
— Eu sei, mas falei porque estava magoado. Por causa do que aconteceu com... Estella. — É a primeira vez que digo o nome dela depois de muito tempo. Como isso dói. — Eu sempre desejei ter uma família. Mas não quero estar casado com uma pessoa e fingir que não quero filhos.

Jessica começa a balançar a cabeça, devagar a princípio, e então os movimentos se tornam rápidos e intensos.
— Preciso ir embora — ela diz. Ela se vira e se afasta correndo a fim de apanhar suas coisas.

Eu não a detenho. Não há razão para isso. Mais uma vez eu faço alguém sofrer por causa dos meus sentimentos por Olivia. *Quando isso vai parar? Será que vai parar um dia?* Não posso mais fazer ninguém passar por essa situação. Ou terei Olivia para mim ou não terei nada.

CAPÍTULO 12

PASSADO

QUATRO HORAS DA TARDE, CINCO HORAS, SEIS HORAS, sete. Eu ainda não havia saído do escritório. Esperei quatro horas por documentos. Documentos! Era como se o resto da minha vida dependesse de assinar meu nome num papel. Consultei o relógio. Eu devia estar na casa de Olivia uma hora atrás. Chequei meu telefone: nenhuma ligação dela. Talvez ela estivesse ocupada demais fazendo as malas.

— Caleb? — Neal, meu colega de trabalho, apareceu na entrada da sala. — Vai ficar para a festa?

Eu sorri.

— Não, já tenho compromisso para esta noite.

Ele ergueu as sobrancelhas.

— E que compromisso pode ser mais importante do que um jantar que seu chefe organizou para potenciais clientes?

— Meu chefe é também meu padrasto — eu respondi, enquanto digitava em meu teclado. — Com absoluta certeza eu posso escapar do evento.

Minha secretária enfiou a cabeça na entrada da sala, ao lado da de Neal.

— Caleb, Sidney Orrico está aqui. Ela disse que tem algumas coisas para você assinar.

Eu saltei na cadeira.

— Mande-a entrar, por favor.

A cabeça de Neal desapareceu e, em seu lugar, logo surgiu a de Sidney.

— Ei, olá! — ela disse.

Levantei-me e contornei a mesa para ir cumprimentá-la.

Sidney Orrico: cabelos castanhos ondulados, covinhas no rosto, olhos azuis, pernas longas. Nós fomos vizinhos, estudamos na mesma escola, e nossas mães nos arrastavam para eventos sociais, obrigando-nos a interagir. Víamos um ao outro com frequência e acabamos nos tornando amigos. Depois, nos tornamos mais do que amigos. Tudo começou com um beijo no Quatro de Julho. Depois do primeiro beijo, eu e ela nos escondíamos no salão de jogos em minha casa e dávamos uns malhos em cima da mesa de bilhar sempre que surgia uma oportunidade. Após algumas semanas, eu consegui chegar a avançar mais. No final de nosso primeiro verão juntos, achei que havia chegado a hora de Sidney entregar a mim a sua virgindade. Quando iniciamos o período escolar, no outono, as coisas ficaram complicadas... muito, muito complicadas.

Sidney queria um namorado. Eu queria uma amizade colorida. Meu ego de 15 anos de idade tentou explicar isso à garota, mas Sidney começou a chorar; então, iniciei uma sessão de amassos com ela para reprimir as lágrimas. Acabamos transando, e depois eu lhe expliquei novamente que éramos jovens demais para um relacionamento sério, coisas do tipo. Ela me deu um tapa na cara e jurou que nunca mais voltaria a falar comigo.

Mas não era verdade. Ela não parou de falar comigo. Garotas de 15 anos de idade são impulsivas — principalmente quando pensam que estão apaixonadas. Quando Sidney me viu com outra garota em uma sorveteria badalada, teve um acesso de raiva e despejou uma tigela inteira de sorvete de chocolate em meu colo.

Sidney Orrico.

Felizmente para mim, ela se afastou depois do ataque com o sorvete. Namorou meu irmão por algum tempo, e então rompeu com ele por causa de um jogador de futebol. Depois disso, nós passamos a nos ver por acaso, aqui e ali — em eventos de feriado, festas de formatura e coisas do gênero. Na época em que eu namorava Olivia, havia pelo menos um ano que não via Sidney. Ela tinha ficado pouco tempo na faculdade e foi cursar uma formação técnica em transações imobiliárias. Minha mãe me dizia que ela trabalhava na empresa de construção civil do pai.

Eu estava construindo uma casa para Olivia. A nossa casa. Eu tomei essa decisão assim que percebi que queria me casar com ela. Contratei um arquiteto para preparar o projeto semanas antes de comprar o anel e telefonei para Greg Orrico, pai de Sidney.

— O projeto levará cerca de um ano, Caleb. Principalmente com todas as inspeções adicionais que serão necessárias para a liberação da sacada.

Dei umas batidinhas na mesa com a minha caneta. Tudo bem, desde que a fundação estivesse pronta na ocasião do meu pedido de casamento. Assim eu teria alguma coisa para mostrar a Olivia — a base do lugar onde levaríamos nossa vida.

Acertamos uma data para nos encontrarmos e finalizarmos toda a papelada. Antes de encerrar a ligação, Greg me disse que Sidney seria minha diretora de projeto.

— Merda — eu disse, desligando o telefone. Não sabia se me sentiria muito à vontade trabalhando com Sidney...

Sidney me abraçou e retirou um maço de papéis de sua bolsa.

— Está nervoso, Caleb?

— Não, de jeito nenhum. Eu peço o amor da minha vida em casamento o tempo todo...

Ela deu um sorrisinho irônico e bateu de leve em minha cabeça com os papéis.

— Bem, vamos em frente com isso — disse Sidney.

Espalhamos toda a papelada em cima da minha mesa, e ela me deu orientações acerca de cada um dos formulários. Eu já havia assinado quase a metade dos papéis quando Steve apareceu em meu escritório vestindo um smoking.

— Sidney! — Ele a abraçou. — Ei, onde foram parar as suas sardas? E o que aconteceu com todos aqueles arames que você costumava usar nos dentes?

Sidney e Steve se viam com frequência, mas sempre faziam essas brincadeiras. Fiquei conferindo meus documentos e esperei até que terminassem.

— Essa é a sua maneira de dizer que sou linda, Steve?

Steve riu.

— Você vai ficar para a festa, garota?

Pela primeira vez eu notei que Sidney estava usando vestido. Isso me fez pensar que ela pretendia participar da festa. Minha mãe provavelmente a havia avisado sobre o evento.

— Eu vou ficar — ela respondeu. — Talvez Caleb me acompanhe em um drinque antes de sair voando daqui...

— Não vai dar — eu avisei, olhando para os papéis sobre a mesa. — Olivia está esperando por mim.

— Caleb — Steve disse. — Preciso que você circule um pouco entre os convidados antes de ir embora. Alguns deles são seus clientes.

— Steve! — Fechei meu laptop com força e o encarei. — Vou pedir minha namorada em casamento esta noite. Você só pode estar brincando!

— Eu só lhe peço uns poucos minutos, nada mais! Você pode ligar para Olivia e avisar que se atrasará um pouco.

— Não. — Levantei-me e peguei minhas chaves.

De onde estava, revisando a minha papelada, Sidney sacudiu a cabeça algumas vezes.

— Você vai me odiar por isso, Caleb — ela disse.

Eu suspirei.

— O que você esqueceu?

Ela ficou vermelha.

— Volto correndo ao escritório para pegá-las. Em quinze minutos estarei aqui novamente.

— O que é, Sidney? Isso não pode esperar até terça-feira?

Ela pigarreou.

— São as chaves do portão da propriedade. Sem as chaves vocês não poderão entrar lá.

Não podia ser verdade. Uma grande frustração me invadiu e deixei isso claro quando fitei Sidney com cara de poucos amigos. *Calma... Tenha calma.*

— Então está bem. Vá agora! Rápido! — Ela fez um aceno e se foi imediatamente. Eu me voltei para Steve. — Conte comigo por trinta minutos, até Sidney voltar. E mais nada. — Ele deu um tapinha nas minhas costas. Chamei minha secretária, que já estava se preparando para a festa. — Por favor, entre em contato com Olivia e diga a ela que me atrasarei, mas irei o mais rápido que puder.

Então, fui até o pequeno armário em meu escritório onde eu guardava um terno. Praguejei em voz baixa enquanto o vestia. Que começo ruim para o que eu esperava que fosse uma noite incrível! Mas aquilo não passaria de trinta minutos. Depois disso eu sairia dali.

Contudo, Sidney regressou apenas uma hora e meia mais tarde. Eu havia me cansado de socializar e me refugiei na minha sala para esperá-la. Telefonei para Olivia duas vezes, mas não obtive resposta. Provavelmente ela estava furiosa comigo.

Sidney entrou apressada, parecendo desapontada.

— O trânsito me pegou, Caleb. Mil desculpas por isso.

Aceitei sua justificativa com um balanço de cabeça e estendi a mão para pegar as chaves. Ela parecia tão perdida quando me entregou o objeto que eu agarrei seu punho antes de ela recolhê-lo.

— Sidney? O que há de errado?

Seu lábio inferior tremeu. Ela soltou sua mão da minha e andou até a minha mesa, apoiando-se na lateral do móvel.

— Posso ver o anel?

Inclinei a cabeça, mas resisti à necessidade urgente de olhar para o relógio. Por fim, atendi ao pedido. Tirei a caixa da gaveta, então a abri e mostrei-lhe o anel. Seus olhos se arregalaram.

— É lindo, Caleb! — Foi aí que a garota começou a chorar.

— Sidney? Você está bem? — eu indaguei, fechando a caixa e colocando-a no bolso. Segurei os ombros dela e, ao olhar para o seu rosto, percebi que as lágrimas haviam borrado sua maquiagem.

— Estou apaixonada por você...

Essas palavras me abalaram. Pus a mão espalmada sobre a testa. Isso não podia estar acontecendo comigo. Eu precisava encontrar Olivia. Eu não podia lidar com uma situação dessas... Não *queria* lidar!

— Sidney, veja, e-eu...

— Está tudo bem — ela disse, erguendo as duas mãos. — Venho vivendo com esse sentimento há muito tempo. Só acho que acabei me emocionando porque você está prestes a propor casamento a alguém e tudo o mais...

Respirei fundo e tentei avaliar a situação para não agir com precipitação. Eu só conseguia pensar em Olivia. Porém Sidney era minha amiga. Eu seria incapaz de dizer "cai fora" a uma mulher naquelas condições. Mas eu era capaz de resolver a questão rapidamente. Dei à garota um lenço de papel, e ela começou a limpar o rosto.

— Sidney, olhe para mim.

Ela olhou.

— Eu sempre fui sozinho. Durante a vida toda. Eu era um garoto popular, sempre cercado por um monte de gente, mas era indescritivelmente só. Não sabia como acabar com isso. Até o dia em que vi Olivia. Quando pus os olhos nela pela primeira vez, ela estava em pé sob uma árvore. — Eu ri e esfreguei o queixo enquanto relembrava. Notei que não havia feito a barba. Devia ter me barbeado. — Quando a vi, eu soube que ela era o que estava faltando. É uma coisa maluca, mas é a pura verdade. Certo dia uma imagem se formou em minha mente: Olivia sentada comigo na mesa da minha cozinha, com o cabelo todo desarrumado, bebendo café e rindo. Desde então eu soube que me casaria com ela.

Sidney me fitava com tanta admiração que fiquei em dúvida se minhas palavras estavam causando mais danos do que benefícios. Por um breve momento, desejei que Olivia olhasse para mim da mesma maneira que Sidney olhava. Eu tive de lutar pelo amor de Olivia. Nós estávamos em uma constante disputa emocional um com o outro. Eu poderia estar com uma mulher como Sidney, que me adorava. Eu poderia rever antigos sentimentos por Sidney. Ela era linda e amável.

Sacudi a cabeça. *"Pare já com isso, Caleb!"* Tudo o que contei a ela era verdade e eu tinha consciência disso.

— Quando você encontrar o cara certo, então sentirá o nome dele correr por suas veias. Assim como eu sinto Olivia correr em minhas veias. Ela flui através do meu coração, da minha mente, dos meus dedos *e* do meu pênis. — Sidney agora ria, já quase não chorava, e isso me deixou aliviado. — Você vai encontrar a pessoa que a fará feliz. Mas essa pessoa não sou eu. Eu já pertenço a outro alguém. — Eu a abracei. Ela estava sentada em minha mesa, e dei um tapinha em sua perna. — Vá aproveitar a festa. Preciso ir embora.

Quando levantei a cabeça, vi Olivia parada na entrada da sala. Senti o sangue gelar em minhas veias. Será que ela havia escutado o que eu disse a Sidney? E será que havia visto a caixa do anel? Um princípio de pânico me invadiu e eu não soube o que fazer.

Olivia disse o meu nome. Sidney desceu da mesa e caminhou rapidamente para fora da sala. Antes de fechar a porta, ela olhou de relance para Olivia.

As emoções de Olivia estavam estampadas em sua face. Comecei lentamente a entender a cena que ela viu quando atravessou a porta — a interpretação que ela deu ao que viu. Eu relutei em falar alguma coisa. Se explicasse quem era Sidney, eu teria de falar sobre o anel e a casa. Estava prestes a lhe contar a história toda, pois faria qualquer coisa para tirar da face dela aquele olhar, quando ela me disse, pela primeira vez, o que sentia.

— Eu amava você.

Meu coração se partiu em dois. Esse momento deveria ser um dos mais felizes da minha vida. Mas ela disse essas palavras apenas para me magoar. Porque pensava que eu havia feito algo para feri-la.

Eu podia ouvir minha mãe dizendo o quanto Olivia era problemática. Naquele momento, tudo mudou. Não queria que isso acontecesse, mas aconteceu. Eu não podia modificá-la. Não podia amá-la o suficiente para destruir a dor calcificada que contaminava tudo o que ela fazia. Meu sonho de ter uma vida ao lado dela, em uma casa cheia de felicidade e de crianças, transformou-se num pesadelo em que Olivia ficava chorando num canto e me culpando por arrastá-la para uma vida que ela não estava pronta para viver.

E então ela me acusou de ser como o pai dela.

Isso me atingiu profundamente. Afinal, eu havia passado um ano e meio tentando mostrar a ela que eu não tinha absolutamente nada em comum com seu pai. Quando Olivia saiu correndo do meu escritório, certa de que tinha sido traída por mim, não a detive.

Fiquei imóvel, paralisado, com a caixa do anel pressionada contra a minha perna e a sala girando ao meu redor.

Apoiei as duas mãos em minha mesa e fechei os olhos com força, respirando pela boca. Cinco minutos. Toda a minha vida mudada em cinco minutos.

Ela só conseguia enxergar o lado ruim em tudo. Mas eu pensava que talvez tivesse sido melhor assim. Talvez eu só estivesse vendo o meu amor e mais nada, sem avaliar as consequências desse amor.

Steve entrou em meu escritório e parou de repente.

— Acho que acabei de ver Olivia.

Ergui a cabeça e o fitei com um olhar perdido. Ele deve ter notado algo estranho na minha feição.

— O que houve, Caleb?

Ele fechou a porta e começou a andar na minha direção. Levantei a mão indicando que parasse e deixei minha cabeça tombar.

— Olivia me viu aqui com Sidney. Ela presumiu que...

— Caleb — disse Steve. — Vá atrás dela!

Levantei a cabeça de imediato. Essa era a última coisa que esperava ouvir. Especialmente porque eu não sabia ao certo o quanto as opiniões de minha mãe o influenciavam.

— Ela quer me deixar — respondi. — Quis ir embora desde o início do nosso namoro. Sempre encontra uma razão para não ficarmos juntos. Que tipo de vida teremos, se ela faz esse tipo de coisa?

— Preste atenção, Caleb. Algumas pessoas são mais difíceis de se lidar do que outras. Você se apaixonou por uma mulher bastante complicada. É seu direito avaliar o quanto as coisas serão duras para vocês dois, mas o que você precisa considerar realmente é se consegue viver sem ela.

Um segundo depois de ouvir essas palavras eu já saía porta afora. *Não!* Não, eu não poderia viver sem Olivia.

Ao sair do escritório ela havia tomado o caminho dos fundos em vez de seguir para os elevadores. Eu desci os degraus de dois em dois. Quando cheguei ao andar térreo e me precipitei pela porta de saída, estava escuro lá fora. Meu Deus, como eu pude deixar esse dia escapar de mim? Por que não deixei o prédio e fui embora quando deveria?

Não havia sinal do carro dela. Eu precisava voltar ao meu escritório para apanhar minhas chaves. Olivia provavelmente não aceitaria nenhuma explicação. Se eu fosse ao apartamento dela e a encontrasse lá, ela nem mesmo abriria a porta para mim. Mas se eu permitisse que ela alimentasse por tempo demais a ideia de ter sido traída, essa ideia se solidificaria em sua mente — e acabaria se tornando a sua verdade. O que fazer, então? Como lidaria com essa situação? Fiquei andando de um lado para o outro em minha sala. Ela era diferente de todas as mulheres que eu tinha conhecido. Eu não poderia simplesmente aparecer e convencê-la de que estava errada.

Porra! Isso era ruim. Eu precisava descobrir uma maneira de chegar até Olivia.

Cammie!

— Olivia está comigo — Cammie disse quando telefonei para ela.

— Passe o telefone para ela, Cammie. Por favor.

— Não, ela não quer falar com você. É melhor esperar até que esfrie a cabeça.

Desliguei o telefone, imaginando que seguiria o conselho de Cammie e esperaria. Contudo, após algumas horas, eu estava dirigindo até a casa de Cammie. Quando cheguei lá e não vi o carro de Olivia, soube que ela havia mentido para mim. Então fui para o hotel.

CAPÍTULO 13

Presente

SEM OLIVIA, SÓ EXISTE ESCURIDÃO. EU ANSEIO CONS-tantemente por sua luz. Não tenho notícias dela desde que saí de seu apartamento na noite em que ela me contou sobre Noah. Já se passou um mês desde então, e eu não sei o que ela decidiu. Só sei o que eu decidi.

Envio a ela uma mensagem de texto:

Divorciada?

A resposta de Olivia chega quase imediatamente:

Vá à merda.

Está no trabalho?

Sim!

Eu estarei aí em dez minutos.

Não!

Desligo o telefone e espero. Eu já estava no estacionamento quando enviei a primeira mensagem. Fico esperando em meu carro por um minuto, tamborilando no volante. Já sei o que ela vai fazer daqui a pouco; então, vibro quando a vejo sair apressada do edifício. Olivia está tentando escapar antes que eu apareça. Salto do carro e ando na direção dela. Quando ela me vê, já é tarde demais. Ela está com as chaves do carro na mão e os saltos dos seus sapatos estalam contra o concreto enquanto ela tenta escapar de mim.

— Vai a algum lugar?

Olivia sacode os ombros com força e bufa, irritada.

— Por que diabos você está sempre tão adiantado?

— E por que você está tentando fugir?

Com cara de poucos amigos, ela olha ao redor, como se procurasse uma maneira de sumir.

Estendo a mão na direção dela.

— Vamos lá, duquesa.

Olivia hesita alguns instantes, mas acaba colocando sua mão sobre a minha e eu a puxo para mim. Ela aperta o passo para conseguir me acompanhar. Eu não solto a mão dela e ela não tenta se soltar. Em dado momento vejo-a morder o lábio. Ela parece assustada. E deveria estar mesmo.

Paro para abrir a porta do passageiro, deixo-a entrar e rapidamente contorno o carro até a minha porta. Ela está usando um vestido vermelho com círculos brancos. O decote é bem generoso. Olivia não olha para mim desde que a coloquei no carro; em vez disso, concentra-se em seus pés. Está usando sapatos vermelhos de saltos altos e unhas vermelhas se destacam. Uma beleza. É uma combinação de Jacqueline Kennedy com o estilo cigano — minha linda contradição. Seu cabelo está preso em um coque alto e uma caneta o fixa no lugar. Estendo a mão e tiro a caneta. O cabelo cai em volta da dona como água negra.

Olivia não pergunta para onde estamos indo. Dirijo até a praia e entro num estacionamento algum tempo depois. Saio do carro, contorno o veículo e abro a porta para ela, oferecendo-lhe a mão para ajudá-la a sair. Caminhamos juntos até chegarmos à areia. Ela então para a fim de tirar os sapatos, usando meu ombro para se apoiar. Com o calçado balançando na ponta dos dedos de uma mão, ela estende a outra mão para mim. Nossos dedos se entrelaçam. Considera-se que seja inverno na Flórida e, por isso, há poucas pessoas tomando banho de sol, a maioria de cabelos brancos, vinda da região Norte. A área da praia onde nos encontramos pertence a um hotel. Há mirantes cobertos de lona com cadeiras sob eles. Achamos um mirante vazio; eu me sento e estiro as pernas. Olivia faz menção de se acomodar na cadeira ao meu lado, mas eu a puxo para a minha cadeira. Ela se senta entre as minhas pernas e se reclina sobre o meu peito. Coloco um braço ao redor dela e deslizo o outro para o topo da minha cabeça. Meu coração está acelerado. Faz muito tempo que não a tenho em meus braços desta maneira.

Parece tão natural estar assim com Olivia. Pronuncio o nome dela em voz alta só para ver como soa. Ela me golpeia nas costelas com o cotovelo.

— Não faça isso.

— Não fazer o quê? — pergunto, com a boca bem perto de seu ouvido.

— Bem, falar em voz tão alta, para começar.

Eu reprimo uma risada. Posso ver a pele dela arrepiada nas partes expostas de seu corpo. Meus antigos truques ainda funcionam, com certeza.

— Pelo visto, você tem um fetiche por mãos e o som da minha voz a excita.

— Eu nunca disse que tinha fetiche por mãos!

— Sério? Mas ainda resta a excitação que a minha voz causa em você.

Ela se remexe procurando escapar de mim, e preciso usar a força de meus dois braços para segurá-la enquanto dou risada.

Quando ela enfim volta a se acalmar, eu junto seu cabelo e o passo por cima de seu ombro esquerdo. Beijo a pele exposta de seu pescoço, e ela estremece. Beijo um centímetro mais acima e a sua cabeça se inclina, o que me proporciona um melhor acesso.

— Você não devia... Nós não... — sua voz morre no ar.

— Eu amo você — digo ao ouvido dela. Olivia tenta se esquivar, mas meus braços ainda a enlaçam com firmeza.

— Não, Caleb... — Ela subitamente desperta de seu transe. Movimentando com vigor as pernas bem torneadas, tenta ganhar impulso e se livrar de mim.

— Por que não?

— Porque não é certo.

— Não é certo que eu a ame? Ou não é certo que você também me ame? Ela está chorando; posso ouvi-la fungar.

— Nada disso é certo. — Sua voz, cheia de emoção, abre fendas. Abre fendas em minhas forças, em meu jogo, em meu coração.

Quando eu falo, minha voz soa rouca. Olho fixamente para o mar.

— Eu não consigo ficar longe de você, Olivia. Estou tentando há dez anos.

Olivia soluça e baixa a cabeça. Não está mais buscando fugir de mim, mas ainda tenta impor uma distância entre nós. Ela se inclina para a frente. Então uma sensação de perda me invade de imediato. Passei anos a fio sem Olivia e me recuso a permitir que ela ignore a minha presença. Eu a tenho ao meu alcance e pretendo tirar vantagem disso. Mergulho as mãos em seu cabelo e gentilmente movo os braços para trás, até que a cabeça dela encontre o meu peito. Eu a submeto e ela permite, deixando-se dominar sem parecer se incomodar.

Eu a *submeto*. Bem que eu adoraria dar ao amor da minha vida umas merecidas chicotadas.

Beijo-a na têmpora, pois não posso fazer muito mais que isso, e entrelaço nossos dedos, envolvendo-a com meus braços. Ela se aninha em meu corpo, e começo a sentir uma dor familiar em meu peito.

— Peter Pan — digo.

Depois de alguns instantes de silêncio, ouço novamente sua voz.

— Caleb, quando estou com você cada emoção que eu possa sentir surge como uma inundação. Eu me afogo nelas. Quero correr para você, mas ao mesmo tempo quero fugir de você.

— N-não... não fuja! Nós podemos fazer dar certo.

— Nós não sabemos como amar um ao outro da maneira certa.

— Bobagem — digo ao seu ouvido. — Você está repleta do amor que não consegue exteriorizar. Você não pode dizer certas coisas. Eu entendo isso agora. Sei que o seu sentimento existe, que está aí. Nós já ferimos demais um ao outro, Olivia. Mas não somos mais crianças. Eu a quero para mim.

Solto-a e então faço seu corpo virar para que ela fique de joelhos entre minhas pernas abertas. Seguro a cabeça dela com ambas as mãos, enroscando meus dedos em seu cabelo. Ela agora não pode desviar os olhos de mim.

— Eu quero você, Olivia. — Eu já tinha dito isso antes, mas não adiantou. Ela ainda acredita que eu a deixarei. Como eu havia feito antes.

Seu lábio inferior começa a tremer.

— Quero seus bebês, e sua raiva, e seus olhos azuis frios... — Eu engasgo, e quem acaba desviando o olhar sou eu. Volto a fitá-la, e percebo que, se não for capaz de convencê-la agora, nunca mais conseguirei fazê-lo. — Quero ir com você a festas de aniversário, e trocar presentes de Natal com você. Quero brigar com você por motivos bobos, e então levá-la para a cama e fazê-la esquecer que brigamos. Quero ter mais guerras de bolo e viagens para acampar. Eu quero o seu futuro, Olivia. Por favor, volte para mim.

Todo o seu corpo está tremendo. Uma lágrima desliza por seu rosto, e eu a intercepto com meu dedo polegar.

Agarro a sua nuca e puxo Olivia para mim até que nossas testas se toquem. Minhas mãos percorrem suas costas de cima a baixo.

Os lábios dela se movem, ela está tentando formular palavras — e pela expressão em sua face eu não posso dizer que gostaria de ouvi-las. Nossos rostos estão quase colados; se eu avançasse a cabeça meio centímetro nós acabaríamos nos beijando. Mas eu espero pelos movimentos dela.

Nossas respirações se misturam. Suas mãos se fecham e prendem com força a minha camisa. Compreendo sua necessidade de agarrar alguma coisa. Evitar que nossos corpos se unam de vez é uma verdadeira provação para o meu autocontrole.

Nós respiramos no mesmo ritmo, como se tivéssemos nos fundido num só peito que sobe e desce tal qual as ondas do mar. Eu encosto o meu nariz no dela, e isso parece derrubar as suas defesas. Olivia passa os braços em torno do meu pescoço, abre a boca e me beija.

Faz meses que eu não beijo a minha garota. Parece que essa é a primeira vez. Ela está ajoelhada e inclinada sobre mim, de tal maneira que preciso curvar a cabeça para trás para alcançar seus lábios. Meus braços estão sob o seu vestido, na parte de trás de suas coxas. Posso sentir o tecido da calcinha com a ponta dos dedos, mas mantenho as mãos paradas.

Nós nos beijamos sem pressa, apenas com nossos lábios. Deixamos entre nós a distância necessária para continuarmos olhando nos olhos um do outro. O cabelo dela é como uma cortina separando nós dois do resto do mundo. E sob a proteção sedosa dessa cortina nós nos beijamos, alheios a tudo a nossa volta.

— Eu te amo — ela diz com a boca junto da minha.

Eu sorrio com tanta alegria que preciso interromper o beijo para recompor meus lábios. Quando começamos a usar nossas línguas, as coisas se incendeiam rápido. Olivia gosta de morder quando beija. Isso me tira *definitivamente* do sério.

Meu coração está na garganta, minha cabeça está embaixo das minhas calças, minhas mãos estão em suas coxas. Ela me empurra e se levanta.

— Não até que o divórcio esteja finalizado — ela diz. — Leve-me de volta.

Eu me levanto, seguro em sua cintura e a puxo para perto de mim.

— Tudo que eu ouvi foi *"leve-me"*.

Ela envolve meu pescoço com os braços e pressiona levemente o lábio inferior com os dentes. Observo o seu rosto:

— Por que não está vermelha? Não importa o que eu diga, você jamais fica vermelha de vergonha.

Ela sorri com malícia.

— Porque eu sou poderosa e durona.

— É, acho que é mesmo — digo carinhosamente. E beijo a ponta do seu nariz.

Assim, retornamos para o meu carro. Nem bem fechamos as portas e um aviso de mensagem soa no celular de Olivia.

Ela o retira da bolsa e uma expressão triste imediatamente surge em sua face.

— O que é? — pergunto.

Com a mão suspensa no ar, ainda segurando o telefone, ela não olha para mim.

— É Noah. Ele quer conversar.

CAPÍTULO 14

NOAH

EU GIRO MINHA ALIANÇA SOBRE O BALCÃO ÚMIDO. NO começo, ela dá voltas rápidas, torna-se um borrão dourado, e então executa uma pequena dança vacilante até cair imóvel. Apanho o anel e o faço girar novamente. O sonolento barman da espelunca em que estou olha para mim e logo deposita outra cerveja na minha frente. Eu não havia pedido nada, mas um bom barman sabe "interpretar" um cliente. Pego o anel, coloco-o em meu bolso e tomo um grande gole de cerveja.

Olivia não sabe que eu voltei à cidade. Não sei se estou pronto para conversar com ela. Quatro dias atrás eu me hospedei em um hotel próximo ao aeroporto e desde então tenho percorrido os bares na região. Ele voltou a ser um problema. Sei que Olivia anda se encontrando com ele. E isso nem mesmo me deixa zangado. Eu a deixei. O que podia esperar? Tudo começou de maneira tão insuspeita. Eu firmava vários compromissos de trabalho no exterior, mais e mais trabalhos, um após o outro. Era financeiramente bom para nós. Mas em consequência disso eu me ausentava cada vez mais. Não estava por perto no aniversário dela, nem em nosso primeiro aniversário de casamento. Dia de Ação de Graças? Eu também não estava lá. Eu não sabia que a distância poderia causar tanto desgaste ao nosso relacionamento. A ausência deveria tornar o amor mais forte. Não é o que se costuma dizer? Olivia jamais se queixava. Jamais se queixava de coisa alguma. Era a pessoa mais forte e mais confiante que eu já havia encontrado na vida.

Caleb, porém, estava por perto. E foi para Caleb que ela correu quando sentiu medo. Eu quis isso para mim, mas nem tenho certeza se estou emocionalmente preparado para dar o que Olivia precisa. Em primeiro lugar, sou um homem comprometido com a carreira. Sempre fui. Minha mãe criou a mim e a minha irmã com seu próprio esforço, e eu sempre imaginei como seria ter dois pais em vez de um. Mas não porque estivesse desesperado para ter um pai... Eu queria que minha mãe tivesse alguém que tomasse conta dela, porque ela tomava conta de nós.

Na maior parte do tempo, eu gosto de estar sozinho. Quando completei 38 anos, fui repentinamente invadido pela necessidade de ter uma família. Mas não a típica família com crianças; eu queria apenas uma companheira, uma esposa. Alguém com quem compartilhar o café da manhã e com quem dividir a cama à noite. Uma imagem bela e pitoresca esta que tenho em mente: uma casa, luzes de Natal, jantares a dois. Um bom sonho. O problema é que muito poucas mulheres se dispõem a excluir desses sonhos a figura da criança.

Eu não sou um romântico, mas sei apreciar uma boa história. Quando Olivia me contou sua história naquele voo para Roma, fiquei fascinado. Era completamente nova para mim a ideia de que pessoas reais se envolviam em situações nas quais o amor prevalecia sobre a razão. Ela foi tão honesta, tão dura consigo mesma. Não sou o tipo de homem que acredita em amor à primeira vista. Vivemos uma cultura do amor à primeira vista e as pessoas se apaixonam e se "desapaixonam" com tanta frequência que você se pergunta se o amor hoje tem o significado sagrado que tinha há cem anos. Mas quando Olivia disse: "eu me apaixonei debaixo de uma árvore", deixei de lado minhas crenças e lhe pedi que se casasse comigo. Ela era o meu oposto, mas eu quis ser como ela. Quis me apaixonar sob uma árvore, à primeira vista e perdidamente.

De imediato me ocorreu que nós éramos compatíveis. Não como almas gêmeas, e sim como peças perfeitas que precisavam se encaixar para que a imagem inteira se forme. Eu era uma bússola para Olivia. E ela era a pessoa que poderia me ensinar a viver. Eu a amava. Deus, como a amava. Porém, ela queria algo que eu não estava disposto a dar. Olivia queria um bebê. Quando as discussões se tornaram brigas cruéis, eu a deixei. Ela não cedeu com o tempo, e então eu pedi o divórcio. Mas não devia ter feito isso. Casamento é um compromisso.

Acerto a minha conta e saio do bar. Nós podemos chegar a um acordo. Tentar uma adoção. Que diabo, se for o caso vamos até abrir um orfanato num país qualquer. O que eu não posso fazer é gerar uma criança. O risco é grande demais.

Quero vê-la. Precisamos conversar a sós. Tiro o meu celular do bolso e digito uma mensagem para ela:

Será que podemos conversar?

Três horas depois, a resposta:

Sobre o quê?

Você e eu

Já não fizemos isso o suficiente?

Eu tenho uma nova proposta para lhe fazer

Vinte minutos se passaram antes que ela me enviasse uma breve mensagem:

Certo

Graças a Deus. Eu não vou deixar que Caleb a tire de mim. Em Roma, ele a deixou ir embora. Partiu o coração dela... mais uma vez. Naquela noite, quando Olivia e eu nos separamos depois do jantar, voltei para o meu hotel e refleti a respeito da minha vida. Minha vida tão vazia. Acho que já havia tomado a decisão de mudá-la quando ela ligou para o meu quarto, chorando. Tomei um táxi para o hotel de Olivia e me sentei ao seu lado enquanto ela se lamentava por causa dele. Ela me disse que era a última vez, que já havia atingido e ultrapassado o limite do suportável várias vezes. Ela não queria que eu a tocasse. Eu queria tocá-la. Queria tomá-la em meus braços e deixar que chorasse à vontade. Mas Olivia ficou sentada na beirada da cama, com as costas retas e os olhos fechados, e vertia lágrimas silenciosas que corriam como rios por sua face. Eu nunca tinha visto ninguém lidar com a dor de maneira tão controlada. Ela não deixava escapar nem um gemido; isso foi de cortar o coração. Mais tarde, por fim, liguei a televisão, e então nós apoiamos as costas na cabeceira da cama dela e assistimos ao filme *Dirty Dancing: Ritmo Quente*. Dublado em italiano. Não sabia ao certo se era o tipo de coisa que Olivia apreciava, mas minha irmã era fã do filme e eu mesmo já sabia quase todas as suas falas. Quando o sol nasceu, eu ainda estava no quarto de Olivia. Cancelei todos os meus compromissos, convenci-a a se vestir para sair e a levei para conhecer Roma. Ela se opôs a princípio, dizendo que preferia ficar no hotel, mas então eu escancarei as cortinas do quarto e a fiz olhar pelas janelas.

— Olhe! Veja onde você está — eu disse. Ela se postou ao meu lado e a escuridão em seus olhos pareceu se dissipar.

— Vamos lá — ela respondeu.

Fomos primeiro ao Coliseu, depois comemos pizza em um mercado próximo ao Vaticano. Olivia chorou ao contemplar a obra de Da Vinci. Ela se voltou para mim e disse:

— Estas lágrimas não são por causa dele. Eu choro porque estou aqui e sempre desejei estar.

Então ela me abraçou e me agradeceu por insistir naquele passeio.

Mais tarde naquele dia, nós nos despedimos, mas quando voltei a Miami eu telefonei para ela. Saímos para jantar algumas vezes. Tudo muito casual. Nada de mais significativo aconteceu até que a beijei. Eu não planejei fazer isso. Nós estávamos dizendo boa noite um ao outro ao sair de um restaurante, e eu simplesmente tomei a iniciativa de beijá-la, sem pensar. Levou meses até que fizéssemos sexo pela primeira vez. Ela era tímida, hesitante. Demorou um bom tempo para que confiasse em mim. Não vou deixar que Olivia saia da minha vida tão facilmente, sem lutar. Como ele deixou.

CAPÍTULO 15

PASSADO

SEIS MESES ANTES DE AVISTAR OLIVIA NA LOJA DE DISCOS, eu havia comprado um anel para Leah. A joia ficou junto com o anel de Olivia em minha gaveta de meias por uma semana, antes que eu o tirasse de lá. Não me parecia certo deixá-los juntos. Eu havia comprado um anel de estilo clássico para Olivia. Uma peça elegante. Quando nós nos afastamos, porém, eu não soube o que fazer com o aquilo. Vendê-lo? Empenhá-lo? Ficar com ele pela droga da vida inteira? No final das contas, não consegui romper com meu passado e deixei a peça exatamente onde estava. Para Leah, eu escolhi um anel de diamante mais moderno. Era grande e chamativo, e impressionaria seus amigos. Eu planejava pedi-la em casamento quando estivéssemos em férias no Colorado. Nós íamos esquiar lá duas vezes por ano. Eu já estava farto dos ridículos amigos esquiadores de Leah, que davam a seus filhos nomes como Paisley, Peyton e Presley. Nomes sem alma. Acho que os pais erram ao dar à criança um nome padronizado, pois isso pode torná-la perturbada. Minha mãe colocou em mim o nome de um espião da Bíblia. Ele era elegante e ousado. É desnecessário dizer que nomes possuem significado.

Eu sugeri que nós fôssemos viajar sozinhos para esquiar. No início Leah se recusou a ir sem a "sua galera", mas acho que ela percebeu no ar a possibilidade de um anel de noivado e mudou rapidamente de ideia. Faltava um mês para a viagem quando eu entrei em pânico. Mas não foi um pânico íntimo, secreto. Foi um pânico regado a bebida, que me levava a correr quase dez quilômetros por dia ouvindo Eminem e Dre e a pesquisar o nome de Olivia no Google durante a noite ao som de Coldplay. Eu consegui localizá-la. Ela estava trabalhando como secretária em uma firma de advocacia. Entretanto, não tive a chance de encontrá-la; eu me envolvi em um acidente de carro e contei pela primeira vez a mentira que mudaria a minha vida.

No dia em que a vi, já fazia dois meses que eu estava mergulhado em minha mentira sobre a amnésia; eu simplesmente perambulava pelos arredores do trabalho de Olivia, na esperança de topar com ela. Na verdade, eu nunca a procurei na empresa — Olivia levava seus compromissos muito a sério e não aceitaria bem tal atitude —, mas eu considerei a possibilidade de surpreendê-la no estacionamento. E era o que eu provavelmente faria, se ela não tivesse caminhado até o Music Mushroom naquele dia. Eu pretendia contar-lhe toda a verdade: que eu havia mentido para a minha família e meus amigos e que havia feito tudo o que fiz porque não era capaz de esquecê-la e deixá-la no passado. E naquela fração de segundo em que lhe perguntei sobre o maldito CD em sua mão, ela pareceu tão assombrada, tão chocada que eu resolvi levar minha mentira adiante. Os olhos dela se arregalaram, suas narinas se alargaram enquanto ela tentava pensar em algo para falar. Pelo menos ela não me xingou. Isso já era bom.

— Hummm... — Foi isso que Olivia decidiu me dizer. Eu sorri quando escutei a voz dela. Sorri como não sorria havia três anos. Ela segurava o CD de um quarteto de violoncelos e parecia bem confusa.

— O que disse? Desculpe-me, eu não entendi. — Foi maldade brincar assim com o espanto dela, mas eu não quis que nossa conversa morresse.

— Há... Eles são legais — ela respondeu. — Esse não é exatamente o seu tipo de música.

Nesse momento, pude sentir que ela batia em retirada mentalmente. Sua mão já estava devolvendo o CD à prateleira e seus olhos se moviam na direção da saída. Eu precisava fazer alguma coisa. Tinha que dizer alguma coisa. *Olha, me desculpe. Eu sou um idiota. Eu me casaria com você neste exato momento se você concordasse...*

— Não é meu tipo de música? — Eu repetia as palavras dela enquanto tentava formular as minhas próprias.

Ela parecia tão desamparada naquele momento que eu sorri mais por causa de sua beleza do que por outro motivo qualquer.

— E precisamente qual tipo você acredita que seja o meu? — Reconheci meu deslize imediatamente. Era assim que costumávamos brincar. Se quisesse que ela me perdoasse, eu teria que parar de falar bobagem e...

— Bem, o seu estilo musical é mais o rock clássico... Mas eu posso estar enganada.

Olivia estava certa, totalmente certa. Seus lábios cheios estavam entreabertos, e ela respirava pela boca.

— Rock clássico? — repeti. Ela me conhecia. Leah provavelmente diria que meu estilo era o alternativo ou algo do gênero. Não que Leah não soubesse nada sobre música; ela ouvia as cem mais tocadas como se fossem a mais pura sabedoria, e não um amontoado de clichês... Expulsei da mente os pensamentos amargos, junto com Leah, e voltei a me concentrar em Olivia. Ela parecia assustada. Vi sua expressão, e isso me afetou. Não havia raiva nela. Havia uma nota de arrependimento, como havia em mim.

Ainda existia uma chance para nós dois. Longe do passado.

— Me desculpe — eu disse. E então menti sem piedade. Contei a mesma mentira que vinha contando fazia dois meses. A mentira veio fácil, deixando um gosto amargo em minha língua.

Você está fazendo isso para protegê-la, eu pensei comigo mesmo.

Mas estava protegendo apenas a mim mesmo.

Eu ainda era o merda egoísta que a havia pressionado tanto no passado. Comecei a me retirar. Ia fugir do que tinha acabado de fazer, quando ouvi a voz dela me chamando. Então seria assim. Ela ia dizer que me conhecia, e eu lhe revelaria que não tinha amnésia coisa nenhuma. Que toda aquela farsa estúpida era por causa dela. Em vez disso, porém, Olivia foi até uma das seções de discos. Vi o cabelo dela balançando enquanto ela ultrapassava as pessoas que estavam em seu caminho.

Meu coração batia acelerado. Quando ela voltou, trazia na mão um CD. Olhei para a capa: era um álbum do Pink Floyd. O meu álbum favorito da banda. Olivia havia acreditado na minha mentira e trazia para mim meu CD favorito.

— Você vai gostar deste — ela disse. E o jogou para mim.

Eu esperava que ela me dissesse que sabia quem eu era. Mas isso não aconteceu. Eu me sentia oprimido por cada maldita coisa que já havia feito a Olivia, cada mentira, cada traição.

Ali estava Olivia, tentando me curar da perda de memória com música, e eu só mentia para ela. Eu andei, apenas andei. Direto para fora.

Eu não tinha a intenção de vê-la novamente. Não mesmo. Eu já havia desperdiçado a minha chance. Voltei ao meu apartamento e pus o CD para tocar, com o volume alto do início ao fim. Esperava que isso me fizesse lembrar de quem eu era. Quem eu definitivamente queria voltar a ser.

Contudo, eu voltei a encontrá-la. Sem ter planejado nada. Foi simplesmente o destino. E eu não pude me conter. Foi como se cada segundo, minuto, hora, que eu havia passado longe dela nos últimos três anos retornassem para me esbofetear quando eu a vi derrubar uma pilha de cones de waffle. Agachei-me para ajudá-la a apanhá-los. O cabelo dela estava curto; mal tocava seus ombros.

Aquela não era a Olivia de que eu me lembrava, com seu cabelo longo e selvagem e os olhos cheios de rebeldia. A Olivia diante de mim era equilibrada, mais contida. Ponderava as palavras antes de falar, em vez de simplesmente deixá-las sair sem freios. Seus olhos não tinham o mesmo brilho que costumavam ter. Perguntei-me se eu havia sido o responsável por isso. E isso me causou dor. Deus — uma dor terrível. Queria poder devolver o brilho aos olhos dela.

Fui falar com Leah o mais rápido que pude. Disse a ela que não podia fazer o que estávamos fazendo. Ela interpretou isso como uma recusa de minha parte a me relacionar com uma pessoa de quem eu não me lembrava.

— Caleb, sei que você se sente perdido agora, mas, quando recuperar a memória, tudo fará sentido — ela argumentou.

Quando eu recuperasse a memória, nada faria sentido. Foi por isso que menti.

Balancei a cabeça.

— Preciso de tempo, Leah. Sinto muito. Sei que isso é um grande problema. Não quero magoá-la, mas preciso cuidar de algumas coisas.

Ela olhou para mim como se eu fosse uma imitação de bolsa de grife. Eu já tinha visto Leah fazer isso várias vezes. Certa vez ela fez uma observação depreciativa no supermercado quando estávamos atrás de uma mulher que remexia em uma pilha de cupons. A mulher levava uma bolsa *Louis Vuitton* pendurada no ombro.

— Pessoas que podem adquirir uma *Louis* não juntam cupons — Leah disse em voz alta. — Isso parece mais coisa de quem anda com bolsas falsificadas por aí.

— Talvez as pessoas que juntam cupons economizem dinheiro suficiente para comprar bolsas de marca — retruquei. — Pare de ser tão superficial e preconceituosa.

Ela ficou aborrecida comigo por dois dias. Alegou que eu a havia atacado em vez de defendê-la. Leah julgava as pessoas de acordo com o que elas possuíam, e nós discutimos por causa disso. Ver alguém dar tanto valor a coisas materiais me causava desgosto. Depois que Leah se acalmou eu tive dois dias de paz, durante os quais eu pensei seriamente em terminar tudo com ela.

Até que ela apareceu em meu apartamento, com um bolo que havia acabado de assar, pedindo-me mil desculpas. Levou consigo uma de suas bolsas Chanel e — para o meu absoluto espanto — usou uma tesoura para cortá-la, bem diante dos meus olhos. Esse gesto me pareceu tão sincero e contrito que resolvi contornar a situação. Mas Leah não havia mudado. E acho que eu também não. Eu continuava apaixonado por outra mulher. E continuava inseguro demais para tomar alguma providência a respeito.

Agora, porém, eu estava farto. E pedir algum tempo a ela foi o melhor a fazer.

— Eu tenho de ir — avisei, levantando-me. — Fiquei de encontrar uma pessoa para um café.

— Uma garota? — Leah perguntou sem rodeios.

— Sim.

Por alguns instantes, só nos olhamos, em silêncio. Eu esperava ver dor em sua expressão, talvez lágrimas, mas vi apenas raiva. Beijei-a na testa antes de me retirar.

Talvez eu estivesse fazendo as coisas de maneira errada, egoísta e também covarde — mas pelo menos eu estava fazendo algo.

CAPÍTULO 16

Presente

DOU CARONA PARA OLIVIA ATÉ SEU ESCRITÓRIO. NO trajeto de volta, ela mal fala comigo. Depois do que aconteceu entre nós dois, eu não sei o que lhe dizer. Mas de uma coisa tenho certeza: Noah a quer de volta. Chega a ser engraçado. *Bem-vindo ao clube, filho da puta.*

Depois de três meses sem dar as caras, a dependência finalmente falou mais alto.

Está chovendo quando chegamos ao estacionamento. Olivia abre a porta e salta do carro sem nem mesmo olhar para trás. Observo-a enquanto caminha até seu veículo, com os ombros não tão eretos como de costume. Subitamente eu escancaro a minha porta, saio do carro e a passos largos tento alcançá-la. Agarro seu braço no instante em que ela vai abrir a porta e giro seu corpo até que fique de frente para mim. Então, usando o meu corpo, eu a pressiono contra a lateral do seu carro. Ela fica sem ação por um momento, com as mãos plantadas em meu peito, como se não tivesse certeza do que estou fazendo. Seguro sua nuca, puxo-a na minha direção e então a beijo. Beijo-a com entrega, intensamente, como a beijaria se estivéssemos transando. O som de nossa respiração encobre o barulho do tráfego ao nosso redor e também é mais alto do que o trovão acima de nós.

Quando nossas bocas se separam, Olivia está ofegante. Minhas mãos estão coladas a sua cabeça, uma em cada lado.

— Você se lembra do laranjal, Olivia? — digo em voz baixa, olhando para a sua boca enquanto falo.

Ela acena que sim movendo a cabeça lentamente.

— Que bom. — Deixo que meu polegar deslize por seu lábio inferior. — Bom mesmo. Eu também me lembro. Às vezes fico tão anestesiado que preciso me lembrar de lá para poder voltar a sentir alguma coisa.

Afasto-me dela e volto para o meu carro. Antes de ir embora eu consigo vê-la brevemente pelo espelho retrovisor. Ela ainda está no mesmo lugar onde a deixei, com uma mão espalmada sobre o peito.

Competir por ela é bom. Sem dúvida Noah nunca mentiu para Olivia, nem a magoou, nem se casou com outra mulher para feri-la. Mas ela é minha, e dessa vez não desistirei dela sem lutar.

Espero alguns dias, e então envio a ela uma mensagem de texto enquanto estou no trabalho:

O que é que ele queria?

Fecho a porta do meu escritório, afrouxo o botão de cima da minha camisa social e acomodo as pernas sobre a minha mesa.

Ele quer resolver as coisas

Eu sabia que isso iria acontecer, mas ainda assim senti o golpe. Que merda.

O que você disse a ele?

Que preciso de tempo para pensar. E digo o mesmo a você.

Não!

Não?

Não!

Esfrego o rosto com uma mão, e então digito:

Você teve dez anos para pensar.

Não é tão fácil assim. Ele é meu marido.

Noah pediu o divórcio! Ele não quer ter filhos com você.

Ele me disse que poderíamos adotar.

Abaixo a cabeça e fecho os olhos com força.

Não é certo fazer o que estou fazendo. Eu devia deixar os dois se acertarem. Mas não consigo.

Por favor, Caleb, eu só lhe peço algum tempo. Não sou mais a mesma pessoa que você conheceu. Tenho de fazer a coisa certa.

Então continue com ele. Essa é a coisa certa a se fazer. Mas eu sou a coisa certa para você.

Depois disso não recebo mais resposta alguma.

Fico sentado diante de minha mesa por um longo tempo, pensando. Não tenho a menor disposição para trabalhar. Quando meu padrasto entra em meu escritório, uma hora depois, logo nota que há algo estranho comigo.

— Só duas coisas poderiam colocar esta expressão em seu rosto. — Ele se senta diante de mim, ligeiramente inclinado para a frente, os antebraços acomodados sobre as pernas.

— E quais são? — Eu amo o meu padrasto. É o homem mais observador que conheço.

— Leah... e Olivia.

Faço cara de nojo ao ouvir o primeiro nome, e fico sério ao ouvir o segundo.

— Ah — ele diz, sorrindo. — Vejo que a pequena megera de cabelos negros está de volta?

Eu não respondo; apenas levanto a cabeça e ergo as sobrancelhas.

— Você sabe, Caleb... Eu já sei muito bem o que sua mãe pensa a respeito de Olivia. Mas discordo totalmente dela.

Olho para o meu padrasto com cara de espanto. Ele raramente discorda de minha mãe, mas quase sempre está certo quando faz isso. Além do mais, ele nunca compartilha suas opiniões pessoais, a menos que lhe peçam. Vê-lo ali, expressando abertamente o que pensa, faz com que eu fique imóvel na cadeira.

— Eu soube que você pertencia a ela desde a primeira vez que vi vocês juntos. Eu já tive um amor assim.

Eu o encaro com toda a atenção. Ele nunca havia contado nada sobre coisas que aconteceram em sua vida antes de conhecer minha mãe. Os dois estão casados faz quinze anos. Ele já havia tido outra esposa, mas...

— Sua mãe — ele diz, com os olhos brilhando. — Que mulher terrível. Pode acreditar. Nunca vi alguém mais implacável. Porém, ela também é uma pessoa boa. Essas duas características se equilibram. Acho que, quando conheceu Olivia, sua mãe percebeu que a garota tinha uma personalidade muito parecida com a dela própria e quis proteger você.

Lembranças daquele primeiro encontro vêm à minha mente. Eu havia levado Olivia para jantar em casa e conhecer a minha família. Minha mãe, é claro, fez o possível para deixá-la constrangida. Eu acabei perdendo a paciência e levei Olivia embora no meio do jantar. Fiquei tão furioso com minha mãe que pensei que nunca mais fosse falar com ela de novo.

— A maioria dos homens gosta do perigo. Não há nada mais atraente do que uma mulher perigosa — ele diz. — Chamá-las de "minha mulher" nos faz sentir um pouco mais viris.

É provável que ele esteja certo. Eu perdi o interesse em mulheres normais depois que conheci Olivia. É uma maldição. Depois de me envolver com ela, raras vezes encontrei uma mulher que eu achasse realmente interessante. Gosto de sua intensidade, de seu sarcasmo incansável, de ter que me empenhar para obter cada sorriso seu — cada beijo seu. Sim, ela é muito forte e luta até o fim pelas coisas que quer; e eu gosto disso. E amo saber que posso deixá-la frágil. Talvez eu seja a sua única fraqueza. Eu marquei esse ponto e quero muito mantê-lo. Os homens escrevem músicas para mulheres como Olivia. Eu tenho umas cinquenta músicas em meu Ipod que me fazem pensar nela.

— Ela está sozinha, Caleb?

Eu suspiro e esfrego a testa.

— Está separada. Mas o cara apareceu alguns dias atrás.

— Ah. — Ele passa a mão pela barba, e seus olhos sorriem para mim. Ele é o único na família que sabe o que eu fiz. Eu me entreguei a uma bebedeira sem fim depois que Olivia se foi, e acabei esmurrando um policial na saída de um bar. Telefonei para Steve e pedi que fosse me soltar. Ele não contou nada a minha mãe, nem mesmo quando lhe confessei tudo sobre a amnésia. Steve jamais me julgou. Apenas observou que as pessoas fazem loucuras quando estão apaixonadas.

— O que faço agora, Steve?

— Não posso lhe dizer o que fazer, filho. Ela traz à tona o pior e o melhor em você.

É difícil ouvir isso. Mas ele tem razão.

— Já disse a ela como se sente, Caleb?

Fiz que sim com a cabeça.

— Então você fez tudo o que podia ter feito.

— E se ela decidir não ficar comigo?

Steve se inclina para a frente na cadeira, com uma expressão marota no rosto.

— Bem, você sempre vai poder contar com Leah...

Minha risada começa abafada, e então se transforma numa grande gargalhada que ecoa pela sala toda.

— De todas as piadas que você já fez, Steve... Essa é a pior!

E, de repente, da mesma maneira como tudo isso recomeçou, ela volta com Noah. Sei disso porque ela não me telefona. Não manda nenhuma mensagem. Olivia segue em frente com sua vida e me deixa falando sozinho.

CAPÍTULO 17

PASSADO

EU ESTAVA FERVENDO DE RAIVA. QUERIA MATÁ-LO, BEM devagar, com minhas próprias mãos.

Aquele Jim! Ele quase a... Eu me recuso até a pensar no que ele quase fez a Olivia. E se eu não estivesse por perto? A quem ela teria recorrido? Era bom lembrar que ela havia vivido três anos sem mim. Três anos enxugando as próprias lágrimas e mantendo babacas a distância, contando apenas com sua língua afiada. Olivia não se debilitou com a minha ausência. Na verdade, ficou até mais forte. Não sei se isso me fez sentir alívio ou mágoa. Fui orgulhoso demais para admitir minha culpa no fracasso de nossa relação. Por me calar sobre coisas que deveriam ser ditas, por não lutar de verdade por Olivia, eu permiti que ela acreditasse que era a culpada. E não era. A superação de seus traumas era a única coisa que estava em suas mãos. Olivia pagava o preço de não saber como expressar o que sentia. Era a pior inimiga de si mesma. Ela se convencia de algo a respeito de si própria e então usava isso para sabotar a própria felicidade. Olivia precisava do tipo de amor que jamais a deixasse e sob nenhuma circunstância lhe faltasse. Precisava saber que nada a desvalorizaria aos meus olhos. *Porra!* Eu me odeio. Mas eu era ainda uma criança. Uma criança que recebeu uma dádiva e não soube como cuidar dela. Mas uma coisa era certa: eu mataria a pessoa que se atrevesse a encostar um dedo nela.

Eu ia matar Jim. E compensar o tempo perdido e o fato de não estar por perto para protegê-la.

Eu andei calmamente até o meu carro porque Olivia me observava. Assim que me libertei da sua vigilância, pisei no acelerador. Olivia havia dormido recostada ao meu peito, colada a mim como uma criança. Fiquei acordado a noite inteira, querendo confortá-la, embora quisesse também acertar as contas com o covarde que se dizia amigo dela. Carreguei-a até a cama, no momento em que o Sol nascia, e voltei para a sala de estar a fim de ligar para alguns hotéis. Quando ela acordou, eu lhe disse que Jim havia fechado a conta na noite anterior e deixado a cidade. Mas isso não era verdade. O filho da puta bêbado tinha voltado ao seu quarto de hotel e provavelmente estava caído num canto, curando a ressaca.

Eu o encontrei no Motel 6. Ele ainda dirigia o mesmo Mustang 1967 que tinha na faculdade. Eu me lembrei de como ele era naqueles tempos. Um garoto magro. Um desses tipos meio andróginos que usam jeans apertados e delineador e gostam de falar sobre suas bandas favoritas. Eu jamais pude entender o que Olivia vira nele. Ela poderia ter o cara que desejasse. O Mustang de Jim estava estacionado bem diante do quarto 78. Pude ver o meu reflexo no carro quando passei por ele. Bati com força na porta. Somente mais tarde me ocorreu que poderia ser o quarto errado. Ouvi uma voz abafada e o som de alguma coisa caindo. Jim abriu a porta e parecia bastante irritado. Fedia a álcool. Quando identificou meu rosto, ficou surpreso, a princípio, depois, curioso... e, por fim, sentiu medo.

— Mas o que es...

Eu o empurrei para dentro e fechei a porta. O quarto cheirava mal.

Tirei meu relógio do pulso e o joguei na cama. E depois acertei Jim com um soco.

Ele despencou para trás, batendo contra uma mesa e derrubando uma luminária. Antes que pudesse se recompor, eu já estava sobre ele. Agarrei sua camisa e o puxei do chão, levantando-o. Suas pernas bailavam sob o corpo, e ele não conseguia se firmar.

Quando o pus de pé, bati nele de novo.

— Caleb! — Jim cobriu com uma mão o nariz, e o sangue escorreu por entre seus dedos. Ele ergueu a outra mão aberta na minha direção.

— Eu estava bêbado, cara... Sinto muito...

— Sente muito, é? Eu não dou a mínima se você sente ou não.

Jim sacudiu a cabeça.

— Merda! — ele disse. — Que merda. — Ele se agachou, pôs as mãos nos joelhos e começou a rir.

Só parei de ranger os dentes quando tive certeza de que ele estava acabado.

— Você mentiu para ela sobre a amnésia!

Ele ria tanto que mal conseguia falar. Eu o empurrei. Jim caiu de costas, mas continuou rindo.

— Nós somos iguais, cara, nós dois jogamos sujo. Que história é essa de vocês dois fingirem que não se conhecem? Isso é uma merda de...

Agarrei-o pela camisa e o joguei para o lado. Ele caiu em cima da cama e continuou rindo tão intensamente que chegou a pôr as mãos no estômago. Furioso, parti para cima dele de novo.

Antes que ele pudesse dizer mais alguma coisa, eu o ergui e o segurei contra a parede.

— Você não sabe nada sobre nós!

— Não sei? Acha mesmo que não sei? Quem você pensa que deu apoio a ela depois que você a enganou e a abandonou?

— Não fiz nada disso — eu respondi rangendo os dentes, e não disse mais uma palavra sobre o assunto. Eu não estava ali para dar explicações àquele monte de merda.

— Se você voltar a falar com Olivia, vou matá-lo. Se olhar para ela de novo, vou matá-lo. Se simplesmente respirar na direção dela, eu vou...

— Vai me matar. Certo, já entendi a mensagem.

Ele me empurrou, mas parecia não haver energia em seus braços frágeis. Eu nem saí do lugar.

— Você a está matando desde o dia em que a conheceu, Caleb — ele disparou. Isso, sim, me atingiu com força. Pensei no dia em que a vi na loja de discos, quando percebi que parecia não existir brilho nos olhos dela. — Por que diabos você tinha que aparecer de novo? Se a tivesse deixado em paz teria sido muito melhor.

O rosto de Jim estava manchado de sangue, e seu cabelo estava pegajoso. Olhei para ele com indiferença.

— Acha que Olivia ficaria com você se não ficasse comigo?

Minhas palavras o atingiram em cheio. Dominado pelo constrangimento, Jim não sabia para onde olhar e suas narinas se alargaram. Então ele também estava apaixonado por ela? Eu ri, e isso o deixou furioso. Ele se debateu para se soltar de mim. Seu rosto era um borrão vermelho e pegajoso.

— Ela é minha — disse bem na cara dele.

— Você que se foda — ele retrucou.

Eu bati nele mais uma vez.

CAPÍTULO 18

Presente

NÃO TENHO MAIS NOTÍCIAS SOBRE ELA. QUANTO TEMPO já faz que não a vejo? Tudo parece tão mais demorado quando você está sofrendo. Só consigo pensar em Olivia, e isso me consome tanto que aceito os convites para sair dos colegas do trabalho, pois é uma oportunidade de distração. Nesse grupo há uma garota que trabalha no departamento de contabilidade e dá em cima de mim o tempo todo. Steve parece se incomodar um pouco por me ver saindo com o pessoal.

— Um pequeno conselho — ele diz, quando paro em seu escritório para me despedir. — Quem está apaixonado por uma mulher não deve se envolver com outra mulher.

— Sei — respondo. — Só gostaria de observar que ela provavelmente está dormindo com outro homem nesse exato momento.

— Ainda acredita que ela voltará para você, Caleb?

— Sim.

— Por quê?

— Porque ela sempre volta.

Esse pensamento, porém, não melhora muito as coisas para mim.

Paramos em um elegante bar de coquetéis e drinques em Fort Lauderdale. Deixo meu terno no carro e abro alguns botões de minha camisa. Uma das garotas sorri para mim enquanto andamos até o bar. Acho que seu nome é Asia, e se pronuncia Aja.

— Sua bunda fica linda em tecidos listrados — ela me diz. Meu amigo Ryan me dá um tapa nas costas.

Conheço Ryan desde os tempos de faculdade. Atendendo a um pedido meu, Steve deu a ele um emprego quando nós nos formamos. Ele é muito bom naquilo que faz. Ryan olha para Asia fingindo simpatia.

— Esse cara — ele brinca — não vai dormir com você.

Asia dá uma risadinha:

— Bem, isso seria uma experiência nova para mim.

Eu rio e olho com atenção para ela pela primeira vez. A garota me faz lembrar Cammie.

— Coração partido? — Asia pergunta, ignorando Ryan, que tentava participar de nossa conversa.

— Mais ou menos isso.

— Sou especialista no assunto. — Ela pisca para mim, e agora me faz lembrar de Leah. Um calafrio me atinge. Não quero que me façam lembrar de Leah.

— Já me acostumei com este coração partido. Acho que vou continuar com ele. — Seguro a porta aberta para as garotas, que entram uma após a outra. Asia espera por mim do outro lado, o que não me agrada muito. Prefiro não ter que passar a noite driblando os avanços de uma mulher na qual não estou interessado. Ela mostra que deseja muito agradar. Eu não gosto disso. Todo o poder está nas mãos das mulheres. Elas deviam usá-lo como um chicote, e não oferecê-lo como um sacrifício.

Eu não me reúno em um bar com um grupo de amigos desde os vinte e poucos anos. Pago a primeira rodada, esperando que isso compense o fato de que estou prestes a escapar do grupo para beber sozinho.

Asia termina seu martíni em dois goles e decide me transformar em sua presa da noite. Junto dela está Lauren, do departamento de contabilidade. Nos últimos dez minutos, venho tentando ter uma conversa adulta com as duas, mas elas quase bocejam se falo de qualquer assunto que não sejam fofocas do escritório e de celebridades. Asia sugere que a gente vá embora e continue a noitada na casa dela.

"*O chicote*", digo mentalmente à garota. "*Use isso como um chicote.*"

— Velho — diz Ryan quando elas estão entretidas com a terceira rodada de drinques. — Você poderia ter as duas esta noite, se quisesse. Por que não procura relaxar um pouco? Sempre que Olivia está no seu radar você vira celibatário.

Eu adoro Ryan, mas nesse momento tenho vontade de lhe dar um soco no queixo. Eu me levanto e olho ao redor, procurando o banheiro.

— Ei, não me leve a mal — ele diz, percebendo que minha reação não é das melhores. Eu dou um tapinha em seu ombro para mostrar que está tudo bem e sigo para o banheiro.

Meus amigos jamais foram com a cara de Olivia. Nenhum deles conseguia entender como um sujeito que já havia dormido com tantas garotas do campus podia se conformar em esperar dois anos para ter sexo com uma garota virgem.

Ryan havia tentado sem descanso me convencer a traí-la, até que eu finalmente parei de andar com ele.

Meus outros amigos não eram menos diretos. Já me disseram coisas como: "Essa aí só vai deixar você na mão, porra. Ela só curte provocar. Há outras garotas parecidas com ela.".

Era verdade... na maioria das vezes. Pois Olivia não agia com a intenção de me provocar e depois me deixar na mão. Talvez até existissem outras que se parecessem com ela, mas não havia nenhuma que agisse como Olivia. Ela era como água: por maior que fosse o obstáculo, ela seguia em frente. Nada a detinha.

Lavo o meu rosto no banheiro e depois olho para o meu reflexo no espelho. Então fecho os olhos e vejo a imagem de Olivia.

Sinto-me ridículo por estar aqui. Passando a noite no bar com a galera como se eu fosse um garoto. Enxugo o rosto e saio do banheiro. Vou me despedir do pessoal, chamar um táxi e parar de me comportar como um idiota de 20 anos de idade. Eu me contorço para passar entre as pessoas no bar repleto de gente, e então algo parece brilhar a distância e me chama a atenção. Um vestido verde-esmeralda que se ajusta em torno de um traseiro definitivamente magnífico. O cabelo dela está preso em cima, enrolado como se fossem cobras negras, descendo sensualmente em pontos de seu corpo. Um corpo que parece feito para o sexo. Duas coisas acontecem: fico com tesão na mesma hora, e fico também furioso. Onde se meteu o Noah, afinal? Tento localizar a figura dele no meio da multidão e não o encontro. Talvez esteja no banheiro. A ideia de dar de cara com ele mijando me intimida. Vou esperar até que ele volte, depois chamarei um táxi e partirei antes que os dois me vejam. Fico cinco minutos parado no mesmo lugar como um poste.

Olivia. Eu devia saber que ela faria isso. Quando sua vida está uma bagunça, Olivia se refugia na pista de dança. É uma visão perturbadora. A garota sabe mexer o corpo, e em consequência disso todos os homens nas proximidades se *mexem* em direção a ela. Eu observo enquanto ela joga os braços para o alto e os balança de um lado para o outro. Vejo a cabeça loira de Cammie ao lado dela, e fico agitado. Olho para o bar, onde meu grupo ainda está jogando conversa fora, e volto a olhar para Olivia. Tomo a decisão súbita de ir até ela. Estou tremendo de tão furioso. Quero alcançá-la antes que...

Ela sobe em uma caixa de som. Eu paro a curta distância. Olivia agora tem seu próprio palco, e todos estão olhando para ela. Eu também a observo. Petrificado. Se o que acontece sob a minha calça nesse momento estiver acontecendo com os outros homens do lugar... Preciso chegar até Olivia antes que eu mate alguém. *Onde está o Noah, porra?* Se ele alguma vez já a viu dançar, então seria impossível que a deixasse sair sozinha. Talvez os dois não tenham acertado as coisas. Essa possibilidade me anima. A dança de Olivia é tão sedutora que um cara tenta subir na caixa de som para ficar junto dela. Cammie dá um empurrão nele e grita alguma coisa para Olivia — que se inclina a fim de ouvir a amiga. E eu vislumbro o decote do vestido.

Empurro alguém para o lado e vou abrindo caminho entre os admiradores dela. Quando chego à caixa de som, agarro pela gola da camisa o sujeito que quer subir atrás de Olivia e o jogo para o lado. Cammie se volta para saber o que está acontecendo e, ao me ver, arregala os olhos. Ela estica a cabeça para olhar para Olivia, que continua distraída. Tudo o que eu consigo ver são pernas — tonificadas e bronzeadas. Estico os braços e agarro a cintura de Olivia com ambas as mãos, erguendo-a e trazendo-a para o chão. Ela fica boquiaberta. Enquanto a desço até o chão, uso o meu corpo para escorá-la e sinto cada centímetro do corpo dela.

Ela me xinga e bate em meu peito. Eu a abraço até que nossos corpos se colem, para que Olivia possa entender bem o que estou prestes a lhe dizer.

— Você sente isso? — eu lhe digo, e os olhos dela se inflamam. — Pois bem, isso é o que você fez a todos os homens presentes neste lugar.

Está bastante escuro, mas mesmo assim posso ver o efeito que minhas palavras têm sobre ela. Olivia não gosta nada de ser objeto de fantasias sexuais — a pequena puritana. Olho para Cammie, que mexe os lábios para me dizer: *"Tire ela daqui"*.

Faço que sim com a cabeça e me desloco devagar para a frente, pressionando Olivia a seguir adiante. Ela já havia bebido bastante; caso contrário não me deixaria fazer isso. O bar está cheio, e é difícil abrir caminho em meio a tanta gente. Eu estou logo atrás dela, com os braços ao seu redor, nossos corpos unidos. Caminhamos dessa maneira até alcançar a saída. Minha respiração é rápida e intensa, pois durante todo o trajeto fiquei em contato com um dos mais lindos atributos físicos dela. Quando saímos para o ar fresco da noite, pego em sua mão. Ela não diz nada.

— Onde está o seu carro? — indago.

— No escritório. Cammie me trouxe até aqui.

Que droga. O escritório dela fica a pelo menos oito quadras de onde estamos.

Eu a conduzo pela calçada. Enquanto ela tenta caminhar, os saltos de seu sapato fazem ruídos secos contra o solo.

— Aonde estamos indo?

— Vamos andar até onde está o seu carro.

— Não! — Ela puxa a mão com força, solta-se e se afasta de mim. — Não vou passar tanto tempo com você.

Avanço até ela, seguro seu rosto em minha mão e a beijo com força.

— Uma ova que não vai! — desafio, sem soltar seu rosto. — Não vou deixar que volte àquele lugar para ser molestada.

Olivia olha para mim cheia de indignação.

— O quê? — eu pergunto. — Não vai fazer nenhum comentário chatinho a respeito disso, vai? Fique quieta e vamos andando.

Caminhamos duas quadras, e então ela começa a reclamar de seus sapatos. Entramos em uma elegante loja de conveniência e lá eu pego um par de chinelos de dedo na prateleira ao lado do freezer com sorvetes. Atiro os itens no balcão do caixa e apanho a garrafa de bebida mais próxima — que por acaso é de tequila —, e a entrego para o operador de caixa, que claramente está olhando para Olivia.

Passo ao sujeito o meu cartão e o observo, enquanto ele observa Olivia. Ele devolve o cartão e agradece, sem tirar os olhos do corpo dela nem por um segundo.

Mas que saco! Eu ainda mato um filho da puta esta noite...

Quando saímos da loja, eu me agacho diante dela e solto seus sapatos. Ela se segura em minhas costas para manter o equilíbrio enquanto eu retiro delicadamente os calçados e coloco os chinelos em seus pés.

Levanto-me e percebo que ela agora está bem mais baixa do que eu. Isso me faz sorrir.

Olivia pede com impaciência a tequila, e eu lhe passo a bebida. Ela tira a tampa e leva a garrafa à boca, sempre olhando para os meus olhos. Ela bebe, passa a língua pelos lábios e me devolve a garrafa. Dou um gole generoso, e então reiniciamos nossa longa caminhada.

De vez em quando eu diminuo a marcha a fim de mantê-la a minha frente.

— Eu já lhe disse alguma vez que você tem a bunda mais incrível que já vi em toda a minha vida?

Ela me ignora.

— Infelizmente eu só a vi uma vez, mas...

Ela para de andar, pega a garrafa da minha mão e toma um gole realmente grande.

— Será que você consegue parar de me cantar por cinco segundos pelo menos?

— Certo. Vamos falar sobre você e Noah.

Ela geme.

— Você está resolvendo as coisas com ele ou... Está pensando em...

— Estou fazendo o que posso!

Eu coço a cabeça e olho para ela de viés.

— Onde ele está?

— Nós brigamos — ela diz, fungando.

— Por quê?

Nós atravessamos a rua e viramos à direita.

— Por sua causa.

Sinto um calafrio. Acabo de descobrir que sou importante a ponto de causar discórdia, porém não sei se sinto culpa, curiosidade ou felicidade.

— Disse a ele que nós nos encontramos?

Ela faz que sim com a cabeça.

— Imagino que ele não tenha gostado muito disso.

— Noah sabe tudo sobre nós. Eu nunca tentei esconder nada dele. Pensei que eu e você havíamos terminado e quis ser honesta com ele.

Agarro a mão dela, interrompendo a caminhada.

— Olivia, ele sabia o que você sentia por mim e ainda assim se casou com você. — Não consigo evitar o tom de incredulidade em minha voz. Que homem é capaz de concordar com isso? Passo nervosamente a mão pela minha nuca molhada de suor.

— Você fez a mesma coisa, então não venha usar comigo esse tom de dono da verdade!

— Mas aquilo foi diferente. Eu fiquei com Leah porque ela estava grávida. Eu achei que era a coisa certa a se fazer.

— Ah, então Leah estava... — Olivia fecha os olhos e balança a cabeça. — Vamos deixar pra lá, não é da minha conta. Mas você tem razão, foi mesmo diferente. Noah é uma pessoa maravilhosa, bem diferente daquela vadia sem coração com quem você se casou.

Nós estamos perto do prédio onde ela trabalha. Ela revira as coisas dentro da bolsa até encontrar as suas chaves. Em vez de ir até o carro, abre a porta do Spinner & Kaspen e digita com raiva o código do sistema de alarme.

— Ele me pediu em casamento em um cruzeiro. Nós estávamos passeando pelo deque quando ele se virou para mim e disse: "Se você não fizer mais parte da minha vida, não vou suportar. Quero que se case comigo."

Olho bem dentro dos olhos dela para tentar descobrir por que ela está me dizendo isso.

— Noah sabia que o que eu sentia por você era real, mas disse que mesmo assim queria me amar.

Engulo em seco. *Diabos!* Ele é um homem melhor do que eu.

— Eu esqueci você por um ano, Caleb. Noah era bom em me fazer esquecer.

Eu a interrompo porque não quero ouvir isso.

— Olivia...

— Quieto.

A porta se fecha atrás de nós e estamos parados na escura sala de espera. Só consigo enxergar os contornos do rosto dela.

— Eu amo Noah. Amo de verdade, Caleb.

Sinto que meu coração não vai conseguir suportar essa provação.

— Entretanto, quando eu ganhei o caso e comecei a surtar, a pessoa com quem eu queria conversar não era Noah. — Ela parece quase envergonhada por dizer isso. Recordo-me do seu comportamento ao aparecer em meu apartamento na ocasião. — Eu só quis você... E quando Dobson escapou da instituição, eu quis ver apenas você. Quando eu tive um aborto...

Ela leva a mão à boca e soluça.

— Duquesa...

— Fique calado e me deixe terminar. — Ela usa as pontas dos dedos para secar os olhos. — Quando tive um aborto, eu ansiei pelo seu abraço. Caleb, isso o magoou. Eu não sabia se gritava para ele *"Eu avisei!"* ou se me atirava no mar e me afogava por causar tanta destruição!

Olivia se vira e caminha com determinação até o seu escritório. Sem conseguir enxergar quase nada, eu a sigo. Ela empurra a porta de sua sala e acende a luminária de mesa em vez da iluminação central. Depois vai até seu armário de pastas, abre-o e retira dele uma pilha de papéis. E entrega os papéis a mim.

— Por que você não me contou?

Meus olhos se enchem de água; minha garganta queima.

— Eu ia contar... naquela noite.

Seu queixo se eleva, e seus lábios se curvam para baixo.

— Ela era...

— Uma velha amiga, Olivia. Envolvida com os trabalhos de construção da casa.

— E quando eu o vi com...

— Era apenas trabalho, coisas relacionadas à construção. Eu disse a ela que ia pedir você em casamento naquela noite. Ela pediu que lhe mostrasse o anel.

Olivia vira o rosto e olha para a parede a sua esquerda.

— Você pretendia me pedir em casamento?

As lágrimas já escorrem por seu rosto e pingam de seu queixo, e eu nem mesmo cheguei à pior parte da história.

— Sim.

Ela fita o chão, balançando a cabeça para cima e para baixo.

— Mas e aquilo que eu vi quando... entrei no escritório?

— Nós estávamos apenas conversando. Ela me revelou que nutria sentimentos por mim. E eu tentei explicar que não podia corresponder, pois amava outra.

Tensa, Olivia leva bruscamente os punhos fechados aos quadris e anda em círculos pela sala.

— Então, por que não me disse isso?

— Comecei a ser acusado de todo tipo de coisa muito rápido, duquesa. Antes mesmo que eu pudesse abrir a boca, você já me atacava, me comparava ao seu pai e tudo o mais. Eu fui atrás de você. Fui ao seu apartamento primeiro. Esperei algumas horas, mas você não apareceu. Então eu imaginei que você estaria no hotel. E quando eu cheguei lá...

— Quer dizer que tudo aconteceu por minha culpa?

— Não! — eu respondo. — A culpa foi minha. Eu poderia ter insistido mais. Se eu tivesse me empenhado mais, talvez você me ouvisse.

— Não chegou nem a beijá-la?

— Não, mas sentia atração por ela.

— Ah, meu Deus, me poupe... — Ela começa a andar sem parar entre a mesa e a janela. Encostado na parede, deslizo até o chão e me sento.

Depois de alguns momentos, ela volta a falar.

— Noah me perguntou se eu ainda amo você.

Eu pigarreio.

— O que disse a ele?

Ela senta-se, tira os chinelos e volta a colocar os sapatos de salto. Observo enquanto ela se inclina para prender os fechos em torno dos pés, o cabelo caindo sobre os ombros e roçando o chão. Quer ganhar tempo, parecer ocupada enquanto pensa na resposta.

— Que somos um casal disfuncional e nocivo!

— Nós *fomos* um casal disfuncional e nocivo — eu a corrijo.

Olivia me dirige um olhar sombrio e passa as mãos nas pernas. Tenho a impressão de que ela está tentando me despachar.

— Nós estamos apaixonados um pelo outro, gata. — Tomo mais um gole de tequila. A bebida já começa a fazer minha garganta arder.

— Não, nada disso. — Ela sacode a cabeça. — Estamos bêbados, isso sim. E gente bêbada tem pensamentos loucos, sem nexo.

— Isso é bem verdade — respondo. — Quando fico bêbado eu às vezes penso que amar você me faz bem.

Ela atira um punhado de adesivos *post-it* em mim. Viro a cabeça para a esquerda e eles batem na parede. Bebo outro gole de tequila.

Olivia está perdendo a cabeça. Isso é sexy. Fico esperando que ela comece a xingar e em menos de um minuto sou recompensado.

— Porra, não tem merda nenhuma que prove que nós dois damos certo juntos, caralho. Não tem nada que...

Eu me levanto, e ela se cala.

— Provas... Você precisa de provas, duquesa? — Eu acabei bebendo mais do que deveria e minhas emoções estão surfando em uma grande onda de tequila. — Porque eu sei que tenho exatamente o que você precisa. — Avanço em sua direção, mas ela recua.

— Não se atreva. — Ela tenta me intimidar apontando-me o dedo no ar. Eu o afasto e agarro-a pela cintura, apertando-a contra mim. Encosto os lábios em sua orelha.

— Deixe-me fazer o que bem entender com você por uma noite e terá todas as provas de que precisa.

Os olhos dela ficam vidrados, e eu rio, abaixando a cabeça para que nossos lábios se toquem. Exploro seu lábio superior com minha língua.

— Não! — ela diz, tentando me empurrar.

— Por que não? — Beijo o canto de sua boca, e Olivia geme. — Peter Pan — sussurro junto ao seu ouvido.

— Estou com medo, Caleb.

— Com medo de quê? — Beijo o outro canto de sua boca.

Ela já não está tão determinada quanto há um minuto. Beijo-a na boca e fecho os olhos ao sentir seus lábios inteiramente colados aos meus. *Meu Deus, eu não posso viver sem esta mulher!*

— De ficar vulnerável por sua causa.

Ela abre sua boca e permite que a beije. Mas não retribui o beijo.

— Eu a torno vulnerável porque você me ama. É esse o preço a pagar por amar alguém, linda.

Nós estamos nos beijando suavemente agora, parando para falar, porém sem nos afastar mais que um centímetro um do outro.

— Você precisa ter sentimentos verdadeiros para fazer amor. Nós fizemos amor no laranjal.

Faço-a recuar até pressionar suas coxas firmemente contra a mesa atrás dela. Levo as mãos à borda de seu vestido e começo a deslizá-lo para cima.

— Com que frequência você pensa nas coisas que fizemos na plantação de laranjas, Olivia?

Ela está ofegante.

— Todos os dias.

Agarro suas coxas e levanto-a, colocando-a sobre a mesa. Posicionado entre as pernas dela, puxo seu vestido até passá-lo por sua cabeça. Beijo um ombro e depois o outro.

— Eu também.

Abro seu sutiã e então abaixo a cabeça e com minha boca envolvo um de seus mamilos. O corpo dela inteiro se arqueia, e suas pernas se fecham em torno da minha cintura.

— Tudo o que você faz é sexy... Eu já lhe disse isso alguma vez? — Passo para o outro mamilo e repito o movimento até fazê-la se contorcer.

Ela segura meu cabelo com as duas mãos. Uso todo o meu autocontrole para não possuí-la neste instante.

— Continua silenciosa — eu digo, voltando minha atenção para a sua boca. Os olhos dela estão fechados, porém seus lábios estão entreabertos. — Mas nós dois sabemos, duquesa, que eu conheço o segredo para fazê-la gritar.

Os olhos dela se abrem. Deixo um dedo correr por seu pescoço. Ela tenta formular um comentário incisivo, mas não consegue, não com minhas mãos passeando por seu corpo.

Eu beijo seu pescoço devagar. Um dos braços dela enlaça minha nuca, e o outro está colado ao meu bíceps. Os olhos dela parecem arder, transfigurados. Deslizo as mãos pelas laterais do seu corpo e enrolo meus dedos em torno das finas tiras de sua calcinha. Quando puxo a peça para baixo, ela ergue os quadris para que eu a retire. Agora ela está nua, sentada na beirada de sua mesa, apenas com seus sapatos de salto alto.

— Vamos deixar os sapatos onde estão... — Separo mais as suas coxas, e então deixo minha mão vagar pela parte interna de sua perna. Ela observa com fascínio. Acho graça nesse óbvio fetiche de Olivia por mãos, mas reprimo a vontade de sorrir. Quando eu a toco intimamente, minha respiração chega a falhar.

Ela está mais do que pronta. Seus olhos se fecham, ao passo que seus lábios se separam. Eu me sinto como um adolescente em sua primeira transa. Há quanto tempo espero por isso? Quanto tempo — minutos, horas, dias — passei sonhando em tocá-la dessa maneira? Quero provar o gosto dela. Eu brinco com ela, provocando-a, massageando-a. Não há nenhuma pressa desta vez. Estou tão fascinado com o gosto dela, com suas reações e os sons que ela produz, que eu poderia facilmente fazer isso durante uma hora sem parar. Eu poderia fazer isso todos os dias. Eu *quero* fazer isso todos os dias. Nossas testas estão unidas uma à outra, nossos lábios se tocam, mas não se movem. A mão dela está agarrando minha nuca com vigor. Posso sentir a força do desejo dela pelo modo como pressiona seu corpo contra o meu. Gosto de ser a causa de sua respiração irregular e dos espasmos de seus músculos. Gosto de ver seu corpo responder com intensidade ao toque das minhas mãos.

— Dessa vez eu não vou fazer amor com você — aviso, ainda movimentando um dedo dentro dela. Minha voz soa rouca. Ela está abaixando minha cueca, e acariciando os próprios lábios com a língua. Não resisto a essa visão e mordisco sua língua. — Eu vou te comer de verdade.

Ela fica quieta — ou paralisada, para ser mais exato. Eu mesmo termino de abaixar a cueca e me livro dela. Olivia me olha com uma expressão faminta, selvagem.

Ela se deita, e seu cabelo cai como uma cortina pela lateral da mesa. É tão longo que chega a tocar o carpete. Suas pernas estão dobradas na altura dos joelhos, e seus sapatos estão apoiados na beirada da mesa — uma imagem que parece ter saído de uma fantasia erótica. E bem quando eu penso que já a tenho, que a seduzi ao ponto da submissão, ela diz com lascívia:

— Venha com tudo, Drake! E faça demorar mais do que da última vez.

Estamos deitados, descansando no chão do escritório de Olivia. Eu de costas, com um braço sob a cabeça e o outro em volta da cintura dela. Ela está deitada em meu peito, na pitoresca posição pós-coito. Depois de uma longa e exótica sessão de sexo selvagem, nós passamos a fazer amor. Não pudemos evitar. Todas as coisas que envolvem nós dois invariavelmente se tornam emocionais. Repasso mentalmente cada tórrido segundo da maravilhosa loucura que acabamos de viver.

— Acho que me viciei em fazer amor com você.

— Porque se trata de uma novidade — ela diz. — Acontece que nunca fizemos isso antes.

— Por que sempre tenta diminuir a importância dos meus sentimentos por você?

— Eu não confio neles — ela responde após alguns momentos de hesitação. — Você afirma que me ama, mas não perdeu nenhuma oportunidade de ter outras mulheres sempre que nos separamos.

— Mas você não quis ficar comigo, duquesa. Sou um ser humano. Só tentei encontrar alguém para substituí-la.

— E quanto a Leah? Você se casou com ela.

— Culpado — respondo, suspirando. — Leah se apaixonou por mim, e então eu menti sobre a amnésia. Casar-me com ela me pareceu a única forma de consertar tudo o que fiz.

Olivia está muito tranquila em meus braços. Adoraria poder ver seu rosto, mas acho melhor dar-lhe privacidade para lidar com minhas palavras.

Meu coração. Se o meu coração tivesse joelhos, eis como estaria: com ambos arrastando-se pelo chão, doendo muito. Tiro o braço de trás da cabeça e esfrego os olhos.

— Olivia...

Quero que ela exija a história toda, que me faça reviver os segundos que mudaram nossas vidas, mas Olivia de repente me beija. Deslizando para cima de mim, ela se movimenta como uma gata no cio; e eu me esqueço de tudo — tudo, exceto de nós dois.

CAPÍTULO 19

PASSADO

VI A PORTA LIGEIRAMENTE ENTREABERTA QUANDO EU cheguei. Eu estava prestes a bater quando um homem irrompeu de lá de dentro carregando um saco de lixo. Fiquei ali parado, surpreso demais para falar. Meus pensamentos tomaram centenas de direções. Aquele cara não fazia o tipo de Olivia. Eu acabaria com ele. Por que razão estava retirando o lixo dela? Será que estava dormindo lá? Esperei que ele notasse a minha presença. Não era do meu feitio encher uma pessoa de porrada sem antes lhe dar a chance de se explicar.

O sujeito ficou um pouco surpreso ao me ver imóvel diante dele. Olhou ao meu redor para conferir se havia alguém comigo.

— Posso ajudá-lo em alguma coisa? — ele indagou.

Ele não fechou a porta do apartamento de Olivia, e eu pude ver o seu interior.

Vazio.

De repente ficou difícil respirar. Fechei os olhos, levei a mão à cabeça. Não, não, não!

Caminhei alguns passos aleatoriamente, agora com as duas mãos na cabeça, e voltei para onde estava o zelador, que me olhava com curiosidade. Meu ciúme momentâneo havia impedido que eu reparasse no uniforme e no crachá. *Por que a deixei ir embora? Por que não fiquei aqui?* Eu sabia que ela poderia fazer isso. Olivia fugia quando sentia medo. Eu pensei que... Mas o que é que eu pensei, afinal? Que ela ficaria comigo porque tínhamos feito amor? Que os demônios de Olivia não a encontrariam na plantação de laranjas, onde vendi minha alma para ficar com ela?

Espiei o nome do zelador escrito no crachá em sua camisa.

— Miguel. — Minha voz soou sombria até mesmo para os meus ouvidos. As sobrancelhas de Miguel se levantaram enquanto eu tropeçava nas palavras. — Quando foi que ela... ahn... Quanto tempo faz?

— Esta unidade está vaga há 24 horas — ele respondeu, referindo-se ao apartamento atrás dele. — Nós temos uma lista de espera. O lugar precisa estar pronto para os próximos inquilinos.

Vinte e quatro horas? Mas para onde ela foi? Resolveu ir embora sem mais nem menos? Será que alguma coisa a afugentou?

Corri nervosamente a mão pelos cabelos. Eu a havia deixado apenas dois dias atrás para resolver alguns assuntos. Dancei com Olivia no estacionamento antes de ir embora. Ela tentou me contar a verdade, mas eu não deixei. Quando ela descobrisse sobre a amnésia, ia alegar todas as razões possíveis para fugir de mim. Eu planejava trancá-la no apartamento, fazer amor com ela novamente e convencê-la de que poderíamos fazer tudo dar certo juntos. Mas antes eu tinha de resolver algumas pendências.

Depois de me despedir de Olivia, eu fui direto para a casa de Leah. Quando Leah abriu a porta, pude perceber que ela havia chorado. Não levei mais de trinta minutos para partir o coração dela. Fazer isso foi doloroso para mim. Ela não tinha feito nada para merecer o sofrimento que lhe causei. Eu disse a ela que havia encontrado alguém. Leah não perguntou quem era; contudo, eu suspeitei que ela já soubesse, pois havia me seguido até o apartamento de Olivia algumas semanas antes. Eu a beijei na testa e depois fui embora. Não lhe contei sobre a amnésia. Não quis correr o risco de feri-la ainda mais.

Então fui para o meu apartamento. Debaixo do chuveiro, pensei na semana que passamos juntos. Pensei na plantação de laranjas, no gosto bom de Olivia, na pele dela, macia como cetim. Quando minha mente resgatou o instante em que a penetrei — ainda me lembro nitidamente de seus olhos arregalados e de sua boca se abrindo —, precisei de um banho de água fria para recuperar o juízo.

Olivia me deu tudo — tudo o que havia negado antes. Ela estava diferente. E também era a mesma pessoa. Teimosa, rebelde... cheia de mentiras.

Eu tentei mudá-la. Agora, eu a queria exatamente do jeito que ela era. Queria cada um de seus lindos defeitos. Queria seus comentários espirituosos e sua frieza que só eu sabia como aquecer. Eu queria a briga, e o atrito, e o sexo depois de fazer as pazes. Queria que ela acordasse em minha cama todas as manhãs. Queria sua comida tosca e seu intelecto lindo e complexo.

Para ficar com ela, cheguei a repensar tudo em que eu acreditava. Joguei a verdade pela janela. Tive tanto medo de que Olivia me esquecesse que menti para me esgueirar de volta até a vida dela. E agora eu tinha uma enorme quantidade de explicações a dar.

Olhei para Miguel. Subitamente, ele pareceu ser meu último elo com Olivia.

— Ela deixou alguma coisa? Uma anotação... qualquer coisa?

Miguel coçou o queixo por alguns instantes.

— Não, cara.

— Ela chegou a dizer aonde ia?

— Amigo, eu sou só o zelador daqui. As pessoas não costumam me fornecer seu novo endereço. — Olhou em volta para se certificar de que estávamos sozinhos. — Mas se alguma coisa foi deixada por ela, então deve estar neste saco de lixo, que vou colocar bem aqui enquanto faço as últimas verificações no apartamento.

Miguel deixou o saco no chão e piscou para mim antes de voltar para o apartamento e fechar a porta.

Levantei o lixo, avaliando seu peso. Era leve. Será que havia ali algo que me indicasse o paradeiro dela? E se Jim tivesse voltado e assustado Olivia? Será que ele tinha contado o que lhe fiz? Eu me ajoelhei e virei o saco de lixo ali mesmo, despejando seu conteúdo no chão. Eu suava, e minhas mãos estavam úmidas enquanto eu separava os objetos no lixo. Papéis rasgados, copo quebrado, pétalas de flor esmagadas... Mas o que eu procurava, afinal? Uma carta? Olivia jamais me escreveria uma carta; não era o seu estilo. Seu estilo era me deixar sem absolutamente aviso algum e sumir. Metade do meu coração sangrava de dor; a outra metade se consumia numa crescente raiva. Desisti de vasculhar o saco de lixo e o atirei para o lado. Quando o saco tombou, um estranho som de algo batendo no chão chamou a minha atenção. Examinei o chão avidamente, desesperado para encontrar uma pista que me levasse até ela.

Vi um objeto entre os meus pés.

Uma moeda.

Olivia havia deixado a moeda para mim ou simplesmente a havia deixado para trás? Eu a apanhei, segurando-a entre meus dedos. A superfície, outrora brilhante, estava levemente oxidada. Essa seria a sua maneira de dizer adeus? Senti uma grande raiva. Mas maior do que a minha raiva era a minha confusão. O que é que eu havia feito de errado? O campo de laranjeiras, o beijo no estacionamento antes da minha partida... Eu estava tão certo do que sentia por ela — e do que ela sentia por mim! Olivia jamais se entregaria a mim se não tivesse certeza de que fomos feitos um para o outro. *Então... por quê?* POR QUÊ?

Caminhei até a área do estacionamento e ergui o braço, com a mão fechada, segurando com força a moeda. *Atire isso para longe,* disse a mim mesmo. Retesei os músculos e me preparei para lançar o objeto.

Mas não consegui fazer isso. Baixei o braço. Coloquei a moeda no bolso, entrei no carro e fui para casa.

CAPÍTULO 20

Presente

QUANDO O SOL COMEÇA A NASCER, ELA ME LEVA ATÉ O lugar onde meu carro está estacionado. Nenhum de nós quer ir embora, mas temos receio de que Bernie resolva aparecer no escritório em pleno sábado.

— Você ficará deprimida mais tarde — eu digo a ela quando chegamos ao nosso destino. — Vai se odiar e se lamentar, e então irá ao supermercado comprar sorvete. Não faça isso.

Ela me fita com os olhos arregalados, e eu posso ver que a culpa já começa a consumi-la.

— Não sei o que eu quero, Caleb. Mas o que fizemos foi muito errado e muito injusto para com Noah.

— Ele a deixou.

— Sim.

— Porque você deseja ter um filho e ele não.

— Sim — ela concorda novamente.

— E antes mesmo de deixá-la, quantas vezes ele esteve presente para você?

Ela ficou calada por um longo momento.

— É como se Noah pensasse que pode ser casado segundo seus próprios termos. Tem você em casa para quando é conveniente para ele, mas nunca está lá quando você precisa.

— Pare.

Seguro o seu pulso firmemente:

— Por que Noah não voltou para casa quando Dobson escapou daquele maldito instituto?

— Ele disse que Dobson seria preso logo. Que eu deveria ser forte e confiar na polícia.

— É disso que estou falando. Ele tinha de protegê-la. Era esse o papel dele. Noah devia ter embarcado em um avião assim que tomou conhecimento da fuga.

— Isso não é justo — ela diz, balançando a cabeça numa negativa. — Ele sabe que eu sou dura na queda. Sabe que posso tomar conta de mim mesma.

Um ruído desagradável escapa de minha garganta. Isso é triste.

— Olivia, ouça bem o que vou lhe dizer. — Seguro o rosto dela com ambas as mãos para que preste atenção em minhas palavras. — Sei que você não sabe essas coisas porque seu pai foi um lixo imprestável, um homem que nunca fez nada para lhe mostrar como você deve ser tratada. Mas você é valiosa o suficiente para que um homem largue tudo o que está fazendo e corra para perto de você a fim de protegê-la. Você não devia ser obrigada a se mostrar forte porque não pode contar com mais ninguém além de si mesma. Seu pai falhou com você. Noah também falhou. Mas eu não vou falhar novamente com você.

Eu a beijo na testa no momento em que ela deixa rolar uma lágrima. Uma apenas.

— Vamos dar tempo ao tempo, Olivia. Isso diz respeito a mim e a você, não a você e Noah. Tente esperar algumas semanas pelo menos. Passe algum tempo comigo. Sem tomar decisão nenhuma até encontrar uma decisão justa.

— A decisão justa seria fazer o que é certo e...

— Para você — eu a interrompo. — Isso mesmo: fazer o que é certo para você. Apenas me dê algum tempo para que eu lhe mostre.

Ela abre seus lábios volumosos para me censurar.

— Silêncio! — eu digo. — Faça as malas. Apanhe poucas coisas. Quero levá-la a um lugar.

— Ei, eu não posso ir embora com você sem mais nem menos! Tenho um emprego!

— Sei que você tirou alguns dias de folga. Bernie me informou.

Olivia me olha perplexa.

— Bernie? Quando foi que você falou com Bernie?

— Eu a encontrei por acaso no supermercado. Ela estava preocupada com você.

Olivia reage com espanto. Franze as sobrancelhas e faz uma careta, como se fosse ridícula a ideia de que alguém estivesse preocupado com ela.

— Eu estou bem — diz com firmeza.

Agarro seu pulso, puxo-a para mim e a abraço, beijando sua cabeça.

— Não, não está. Sou sua alma gêmea. Sou a única pessoa que sabe como curar você.

Olivia me dá um tapa na perna, e eu a solto, no entanto, em vez de se afastar, ela enterra o rosto em meu peito como se tentasse se esconder em mim. Envolvo-a novamente num abraço, tentando não rir.

— Vamos lá, duquesa. Será como nos tempos em que acampamos.

— Sim, tem razão, será como no acampamento. — Sua voz soa abafada, pois seu rosto continua grudado em meu peito. — A diferença é que você não vai fingir que teve amnésia, e eu não fingirei que não o conhecia, e a vadia da sua namorada ruiva não vai destruir o meu apartamento enquanto estivermos fora.

Eu a aperto com mais força em meus braços. Saber que Leah foi capaz de fazer isso me deixa doente. As coisas que ela fez para afastar Olivia de mim são particularmente diabólicas. Quase tão diabólicas quanto as coisas que fiz para aproximar Olivia de mim. Seguro seus ombros, afastando-a de mim o bastante para poder ver seu rosto. Faço uma careta brincalhona:

— O que me diz então? Aceita?

— Ficaremos fora por quanto tempo?

Penso um pouco antes de responder.

— Quatro dias.

Olivia faz que não com a cabeça.

— Dois dias, Caleb.

— Três — retruco. — Nós precisaremos usar um desses dias viajando.

Ela ergue a cabeça e me olha com expressão desafiadora, franzindo as sobrancelhas.

— Nós não vamos mesmo acampar, não é? Porque sempre que fazemos isso ficamos emocionalmente descompensados, e eu realmente não tenho condições de lidar com...

Tapo sua boca com a mão.

— Nada de acampamento. Leve na mala algumas coisas bonitas para vestir. Pego você amanhã de manhã, às oito.

— Combinado.

Ela tenta parecer indiferente, mas eu posso perceber que está excitada. Dou um beijo em sua testa.

— Tchau, duquesa. Nós nos veremos amanhã.

Vou embora sem olhar para trás. A verdade é que eu não sei para onde levá-la. Não faço a menor ideia. Eu não poderia mentir e dizer que não pensei em camping. Mas quando Olivia me lembrou de que nossas viagens para acampar não acabaram bem, descartei a ideia. Ela precisa de algo que a faça lembrar como era bom estarmos juntos. Apanho meu telefone assim que entro no carro. Conheço o lugar perfeito para nós, e ele fica a apenas algumas horas de viagem.

Bato à porta dela às 7h45.

— Sempre adiantado — ela reclama quando abre a porta.

Ela entrega sua mochila para mim. Então dou uma boa olhada em Olivia. Ela está vestindo jeans desbotado e camiseta justa. Seu cabelo úmido balança solto ao longo do seu rosto.

Ela me apanha olhando para a camiseta e faz uma careta de desdém.

— Eu fui a um jogo, e daí? — ela me desafia.

Capto o tom defensivo na voz dela, e isso me faz sorrir.

— Algum problema? — Ela dá um tapa em meu braço. — Eu gosto de esportes, ora.

— Ah, então você *gosta*? Pensei que você *odiasse* esportes e atletas... Se não me falha a memória, uma vez você me disse que atletas profissionais eram um desperdício de espaço.

— Certo, espertinho... Noah gosta de beisebol. Eu só fui para dar apoio.

— Ah...

Sinto uma pontada de ciúme. Então, dou meia-volta e caminho até o elevador com a sua bagagem enquanto ela tranca tudo.

Dentro do elevador, descemos em silêncio. Estamos tão perto um do outro que nossas mãos chegam a se tocar. Quando as portas se abrem, nós não saímos imediatamente.

— Quanto tempo levaremos para chegar lá de carro? — Olivia pergunta ao entrar no veículo.

— Nós não vamos de carro.

— Como assim?

— Você vai ver. Apenas sente-se e relaxe. Logo chegaremos lá.

Ela me olha com desconfiança e liga o rádio. Entrego-lhe meu iPod, e ela encontra Coldplay na lista de reprodução.

— Você é louca, instável e malvada, mas do seu gosto musical eu não posso reclamar.

— Me desculpe — ela diz, baixando o iPod e olhando para mim. — Você me trouxe nesta viagem para me seduzir ou para me levar ao suicídio?

Rindo, eu ponho a mão em seu joelho e o aperto.

— Mas isso é sedução, duquesa. Parece um insulto, mas é um elogio. Do jeito que você gosta.

Ela afasta a minha mão com um safanão, mas está sorrindo.

Vinte minutos mais tarde eu paro na doca. Olivia parece confusa. Salto do carro e apanho a bagagem dela no porta-malas.

— O que é isso, Caleb?

— Uma marina. É aqui que guardo meu barco.

— Seu barco?

— Isso mesmo, meu amor.

Ela me segue até o meu píer. Eu embarco primeiro e coloco nossa bagagem na pequena cozinha. Depois volto para onde Olivia está.

— *Peter Pan* — ela diz, sem tirar os olhos do barco. — Deu a ele o nome de *Peter Pan*!

— Bem, quando o comprei, chamei-o de *Grandes Esperanças*, mas depois resolvi mudá-lo para *Peter Pan*. Acho que esse nome me traz mais sorte.

Noto então que Olivia está olhando para mim com os olhos arregalados.

— Caleb, eu nunca entrei em um barco. Já estive em um navio, mas eles parecem tão mais... seguros.

Estendo-lhe a mão e a ajudo a entrar. Ela vacila e se balança por um minuto, como se estivesse surfando. Depois corre até a cabina do piloto e se joga no assento, segurando-se firmemente nos dois lados de sua estrutura acolchoada. Olivia é tão durona que me faz esquecer a pouca experiência de vida que tem. Sorrio e começo a preparar o barco para partir.

Quando a embarcação começa a avançar aos saltos, cortando as ondas, Olivia rapidamente vem ficar perto de mim. Eu a envolvo com um braço e ela se aninha em meu corpo. Não consigo reprimir um sorriso. Fico tão intensamente emocionado que conduzo o barco na direção errada por mais de trinta minutos antes de perceber meu engano. A certa altura, quando nos encontramos no meio do nada e cercados de água por todos os lados, desligo o motor e deixo que Olivia contemple o maravilhoso cenário.

— Eu me sinto tão mortal! — ela exclama. — Construí tanta blindagem ao meu redor ao longo dos anos; um diploma de Direito, dinheiro, um coração duro. Mas aqui eu não tenho nada e me sinto nua.

— Seu coração não é tão duro — eu comento, observando a água. — Você apenas gosta de fingir que é.

— Ninguém jamais me disse isso, só você. Todas as demais pessoas acreditam que sou assim.

— Eu sou o único que a conhece.

— Então por que sempre me deixa sair de sua vida tão facilmente? Não sabe o quanto eu quero que você lute por mim?

Eu suspiro. É a verdade, não posso negar.

— Levei um bom tempo para compreender isso. E parecia que sempre que um de nós voltava para o outro, não estávamos prontos. Mas dez anos se passaram e... bem, aqui estou eu. Lutando para ter você. Eu quero acreditar que aprendi com meus erros. E gosto de acreditar que nós dois finalmente amadurecemos e estamos prontos um para o outro.

Ela não responde, mas sei o que está pensando. Talvez tenha chegado enfim a nossa vez. Quem sabe?

Volto a ligar o motor.

Chegamos à baía de Tampa por volta da uma da tarde. Atraco meu barco na marina e tomamos um táxi até uma agência de aluguel de carros. O único veículo que a empresa tem disponível é uma minivan. Olivia dá risada quando entramos no carro.

— Que foi? — eu pergunto. — Eu até que gosto dela, é bonitinha.

— Ah, não — ela retruca. — Não saia por aí dizendo uma coisa dessas, senão vou perder todo o respeito por você...

Faço uma careta brincalhona, e nesse clima descontraído sigo dirigindo até o hotel. Chegando lá, subimos até nosso quarto; enquanto Olivia verifica o aposento, confirmo nossas reservas para o jantar.

— Vamos sair e comer alguma coisa — eu digo. Ela apanha seu estojo de maquiagem, mas eu o tomo da sua mão. — Vamos nos desnudar totalmente hoje. Sentimentos nus, face nua.

Sua boca se movimenta para formar um sorriso, mas isso não acontece. Porém eu percebo que os olhos dela estão sorrindo. É o suficiente para mim.

Vamos a um pequeno restaurante especializado em peixes. O nariz de Olivia está queimado de sol, e eu vejo algumas sardas espalhadas em volta dele. Ela pede uma margarita, e jura que é a melhor que já provou.

Olivia se mostra bastante disposta e falante. Depois de comer, vamos passear e fazer compras, e ela me fala sobre a sua vida no Texas.

— As damas sulistas — ela me assegura — são as criaturas mais mortíferas do planeta. Se não gostam de você, nem olham para a sua cara quando você fala com elas. E ainda lhe fazem um elogio que traz oculto o pior dos insultos.

— Uau! — eu digo, rindo. — E como você lida com isso?

— Não muito bem. Eu deixo os elogios de lado e as insulto abertamente.

— Só de pensar nisso já me sinto constrangido — admito. Quando Olivia dispara insultos, você se sente como que fuzilado por palavras. Uma experiência bem desagradável.

As feições dela se contorcem numa careta.

— Cammie disse que eu era a antitexana. Não me queria no Sul, porque, na opinião dela, eu estava arruinando a integridade da região.

— Essa Cammie!

Olivia abre um sorriso largo. Sei o quanto ela valoriza a sua melhor amiga. Eu me pergunto o que ela teria dito se soubesse do esforço de Cammie para me manter a distância. Mas isso não importa. De qualquer maneira, eu nunca diria nada a Olivia.

Paramos diante da vitrine de uma lojinha para olhar algumas ridículas camisetas temáticas da baía de Tampa.

— Sabe de uma coisa? — ela pergunta, de repente. — Eu ainda tenho meu moletom "A Georgia Me Faz Miar de Alegria".

— Eu também. Ei, que tal comprar uma dessas aí?

Olivia escolhe duas camisetas com desenhos de palmeiras, no mais pavoroso tom de verde que eu já vi, com os dizeres: "Corações na Baía de Tampa". Deixo escapar um gemido de desgosto.

— Olhe só estas aqui, são bonitas e justas. — Aponto para uma camiseta que eu acharia aceitável vestir em público. Olivia faz cara de quem não gostou.

Ela então vai até o banheiro para vestir sua nova aquisição. Depois me pede para fazer o mesmo. Cinco minutos mais tarde, estamos caminhando de mãos dadas pelo calçadão, usando horríveis camisetas idênticas.

Eu amo tudo isso.

CAPÍTULO 21

PASSADO

APÓS SE FORMAR, CAMMIE HAVIA SE MUDADO PARA O Texas. Não tinha sido difícil encontrá-la: só precisei seguir seu rastro intensamente brilhante nas redes sociais. Eu a contatei pelo Facebook. Ela ignorou minhas primeiras cinco mensagens, e então, depois da sexta tentativa, recebi uma resposta curta.

PQP, Caleb.
Ela quer que a deixe em paz.
VÊ SE PARA DE ENCHER O SACO, PORRA!
E aí, já recuperou a memória?
Ah, que se foda. Eu não ligo mesmo.

Em outras palavras, Cammie não iria mover um músculo para me ajudar. Pensei em voar até o Texas, mas não fazia ideia de onde Cammie morava. Seu perfil era privado e ela me bloqueou. Eu me senti um verdadeiro perseguidor. Tentei então a faculdade, esperando que meus contatos no escritório de administração me fornecessem informações sobre Olivia. Mas ela não havia deixado nenhum endereço para contato. Considerei as opções que me restavam: contratar um detetive particular... ou desistir. No final das contas, era isso o que ela queria. Olivia não teria partido se não quisesse realmente terminar tudo.

Isso me fez sofrer. Mais do que na primeira vez em que ela me deixou. Na primeira vez, eu fiquei furioso. A raiva me tornou presunçoso — o que me ajudou a superar o primeiro ano após nosso rompimento. No segundo ano, eu me senti entorpecido. No terceiro ano, eu passei a questionar tudo.

Porém dessa vez as coisas pareciam diferentes, mais reais. Parecia que nós jamais ficaríamos juntos, não importava o que eu fizesse. Depois que transamos, talvez Olivia tivesse se dado conta de que já não me amava mais. Ou talvez fosse audácia minha achar que ela já havia me amado algum dia. Eu estava ainda mais apaixonado por ela, como se isso fosse possível. Eu tinha de encontrá-la. Só mais uma vez. Uma apenas.

Mais tarde, com um perfil falso no Facebook, tornei-me um dos integrantes da extensa rede de "falmigos" de Cammie. Passei a ter acesso a todas as fotos dela, que agora estavam a um clique de distância; mesmo assim, fiquei olhando para a tela do computador por uns bons quinze minutos antes de reunir coragem para examinar as fotografias do seu perfil. Eu temia ver a vida de Olivia e constatar que ia muito bem sem mim. Comecei a busca, enfim, esquadrinhando a infinita sequência de fotografias de festas. Olivia tinha um talento especial para evitar a câmera. Pensei ter identificado o cabelo dela algumas vezes no canto de uma imagem ou fora de foco e a distância, mas estava tão louco por ela que provavelmente a via em todos os lugares. Eu veria Olivia até mesmo no Sri Lanka com o Corpo da Paz. Havia Corpo da Paz no Sri Lanka?

Merda!

Cammie estava morando em Grapevine. Eu iria para lá. Queria falar com ela. Talvez ela me dissesse onde Olivia estava. Cammie não poderia me expulsar se eu aparecesse diante dela. Esfrego o rosto com a mão. Por que me enganar? Claro que ela poderia me pôr para correr se quisesse, afinal, Cammie era assim. Eu esperei um mês, lutando contra minha necessidade de convencer Olivia de que ela não queria que eu a deixasse em paz — quando, provavelmente, ter paz era tudo que ela desejava.

Por fim, pedi a Steve permissão para me ausentar do trabalho por algum tempo. Ele relutou em me conceder a permissão, pois eu havia tirado quatro meses de licença em virtude da amnésia. Quando lhe disse que era por causa de Olivia, ele cedeu.

Eu caí na estrada. Foram mais de 2 mil quilômetros de Coldplay, Keane e Nine Inch Nails. Parava em restaurantes ao longo do caminho. Lugares onde as garçonetes se chamavam Judy e Nancy e o rango nunca mudava. Eu gostava disso. A Flórida precisava de uma reformulação total. Já estava me deixando cheio: a arrogância, o calor, a ausência de Olivia... No entanto, se ela estivesse lá, talvez eu me sentisse em casa. Tive a sensação de que Olivia teria gostado de Nancy e Judy também. Se ela estivesse em Grapevine e eu conseguisse convencê-la a voltar para casa comigo, eu a traria por esse caminho. Não seria nada ruim vê-la comendo galinha frita, macarrão e queijo sobre um tampo de mesa cheio de manchas redondas deixadas por xícaras de café. Nós comeríamos até termos uma overdose de gordura; depois, encontraríamos um hotel barato e discutiríamos sobre o lugar onde transar, porque ela não confiaria na limpeza dos lençóis. Eu a beijaria até fazê-la esquecer-se dos lençóis e nós seríamos felizes. Enfim felizes.

Quando entrei no estado do Texas, decidi encontrar um motel qualquer antes de ir ver Cammie. Precisava me barbear, tomar banho... ficar minimamente apresentável. Então pensei: *Foda-se*. Cammie iria me ver exatamente como eu estava: sujo e miserável. Dirigi o resto do caminho até a casa dela e quando cheguei diante da entrada de sua garagem o sol já estava despontando. A casa, de cor creme, tinha tijolos à mostra. Havia vasos de flores nas janelas, repletos de alfazemas. Era charmoso demais para Cammie. Pensei em tomar café da manhã e esperar algumas horas antes de bater à porta. Cammie gostava de acordar tarde. No fim das contas, porém, concluí que seria melhor apanhá-la desprevenida. Assim ela poderia me contar mais coisas.

Estacionei na rua e caminhei até a porta da frente. Estava prestes a tocar a campainha quando um carro virou a esquina e avançou pela rua na minha direção. Tive a estranha sensação de que o carro rumava para a casa de Cammie. Havia duas opções: voltar para o meu carro e correr o risco de cruzar com o veículo que se aproximava ou me esconder na lateral da casa e esperar. Escolhi a segunda alternativa. De costas para a parede do imóvel, que era o último da rua, fiquei observando a cerca do vizinho. Ele tinha um Yorkie; eu podia vê-lo farejando perto do limite entre os dois terrenos.

O latido dos Yorkies é muito agudo. Se o cão me notasse ali, sem dúvida latiria e armaria um escândalo até que alguém saísse para ver o que estava acontecendo.

O carro entrou na garagem, como eu supunha. Ouvi uma porta bater, e então o ruído de passos. *Provavelmente trata-se de Cammie*, pensei. Ela devia estar voltando da casa de algum cara onde tinha passado a noite. Mas não era Cammie. Escutei duas vozes. Uma era de Olivia e a outra pertencia a um homem. Eu quase saí do meu esconderijo para me precipitar na direção de Olivia, mas de súbito a porta da frente se abriu e eu ouvi Cammie gritar:

— Ei, então vocês transaram!

A risada de Olivia foi forçada. O desgraçado — fosse ele quem fosse — riu muito junto com Cammie.

— Que droga, isso não é da sua conta — ouvi Olivia repreendê-la. — E saia do meu caminho, porque preciso me aprontar para a aula.

Aula! Eu cairia para trás se não estivesse encostado na parede. Mas é claro! Ela frequentava a escola de Direito... E tinha conhecido um cara. Em tão pouco tempo. Ela nem mesmo pensava em mim, e eu havia dirigido milhares de quilômetros para tê-la de volta.

Que grande e ridícula piada.

Cammie provavelmente voltou para o interior da casa, porque ouvi Olivia se despedir do sujeito.

— A gente se vê mais tarde — ela disse. — Obrigada pela noite passada. Eu precisava disso.

Escutei o som nítido de um beijo antes que ele voltasse para o carro e partisse. Permaneci onde estava por mais uns cinco minutos — agitado, magoado e me sentindo um grande babaca. Em seguida, fui bater à porta.

Cammie apareceu vestindo apenas uma camiseta estampada com a imagem de John Wayne. Segurava uma xícara de café, que quase derrubou ao me ver. Peguei a xícara de sua mão inerte e tomei um gole.

— Jesus Cristo! — Ela deu um passo para fora, puxando e fechando a porta atrás de si.

— Quero vê-la — exigi. — Agora.

— Você enlouqueceu? Aparecer aqui assim, sem mais nem menos?

— Eu vim buscá-la — disse, devolvendo-lhe a xícara de café. Cammie me encarou como se eu tivesse pedido a ela para me dar um órgão.

— Não — ela respondeu após alguns instantes de hesitação. — Não vou deixar que faça isso com Olivia novamente.

— Fazer o quê?

— Atormentá-la com jogos mentais — Cammie disparou. — Ela está bem. Está feliz. E precisa de paz em sua vida.

— Ela precisa de mim, Cammie. Ela pertence a mim.

Por um momento eu pensei que ela me daria uma bofetada. Em vez disso, porém, a garota bebeu furiosamente um grande gole de café.

— Então tá. — Ela ergueu um dedo da mão que segurava a xícara e o apontou para mim. — Você é um mentiroso, um enganador desprezível. Olivia merece alguém melhor que você.

Talvez isso até fosse verdade. Mas eu podia ser melhor para ela. Eu podia ser o que ela precisava, porque a amava.

— Ninguém a ama como eu. E agora me deixe passar ou vou ter que tirá-la da minha frente.

Cammie pensou por um momento antes de dar um passo para o lado.

— Está bem — ela disse.

Eu abri a porta e entrei na casa.

À minha esquerda ficavam a cozinha e o que parecia ser a sala de estar; à minha direita ficavam as escadas. Eu rumei para as escadas. Quando cheguei ao terceiro degrau, Cammie voltou a falar.

— Ela estava grávida, sabia?

Eu parei no mesmo instante.

— O quê?

— Sim, depois daquele pequeno encontro de vocês sob a luz da lua.

Olhei para Cammie e meu coração de repente começou a bater ferozmente em meu peito. Minha mente se transportou àquela noite. Eu não havia usado preservativo. Não mesmo.

Minha cabeça começou a girar. *Ela estava grávida. Estava... Estava...*

— Estava?

As sobrancelhas de Cammie se ergueram. O que ela estava sugerindo? Senti uma dor no peito, que pareceu se espalhar para todo o meu corpo. Por que ela faria uma coisa dessas? Como seria capaz?

— O melhor que tem a fazer é deixá-la em paz — ela insistiu. — Não há apenas água debaixo de sua ponte, há vermes e merda e cadáveres. E agora trate de dar o fora da minha casa, antes que eu chame a polícia.

Ela não precisou avisar duas vezes. Eu fui embora. E não haveria volta — nunca mais!

CAPÍTULO 22

Presente

NÓS RETORNAMOS PARA O HOTEL E NOS PREPARAMOS para jantar. Ela toma banho primeiro, depois cuida da maquiagem e do cabelo enquanto eu me troco. Até agora não nos beijamos. O único contato que tivemos foi quando demos as mãos mais cedo. Espero na sacada enquanto ela se veste. Quando ela vem me dizer que está pronta, fico sem palavras por um momento diante de sua beleza ímpar.

— Você está me encarando — ela diz.

— É...

— Está me deixando embaraçada.

— E você está me deixando excitado.

Olivia fica boquiaberta.

— Sentimentos nus, duquesa! Você está usando um vestido preto justo e eu sei o quanto é bom estar dentro de você.

Ela parece ainda mais espantada do que há um segundo. Faz menção de se afastar, porém eu a seguro e a trago para perto de mim.

— Está usando este vestido simplesmente porque gosta dele. Você não se veste para atrair os olhares dos homens — você odeia homens. Porém o seu corpo é inacreditável e vai sempre chamar a atenção. Você caminha e seus quadris oscilam de um lado para o outro; mas você não anda desse modo para se exibir, trata-se apenas do seu jeito de andar — e todos olham. Todos. E quando você ouve as pessoas falarem, você inconscientemente morde o lábio e fica raspando os dentes nele. E quando pede vinho no jantar você brinca com a haste da taça, deslizando os dedos para cima e para baixo. Você irradia sexo e nem se dá conta disso. O que a torna ainda mais sexy. Por isso, eu peço que me perdoe se às vezes penso em coisas lascivas. Isso acontece porque você me fascina, como fascina todos a sua volta.

Respirando intensamente, ela me fita com aprovação. Eu a solto, e então nós deixamos o quarto e andamos até a minivan.

Olivia não perdeu sua reverência infantil. Quando vê algo que jamais havia visto antes, ela se deixa arrebatar — boca aberta, olhos arregalados.

Entramos no grande saguão do restaurante com nossos dedos mindinhos entrelaçados. O silêncio dela é tão eloquente. À nossa esquerda fica a recepção, e à nossa frente o espaço se divide em dois andares, decorados com espelhos dourados. As lâmpadas usadas para iluminar o lugar são vermelhas. Tudo é banhado pela luz vermelha.

— Drake — digo a uma loira alta que está de pé atrás da mesa. Ela sorri, acena com a cabeça e procura a minha reserva.

Olivia deixa de lado o meu dedo e segura a minha mão inteira. Eu me pergunto se ela tem receio de algo — talvez esteja sentindo-se intimidada.

Inclino-me para falar ao ouvido dela.

— Tudo bem, amor?

— Sim... É que este espaço parece o quarto vermelho da dor — ela diz.

Essa resposta me surpreende de verdade. Então a minha pequena puritana andou expandindo seu universo de leitura! Quase engasgo tentando reprimir uma risada, e algumas pessoas se voltam para nos olhar.

— Você leu *Cinquenta Tons*? — pergunto em voz baixa. Ela enrubesce. Que adorável! Ela também pode ficar vermelha, afinal!

— Todo o mundo estava lendo — ela responde, na defensiva, e então volta para mim os seus grandes olhos. — Você também?

— Bem, tanta publicidade me deixou curioso...

— E você conseguiu aprender algumas técnicas novas? — ela indaga, sem olhar para mim.

Eu aperto a sua mão.

— O que acha de colocarmos em prática os truques que aprendi?

Olivia vira o rosto para o outro lado enquanto seus lábios se comprimem. Está terrivelmente embaraçada.

— Caleb Drake — a recepcionista diz, interrompendo nossa conversa ao pé do ouvido. — Por aqui.

A recepcionista nos conduz através de uma porta e então por uma série de corredores escuros até entrarmos em outro espaço decadentemente vermelho — cadeiras vermelhas, paredes vermelhas, carpete vermelho. As toalhas de mesa são de um branco muito bem-vindo, que quebra a monotonia da cor. Olivia senta-se e eu faço o mesmo.

Momentos depois, o garçom se aproxima de nossa mesa. Observo o rosto de Olivia enquanto ele lhe oferece a carta de vinhos, que é do tamanho de um dicionário. Após alguns segundos ela fica inquieta, e então eu faço o pedido.

— Uma garrafa de Bertani Amarone della Valpolicella, ano de 2001.

Olivia examina a carta. Sei que está tentando encontrar o preço do vinho. O garçom expressa a sua aprovação pelo meu pedido.

— Uma escolha incomum — ele diz. — O Bertani é proveniente da Itália. É envelhecido por ao menos dois anos. As uvas são cultivadas em solo vulcânico e depois desidratadas até se transformarem em uvas-passas, o que resulta em um vinho seco e de maior teor alcoólico que a maioria.

Depois que ele se afasta de nossa mesa, eu sorrio para ela.

— Eu já dormi com você, então você não precisa pedir o vinho mais caro do lugar só para me impressionar.

— Duquesa, esse vinho está longe de ser o mais caro da carta. O mais caro daqui tem seis dígitos. Eu o pedi porque gosto dele.

Ela parece pouco confortável em sua cadeira.

— Qual é o problema? — pergunto.

— Eu sempre quis coisas desse tipo... Comer em um restaurante tão incrível que oferece vinhos mais caros que casas. Mas isso faz eu me sentir insegura. Me faz lembrar de que eu não passo de uma caipira de merda com um bom emprego.

Eu seguro a mão dela.

— Mesmo com a boca suja que você tem, eu a considero a mulher mais elegante que já tive o prazer de conhecer.

Ela sorri timidamente, como se não acreditasse em mim. Não faz mal. Eu posso passar o resto da vida tentando fazê-la enxergar o valor que tem.

Peço para Olivia um corte muito especial de carne, o *New York Strip*. Ela ainda não havia experimentado esse delicioso grelhado.

— Não é tão macio como o filé, mas é mais saboroso. Assim como você.

— Ei, por que sempre me compara a comida, sapatos e coisas do tipo?

— Porque vejo o mundo em diferentes tons de Olivia. Eu os estou comparando a você, não o contrário.

— Uau — ela diz, tomando um gole de vinho. — É o amor...

— É o amor, é o amoooor... — começo a cantarolar, e ela faz "chiu" para mim, olhando ao redor.

— Cantar é uma coisa que você não devia fazer jamais! — Olivia sorri. — Mas se quiser insistir, talvez funcione melhor se você traduzir algumas letras para o francês...

— *Quand vous dites que vous les aimez, et vous savez vraiment tout ce qui sert à la matière n'ont pas d'importance pas plus.*

Ela suspira.

— Tudo soa melhor em francês... até mesmo você cantando.

Eu rio, e brinco com os dedos dela.

Olivia relutantemente concorda que o *New York Strip* é melhor do que filé. Depois que terminamos nossa refeição, somos convidados a visitar a cozinha e a adega — um costume no Bern's.

Nosso guia para diante de uma área cercada por grades, que parece ser um depósito de garrafas de vinhos. Os olhos de Olivia se arregalam quando o homem nos mostra uma garrafa de vinho do Porto tão cara que é preciso pagar 250 dólares por ¼ de taça.

— É uma delícia em sua boca — diz o guia de um jeito engraçado.

Eu ergo as sobrancelhas ao ouvir isso. Estou de pé atrás dela, então passo os braços ao redor de sua cintura e falo, com a boca encostada em seu cabelo:

— Quer experimentar um pouco, duquesa? Uma delícia em sua boca...

Ela balança a cabeça em sinal de recusa, mas dessa vez não lhe dou atenção.

— Envie isso para a Sala de Sobremesa — ordeno ao guia.

— Sala de quê? — Olivia olha para mim confusa.

— Nossa experiência no Bern's ainda não terminou. É um setor separado do restaurante, apenas para a degustação da sobremesa.

Nós somos conduzidos por uma escadaria até outra área pouco iluminada do restaurante. A Sala de Sobremesa parece um labirinto; não sei ao certo como conseguiremos achar a saída sem ajuda. Passamos por uma dúzia de nichos atrás dos quais há uma mesa individual. Cada cliente recebe seu próprio nicho para saborear a sua sobremesa; o nosso fica na parte de trás do restaurante e a mesa é para dois. Trata-se de um ambiente estranho e romântico. Olivia tomou duas taças de vinho e está relaxada e sorridente. Quando nos deixam a sós, ela olha para mim e me diz uma coisa que me faz engasgar com a minha água:

— Acha que a gente poderia transar aqui?

Devolvo o meu copo à mesa, perguntando-me se havia escutado direito as palavras dela.

— Você está bêbada, não é?

— Faz muito tempo que eu não bebo vinho — ela admite. — Eu me sinto um tanto... solta.

— Solta a ponto de transar em público?

— Eu quero você.

Sou um homem feito, mas ouvi-la dizer isso quase me faz perder o juízo.

— Não — digo com firmeza. — Este é o meu restaurante favorito. Não vou deixar que me chutem pra fora daqui porque você não pode esperar uma hora.

— Mas eu não posso esperar uma hora — ela sussurra de modo sensual. — Por favor...

Eu começo a ranger os dentes.

— Caleb, você só faz isso quando está irritado — ela observa, apontando para o meu maxilar. — Você está irritado?

— Sim.

— Por quê?

— Porque eu quero muito um sundae de macadâmia com nozes.

Olivia se inclina na minha direção, e seus seios se comprimem contra a mesa.

— Mais do que quer a mim?

Eu me levanto, agarro a mão dela e a puxo para que se levante também.

— Consegue esperar até chegarmos ao carro?

Ela faz que sim com a cabeça. Estamos contornando a mesa quando o garçom retorna com nossa dose de vinho de 250 dólares. Eu a pego da mão dele e dou para Olivia, que bebe o vinho de um só gole. O garçom se assusta um pouco e eu rio com afobação, entregando-lhe meu cartão de crédito.

— Rápido! — eu digo. Ele sai depressa e eu pressiono Olivia contra a parede para beijá-la. — Estava mesmo uma delícia em sua boca?

— Estava bom — ela responde. — Mas eu realmente queria colocar outra coisa na boca...

— Ah, meu Deus!

Eu a beijo e consigo sentir o gosto do vinho. Quando o garçom volta com meu cartão, eu assino rapidamente o recibo e nós nos precipitamos para fora do restaurante.

Depois de quinze minutos absolutamente inesquecíveis no banco de trás do carro, no estacionamento de uma farmácia, fomos para uma sorveteria, compramos sorvetes e fomos caminhar na rua para saboreá-los. Ela lambe em seu pulso um pouco de sorvete derretido. Depois de alguns minutos, trocamos nossos cones.

— Você acha que a gente vai se cansar de fazer isso algum dia, Caleb?

Olho para Olivia enquanto ela toma o seu sorvete. A aparência dela faz pensar em sexo — sua pele corada, seu cabelo despenteado. Estou cansado, mas repetiria a dose sem pensar duas vezes.

— Duvido muito, duquesa.

— Por quê?

— Dependência — eu digo simplesmente. — Vício. Pode me dominar a vida inteira se eu não receber tratamento.

— E qual é o tratamento?

— Não sei, nem quero saber.

— Eu também não — ela diz, atirando no lixo o resto do meu cone e limpando as mãos no vestido. — Vamos andando. Nosso quarto de hotel tem uma banheira de hidromassagem.

Ela não precisa dizer isso duas vezes.

CAPÍTULO 23

PASSADO

QUATRO MESES DEPOIS QUE LEAH FOI ABSOLVIDA, EU pedi a separação. No exato instante em que tomei essa decisão, senti que um enorme peso havia saído dos meus ombros. Eu não acreditava necessariamente em divórcio; por outro lado, uma pessoa não pode permanecer em um relacionamento que a está matando. Às vezes você estraga tanto a sua vida que tem de reverenciar os seus erros. Eles venceram. Seja humilde... e parta para outra. Leah pensava que fosse feliz ao meu lado, mas como eu poderia fazer alguém feliz se, por dentro, estava tão morto? Ela nem mesmo sabia o que realmente se passava em minha alma. Ser casado com uma pessoa que você não ama é como viver em estado de constante sonambulismo. Você tenta preencher o vazio em sua vida comprando casas, viajando durante as férias e coisas do tipo — qualquer coisa para tentar se manter ligado a uma pessoa à qual você já não se sentia ligado antes mesmo do casamento. Nessa luta sem sentido, restava apenas um grande buraco. Eu fui o principal culpado; o casamento com Leah não teria acontecido se eu não tivesse cometido tantos erros. Mas já bastava, agora, era preciso seguir em frente. Dei entrada nos papéis.

Olivia.
— Este foi o meu primeiro pensamento.
Turner.
— Este foi o meu segundo pensamento.

Filho da puta.

— Este foi o meu terceiro pensamento. Então eu reuni tudo isso em uma frase: *O filho da puta do Turner vai se casar com Olivia!*

Quanto tempo eu ainda tinha? Será que Olivia ainda me amava? E se ela já tivesse me esquecido? Se eu pudesse tirá-la das mãos daquele fantoche de merda, será que nós realmente conseguiríamos construir algo sobre os escombros que havíamos deixado? Esses pensamentos me levavam ao limite — deixavam-me furioso. O que Olivia diria se soubesse que eu tinha mentido sobre a amnésia? Nós dois contamos tantas mentiras e pecamos tanto um contra o outro — e contra todos os que estavam em nosso caminho! Tentei falar com ela uma vez. Foi durante o julgamento. Fui ao tribunal mais cedo para encontrá-la sozinha. Ela estava vestindo o meu tom favorito de azul: azul-aeroporto. Era o dia do aniversário dela.

— Feliz aniversário.

— Estou surpresa que você tenha se lembrado.

— Por quê?

— Bem, porque você se esqueceu de muita coisa que aconteceu nesses últimos anos.

Sorri um tanto sem jeito diante dessa resposta direta.

— Jamais esqueci você...

Senti uma descarga de adrenalina em meu corpo. A hora havia chegado: eu ia enfim esclarecer as coisas. Mas então o promotor público chegou. Não seria possível conversar.

A verdade teria de esperar.

Deixei a casa que dividia com Leah e voltei para o meu apartamento. Caminhei de um lado para o outro. Bebi uísque. Esperei.

Esperei o quê? Que ela me procurasse? Que eu a procurasse? Eu esperei porque era um covarde. A verdade era essa.

Fui até a gaveta de meias — a infame protetora de anéis de noivado e outros suvenires — e corri os dedos por trás dela. No momento em que meus dedos o tocaram, senti uma espécie de choque. Esfreguei o polegar na superfície ligeiramente verde da "moeda do beijo". Fiquei olhando para ela por um longo momento, lembrando-me das vezes em que havia sido trocada por beijos. Não passava de uma quinquilharia, um truque barato que tinha funcionado no passado, mas que acabou se transformando em algo muito maior.

Vesti minha roupa de treino e saí para correr. A corrida me ajudava a pensar. Enquanto eu tomava o caminho da praia, pensando em meus problemas, passei ao lado de uma garotinha e de sua mãe, que passeavam de mãos dadas. Eu sorri. A pequena tinha longos cabelos negros e olhos azuis — ela se parecia com Olivia. A filha que não tivemos se pareceria com essa menininha? Parei de correr e me inclinei para a frente, apoiando as mãos nos joelhos. Isso não precisava ser descrito como "a filha que não tivemos", a não ser que eu jogasse a toalha de vez. E eu não faria isso. Nós ainda podíamos ter a nossa filha. Enfiei a mão no bolso e peguei a moeda do beijo. Comecei a correr até o meu carro.

Não havia nada como o tempo presente. Se Turner ficasse no meu caminho, eu daria um jeito de colocá-lo para correr. Eu estava molhado de suor e cheio de determinação quando dei a partida no carro.

A pouco mais de um quilômetro do apartamento de Olivia, o telefone tocou. Não reconheci o número. De qualquer modo, atendi:

— Caleb Drake?

— Sim? — Virei à esquerda, buscando uma rua mais tranquila, e desacelerei.

— Houve um... problema com a sua esposa.

— Minha esposa? — *Meu Deus, o que ela fez agora?* Pensei imediatamente no desentendimento crescente entre Leah e os vizinhos por causa do cachorro deles, e me perguntei se ela havia feito alguma coisa estúpida.

— Eu sou o doutor Letche e estou falando do Centro Médico West Boca. Senhor Drake, a sua mulher foi internada aqui algumas horas atrás.

Pisei no freio, virei o volante até fazer os pneus cantarem e acelerei o carro no sentido oposto. Um utilitário se desviou de mim e buzinou com estardalhaço.

— Ela está bem?

O médico pigarreou.

— Ela ingeriu um frasco inteiro de pílulas para dormir. Sua funcionária a encontrou e chamou o resgate. Neste momento a paciente se encontra estável, mas gostaríamos que o senhor viesse para cá.

Parei no semáforo e corri nervosamente a mão pelo cabelo. A culpa era minha. Eu sabia que a separação seria difícil para Leah, mas suicídio... A Leah que eu conhecia jamais faria uma coisa dessas.

— Claro! Não se preocupe, estou a caminho.

Desliguei o telefone. Desliguei e dei um soco no volante.

Eu nem bem comecei a sentir o gosto da liberdade e a prisão já me puxava de volta!

Quando cheguei ao hospital, Leah estava acordada e esperando por mim. Fui até o quarto dela e mal pude acreditar no que vi. Ela estava deitada, escorada por travesseiros, seu cabelo era um ninho de rato e sua pele parecia transparente de tão pálida. Os olhos dela estavam fechados, o que me deu alguns instantes para me recompor antes que ela me visse.

Dei alguns passos dentro do quarto, e então ela abriu os olhos. E começou a chorar assim que me viu. Sentei-me na beirada da cama e Leah imediatamente se agarrou a mim, soluçando com tanta intensidade que eu podia sentir suas lágrimas molhando minha camisa. Ficamos unidos assim por um bom tempo. Gostaria de poder dizer que me entreguei a reflexões profundas durante os minutos em que permanecemos assim, mas isso não aconteceu. Eu estava entorpecido, distraído. Algo me deixava agitado e eu não conseguia identificar o que era. *Está frio aqui dentro*, pensei, incomodado.

— Leah — eu disse por fim, afastando-a do meu peito e recostando-a novamente nos travesseiros. — Por quê?

O rosto dela estava viscoso e vermelho. Havia manchas escuras ao redor de seus olhos. Ela não olhou para mim quando falou.

— Você me deixou.

Três palavras. E continham tanta culpa que poderiam me esmagar. Era verdade.

— Leah, me escute. Eu não sou a pessoa certa para você. Eu...

Ela me interrompeu, e meu comentário se dissipou no ar frio do lugar.

— Por favor, Caleb, volte para casa. Eu estou grávida.

Eu fechei os olhos.

Não!

Não!

Não...

— Você ingeriu pílulas para dormir, o conteúdo de um frasco inteiro, para tentar se matar e matar o meu bebê?

Leah não olhava para mim.

— Eu pensei que você fosse me abandonar. Não queria mais viver. Eu sou tão estúpida, Caleb! Me desculpe, por favor...

A emoção que eu sentia era indescritível. Eu queria sair da vida dela para sempre, e ao mesmo tempo queria ficar e proteger aquele bebê.

— Não posso perdoá-la por isso — respondi. — Você tem a responsabilidade de proteger o ser que gerou. Por que não falou comigo sobre o assunto? Eu sempre estarei por perto para ajudá-la.

Percebi quando um pouco de cor voltou à sua face.

— Você quer dizer... me ajudar quando estivermos divorciados? — Ela abaixou a cabeça e ergueu os olhos na minha direção. Acho que vi faíscas saindo deles.

Não lhe dei resposta. Mesmo porque era exatamente o que eu queria dizer. E ficamos ali, um olhando para a cara do outro, como numa disputa para saber quem se cansaria primeiro.

— Se você não ficar comigo, Caleb, eu não terei esse bebê. Não tenho a menor intenção de ser mãe solteira.

— Não está falando sério, não é?

Eu jamais imaginei que ela fosse capaz de me ameaçar com algo dessa natureza. Parecia baixo demais até mesmo para ela. Comecei a abrir a boca para reagir — dizer alguma coisa de que eu provavelmente me arrependeria —, mas ouvi passos se aproximando.

— Eu gostaria de um pouco de privacidade para conversar com o médico sobre minhas opções — ela disse em voz baixa.

— Leah...

— Fora! — Ela disse, indicando com a cabeça a porta.

Então olhei para a pessoa que supus ser o médico, o doutor Letche. Com a chegada dele, a face de Leah se tornou pálida novamente e toda a sua raiva havia desaparecido.

Antes que o médico pudesse dizer alguma coisa, Leah anunciou que eu estava de saída.

Parei à porta e disse, sem me voltar para ela:

— Tudo bem, Leah. Nós vamos cuidar de tudo juntos.

CAPÍTULO 24

Presente

EU TENHO UMA DECISÃO A TOMAR. ESTOU MEDINDO meus passos. É isso que minha mãe dizia, que eu ficava medindo passos. Eu fazia isso quando era criança, no espaço do meu quarto. Acho que nunca me livrei desse hábito.

Olivia está preparando sua decisão, quer saiba disso, quer não. Noah deseja voltar para ela, porque Olivia é o tipo de garota para quem você volta de novo e de novo. Assim sendo, eu luto. Simples assim. É minha única opção. E se no final eu não a tiver, se ela não me escolher, eu serei *aquele* cara — o cara que passa a vida sozinho e se consumindo por um amor mal resolvido. Porque, com absoluta e total certeza, eu não vou mais substituí-la por Leahs nem por Jessicas nem por quem quer que seja. *Foda-se*. Se não for Olivia, não será ninguém.

Apanho a carteira e as chaves e desço as escadas a passos largos em vez de tomar o elevador. Sigo direto para o escritório de Olivia. A secretária dela abre para mim a porta de sua sala, e eu entro. Sorrio para a mulher e balbucio um obrigado.

— Olá — digo.

Olivia está lidando com uma enorme pilha de papéis, mas sorri quando me vê — um sorriso largo e perfeito, desses que chegam até os olhos. Porém o sorriso murcha quase tão rapidamente como surgiu, e seus lábios se comprimem em uma linha reta. Há algo de errado acontecendo. Contorno sua mesa, vou até ela e a puxo para mim.

— O que houve? — pergunto, e beijo o canto de sua boca. Ela não se move. Quando eu a solto, ela se deixa cair na cadeira giratória e olha para o chão.

Tudo bem.

Puxo uma cadeira para sentarmos frente a frente. Então ela gira o assento e se volta para a parede. Agora não restam mais dúvidas: alguma coisa aconteceu mesmo, e é séria.

Deus, eu não sei se posso aguentar mais um problema... Eu já tive de lidar com merda suficiente para uma vida inteira!

— Por que está sendo tão fria comigo?

— Eu acho que não posso fazer isso.

— Fazer o quê?

— Isso! — Ela aponta, gesticulando no espaço entre nós. — Nós dois! É um grande erro.

— Bem, parece que somos mesmo especialistas em fazer o que é errado, não é?

— Ugh, Caleb. Pare com isso. Eu deveria buscar maneiras de fazer meu casamento dar certo... É nisso que eu deveria pensar, não em construir um novo relacionamento com outra pessoa.

— Construir um relacionamento com outra pessoa? — Isso me deixou perplexo. — Nós já construímos muito mais do que um simples relacionamento durante esses anos todos, e você sabe disso. — Eu respiro fundo antes de prosseguir. — Por que está me dizendo isso agora?

Olivia abre uma garrafa de água que estava sobre a sua mesa e toma um gole. Tenho vontade de perguntar quando ela começou a beber água, mas estou seriamente desconfiado de que a minha quase-namorada está tentando pôr um fim em nosso quase-relacionamento. Julgo mais sensato permanecer de boca fechada.

— Porque será melhor para todo mundo se não ficarmos juntos.

Uma careta de desgosto se desenha em meu rosto antes que eu possa evitar.

— Melhor para quem?

Olivia fecha os olhos e respira fundo.

— Para Estella — ela responde.

Essas palavras me apanham totalmente desprevenido, tirando-me o chão. É como se alguém tivesse enfiado a mão dentro do meu ventre e apertado as minhas entranhas com força.

Olivia segura a garrafa de água com uma mão e mantém a outra mão inerte em seu colo.

— Mas do que você está falando? Que absurdo é esse? — Estella não me sai da cabeça, mas faz tempo que não escuto o nome dela. E é estranho demais ouvir Olivia pronunciar seu nome.

Ela se mostra nervosa e ofegante. E ainda se recusa a olhar para mim.

— Olivia...

— Estella é sua — ela diz, subitamente.

Fico parado, olhando-a, sem saber ao certo de onde veio isso nem por que ela está dizendo tal coisa.

Ouvir que me restavam apenas 24 horas de vida seria menos doloroso para mim do que ouvir essa declaração de Olivia. Eu não digo nada.

Ela gira em sua cadeira de volta e então seus joelhos esbarram nos meus. Ela olha diretamente para mim, bem no fundo dos meus olhos.

— Caleb, ouça bem. — Sua voz é gentil, embora me deixe apreensivo. — Leah veio me ver. E me disse que Estella é sua filha. Fará o teste de paternidade para provar isso... mas apenas se não ficarmos juntos.

Minha cabeça e meu coração agora entram em competição para decidir qual dos dois está sofrendo as piores dores. Sacudo a cabeça. *Leah? Leah esteve aqui?*

— Ela está mentindo.

— Não, Caleb, não está. E você poderá conseguir um teste de paternidade que garantirá seus direitos. Leah não poderá manter Estella afastada de você se ficar provado que é o pai dela. Mas há um ponto muito importante a se considerar nessa situação, Caleb. Ela vai usar a garota para atingi-lo. E fará isso pelo resto da vida. Isso vai afetar a sua garotinha, e eu sei como é ser uma arma na mão dos pais.

Eu me levanto. Caminho até a janela. Que Leah queira usar a menina para me ferir é algo que não me importa no momento. O que me importa é pensar que Estella seja minha. Como é possível que isso seja verdade e eu não saiba de nada?

— Ela já estava grávida de Estella antes. Nós estávamos separados, mas fizemos sexo durante esse tempo. De qualquer maneira, Leah perdeu o bebê depois de ingerir um frasco inteiro de pílulas para dormir; foi preciso realizar nela uma lavagem estomacal. Por esse motivo viajamos a Roma. Ela disse que queria se reconciliar, e eu sentia uma enorme culpa por causa da irmã dela e do aborto.

Olho para Olivia enquanto falo, e ela me escuta com atenção. A expressão em seu rosto é tensa.

— Caleb, ela não estava grávida no hospital. Leah mentiu para você. Ela me disse isso também.

Eu sempre me perguntei o que Olivia sentiu quando contei a ela que havia mentido sobre a minha amnésia. A dolorosa verdade é inefável. Sacode você de um lado para o outro algumas vezes até deixá-lo zonzo, depois esmurra-o com força bem no estômago. Você não quer acreditar, mas a dor é tão grande, justamente porque você já sabe que é verdade. Recorro à negação por alguns minutos ainda.

— Mas ela sangrou, Olivia! Eu a vi sangrando. — Negação é uma companhia tão bem-vinda. Normalmente é amiga íntima de Olivia. E de repente havia se tornado minha amiga também.

Olivia parece tão perturbada.

— Ah, Caleb. O sangue não veio de um aborto. Provavelmente ela estava apenas menstruada e fez parecer um aborto.

Maldita desgraçada! Porra! Olivia está enxergando em mim o ingênuo crédulo e bobo que sou.

Eu me recordo do momento em que Leah me afugentou do quarto do hospital antes que eu pudesse conversar com o médico. Já de saída, disse a ela que ficaríamos juntos, somente para que aceitasse o bebê. Leah me manipulou direitinho; ela me fez deixar o quarto antes que o médico revelasse a verdade— e conseguiu o que desejava.

Não é necessário dizer nada a Olivia. Ela já percebeu que a minha ficha caiu.

Sinto-me cada vez menor. Durante minha época de idas e vindas com Leah, Olivia estava se apaixonando por outra pessoa. Eu poderia simplesmente ter ficado com Olivia em Roma; isso evitaria anos de sofrimento e confusão para nós.

— Como foi que Estella chegou?

— Depois que voltamos de Roma, tocamos a vida da melhor maneira possível por mais um mês. Ela estava furiosa comigo. Acusou-me de nunca estar presente, e tinha razão. Então eu me mudei mais uma vez.

Faço uma pausa para deixar as lembranças se organizarem em minha mente.

— Eu estava em uma conferência em Denver enquanto Leah viajava com seus amigos. Nós nos cruzamos em um restaurante. Tratei-a com simpatia, mas mantive alguma distância. Ela apareceu em meu hotel naquela noite. Eu estava bêbado demais e acabei dormindo com ela. Algumas semanas mais tarde, Leah me ligou e me informou que estava grávida. Não duvidei nem por um segundo e simplesmente voltei para ela. Eu queria um bebê. Estava sozinho. E era um idiota.

Não digo a Olivia que naquela época eu descobri que ela estava se encontrando com alguém. Que, quando Leah me procurou, eu caí em sua rede porque tentava preencher o vazio que Olivia havia deixado em meu peito mais uma vez.

— Então ela lhe disse que Estella não era sua? Naquela noite em que você pediu o divórcio?

— Sim. Leah afirmou que havia dormido com outro homem antes da viagem. Também me disse que não nos encontramos por acaso no restaurante: ela sabia que eu estaria lá e quis me fazer pensar que havia engravidado naquela noite.

— Tudo mentira — Olivia diz. — Estella é sua filha.

Vejo uma lágrima brilhar no canto de seu olho. Ela não a enxuga, e então ela rola por sua face.

— Leah fará você e Estella sofrerem enquanto eu estiver na sua vida, Caleb. Eu tenho um marido — ela diz suavemente. — O melhor que tenho a fazer é me acertar com ele. Nós estamos brincando de casinha, Caleb. Mas nada disso é real. Você tem responsabilidades para com a sua filha...

Tudo isso — Olivia, Leah, Estella — desperta de súbito a minha fúria. Avanço na direção dela, agacho-me e seguro os braços de sua cadeira com as duas mãos. Aproximo meu rosto do dela, tanto que passamos a respirar o mesmo ar. Estou morrendo de vontade de encontrar minha filha, mas primeiro o mais importante. Eu lidaria com todas essas questões, cada uma em seu devido tempo.

— Esta é a última vez que direi isso, então escute com atenção. — Eu posso sentir o aroma de sua pele. — Eu e você ficaremos juntos, isso é muito real. Ninguém conseguirá nos afastar de novo. Nem Noah, nem Cammie, e muito menos Leah, aquela maldita piranha. Você é minha. Está me entendendo?

Ela faz que sim com a cabeça.

Eu a beijo. Intensamente, profundamente. Depois saio de sua sala.

CAPÍTULO 25

PASSADO

— QUAL É O SEU PROBLEMA?

Leah passou a mão em meu peito, e então desceu para meu abdome. Eu a segurei antes que chegasse à borda da minha cueca.

— O fuso horário me deixa cansado — respondi, levantando-me e caminhando até a janela.

Olivia.

Ela franziu os lábios de modo simpático.

Eu havia repousado na cama do hotel por cerca de dez minutos, enquanto Leah falava com sua mãe ao telefone. Agora que a ligação tinha terminado, ela mostrava com clareza quais eram suas intenções.

— Vou tomar uma ducha — eu disse. Antes que ela tivesse tempo de perguntar se eu desejava companhia, fechei a porta do banheiro e a tranquei. Eu precisava correr para esfriar a cabeça, mas já era tarde da noite... Como explicar para a minha esposa suicida e emocionalmente no limite que eu ia sair para uma corrida à meia-noite, num país estrangeiro? Deus, se eu começasse a correr, nunca mais conseguiria parar. Abri o chuveiro e entrei debaixo da água quente, deixando que caísse abundantemente sobre meu nariz, meus olhos e minha boca. Queria poder me afogar nela naquele mesmo instante. Como seria possível continuar levando a vida como se nada tivesse acontecido? Leah bateu à porta. Eu a ouvi dizer alguma coisa, mas a voz dela estava abafada. Eu não podia olhar para ela naquele momento. Não podia olhar nem para mim mesmo. *Como fui fazer uma coisa dessas?* Eu tinha me afastado da única coisa que fazia sentido em minha vida! Eu quase a tive, mas acabei pondo tudo a perder. Dizer "eu a tive" é só força de expressão, pois ninguém jamais conseguiria "ter" Olivia. Ela flutuava ao seu redor como vapor, causava conflito e então fugia. Mas eu sempre concordei em jogar seu jogo. Eu quis o conflito.

Você tinha de fazer isso, eu disse a mim mesmo. Cavei minha própria cova, sem dúvida. E estava assumindo a responsabilidade por meus atos. O aconselhamento — a interminável terapia de casais. A culpa. A necessidade de consertar as coisas. A ansiedade por não saber se estava fazendo ou não a coisa certa. Fingir ter tido amnésia foi um ato isolado de canalhice, quando eu ultrapassei todos os limites e fiz o que quis fazer sem pensar nas consequências. Fui covarde. Eu fui criado para fazer o que era socialmente aceitável.

Acabei ficando tempo demais sob a água. Pus fim ao meu banho, enxuguei-me e saí do banheiro. Por sorte, minha esposa havia caído no sono sobre as cobertas. Senti-me aliviado, mesmo que por pouco tempo. Ao menos nessa noite eu não precisaria representar. Seu cabelo ruivo estendia-se ao redor dela como uma coroa de fogo. Joguei um cobertor sobre ela, peguei minha garrafa de vinho e me refugiei na sacada para me embebedar. Ainda estava chovendo quando me sentei em uma das cadeiras e apoiei os pés na grade. Eu nunca precisava "representar" com Olivia. Tudo em nós dois simplesmente se ajustava com perfeição — nosso humor, nossos pensamentos... até mesmo nossas mãos.

Certa vez, durante seu último ano na faculdade, Olivia comprou uma gardênia para colocar do lado de fora de seu apartamento. Ela mimava aquela planta como se fosse um cachorro, buscava no Google maneiras de cuidar dela e então anotava os resultados em um caderno. Olivia deu até um nome para a planta; acho que era *Patricia*. Todos os dias ela se agachava do lado de fora de sua porta e examinava Patricia para ver se uma flor havia nascido. Eu observava o rosto de Olivia quando ela voltava para dentro de casa — ela sempre exibia uma expressão de determinação otimista: *"Ainda não"*, ela me dizia, como se tudo o que mais desejasse na vida fosse ver aquela gardênia dar uma flor. Eu adorava ver isso nela, essa determinação implacável de seguir em frente mesmo tendo todas as chances contra si. Apesar de todos os cuidados de Olivia, Patricia começou a fenecer lentamente. Olivia ficava olhando para aquela planta com tristeza; uma ruga se formava entre suas sobrancelhas, e sua boca pequena se franzia em um bico digno de um beijo. A Flórida teve um inverno particularmente frio naquele ano. Certa manhã, quando cheguei ao apartamento dela, Patricia estava obviamente morta. Corri para o meu carro e fui o mais rápido que pude até a loja onde vendiam gardênias idênticas às de Olivia. Antes mesmo que meu amorzinho despertasse e abrisse os olhos, eu substituí a planta morta por uma saudável, replantando-a sobre a grama na frente do seu prédio. Descartei a planta morta em uma lata de lixo e lavei as mãos na piscina antes de entrar. Quando abriu a porta para mim naquela manhã, ela fitou a planta e seus olhos se iluminaram ao verem as folhas verdes e saudáveis. Não sei se Olivia chegou a suspeitar do que eu fiz; ao menos, ela jamais disse nada. Eu cuidava da planta sem que Olivia soubesse, sempre lhe aplicando nutrientes apropriados antes de bater à porta para chamá-la. Minha mãe sempre colocava saquinhos de chá usados no solo ao redor de suas rosas. Fiz isso algumas vezes também. Pouco antes de rompermos, uma flor nasceu daquela droga de planta! Jamais vi Olivia tão entusiasmada.

Se Olivia voltasse e aparecesse naquele mesmo lugar sob a sacada do meu quarto de hotel, eu desceria até ela imediatamente.

Ainda não é tarde demais, disse a mim mesmo. *Você pode ir encontrá-la. Vá até ela.*

Eu amava Olivia. Amava-a com cada fibra do meu ser, mas estava casado com Leah. Eu havia firmado um compromisso com Leah — e por mais estúpido que fosse, não deixava de ser um compromisso. Para o melhor ou para o pior. Por um breve momento eu pensei que não seria capaz de permanecer ao lado dela, mas isso foi no passado. Foi antes de ela ficar grávida de meu bebê e engolir aquela quantidade enorme de pílulas para dormir.

Certo?

Certo.

Sacudi a garrafa de vinho. Já estava pela metade.

Um homem começa a enxergar todas as coisas de maneira um pouco diferente quando uma mulher carrega seu filho no ventre. O impossível se torna ligeiramente menos penoso. O feio ganha um brilho bonito. A mulher que não merece nenhum perdão começa a parecer um pouco menos indigna. É mais ou menos como acontece quando você bebe. Terminei a garrafa e a pus no chão. Rolei para o lado e acabei batendo na grade da sacada.

Fechei os olhos e vi o rosto dela. Abri os olhos e vi o rosto dela. Fiquei em pé, tentei prestar atenção à chuva, às luzes da cidade, ao céu — e vi o rosto dela. Eu precisava parar de ver o rosto de Olivia se quisesse ser um bom marido para Leah. Ela merecia isso.

Certo?

Certo.

Quatro dias depois, nós estávamos voando. Mal tivemos tempo para nos recuperar dos efeitos do fuso horário antes que chegasse o momento de partir de novo. Mas eu não conseguia prestar atenção à viagem com a minha ex flanando leve e solta em algum ponto da cidade. Eu procurei por Olivia no aeroporto, nos restaurantes, nos táxis que respingavam água em meus tornozelos ao passar. Ela estava em todos os lugares e em nenhum lugar. Quais eram as chances de ela estar em nosso voo? Se ela estivesse, eu...

Ela não estava em nosso voo. Mas fiquei pensando nela durante as nove horas que levamos para cruzar o Oceano Atlântico. Minhas lembranças favoritas: a árvore, a sorveteria Jaxson's, o laranjal, a guerra de bolo. Depois pensei nas coisas ruins — quase sempre coisas que ela me fazia sentir: o constante receio de que ela me deixasse, seu modo descarado de não admitir que me amava. Foi tudo tão infantil e trágico. Olhei para a minha mulher. Ela estava lendo revistas e bebendo vinho barato de avião. Tomou um gole e fez cara feia.

— Por que pede isso se não gosta?

— É melhor do que nada, eu acho — Leah respondeu, olhando para a janela.

Nossa, que fascinante, eu pensei. Abri o livro que havia trazido e fingi total concentração nele. Por nove agradáveis horas Leah me deixou em paz. Nunca pensei que fosse ficar tão grato por ter vinho barato por perto. Quando aterrissamos em Miami, ela correu para o banheiro a fim de retocar a maquiagem enquanto eu pegava uma fila para comprar um café. Quando fomos apanhar nossa bagagem, eu estava mais mal-humorado do que nunca.

— O que há de errado com você? — ela perguntou. — Esteve distraído durante toda a viagem. Isso é tão irritante!

Olhei para ela por sob meus óculos de sol e agarrei uma de suas malas, arrancando-a da esteira. Larguei-a no chão com tanta força que ela balançou sobre as suas malditas rodas enfeitadas. Quem viajava com duas malas grandes para ficar fora apenas cinco dias?

— Acho que nós combinamos que iríamos fazer isso juntos, Caleb. Neste momento eu não sei onde você está, mas, com certeza, não é aqui comigo.

Ela tinha razão.

— Vamos para casa — eu disse, beijando-a no topo da cabeça. — Eu quero dormir por doze horas seguidas e devorar três refeições na cama.

Ela ficou na ponta dos pés e me beijou na boca. Precisei me esforçar para retribuir o beijo, a fim de que ela não suspeitasse de que havia algo errado. Quando Leah gemeu com a boca colada à minha, eu soube que era tão bom em mentir para ela quanto era bom em mentir para mim mesmo.

CAPÍTULO 26

Presente

OS PNEUS DO MEU CARRO FAZEM CASCALHO VOAR quando eu saio rápido do estacionamento. Como ela pôde ter feito isso? Corro a mão pelo cabelo, indignado. Por que nenhuma delas me disse nada? Mulheres cruéis, traiçoeiras... Não poderiam ter ocultado uma informação dessa natureza! Enquanto piso fundo no acelerador rumo à casa de Leah, só consigo pensar na garotinha que ainda carrega meu nome. A garotinha que Leah afirmou que não era minha filha! Será mesmo que foi mentira? Se Leah mentiu sobre minha paternidade, juro que vou matá-la com minhas próprias mãos.

Estella tinha lindos cachos ruivos e belos olhos azuis — mas também tinha um nariz idêntico ao meu. Tive certeza absoluta disso até que Leah me disse que Estella era filha de outra pessoa. Então eu passei a duvidar de mim mesmo; pensei que havia me enganado quanto ao formato do nariz dela. Que estava vendo coisas por querer tanto que ela fosse minha filha.

Sinto que minha boca está seca quando estaciono na garagem dela. Há um milhão de anos, essa havia sido a *minha* garagem. E a mulher que morava na casa era a *minha esposa* na época. Abri mão disso tudo por causa do amor que eu tinha por um fantasma — um fantasma casado.

Deus. Penso em Olivia agora e uma enorme sensação de paz me invade. Ela pode não ser minha, mas eu sou dela. Lutar contra isso já não faz mais sentido. Continuo simplesmente correndo atrás dela como um cachorrinho atrás da dona. Se eu não puder ter Olivia Kaspen, então ficarei sozinho. Ela é uma doença que me acometeu. Dez anos se passaram e eu finalmente me dou conta de que não posso curá-la com nenhuma outra mulher.

Abro a porta do carro e salto para fora dele. O utilitário de Leah está estacionado no lugar de sempre. Passo por ele e subo as escadas que conduzem à porta da frente. Está aberta. Entro na residência e fecho a porta. Olhando ao redor, noto que há brinquedos espalhados por toda a sala de estar — uma Boneca Repolhinho deitada com a cabeça ao lado de bonecas Barbie. Passo por cima de um triciclo quando sigo na direção da cozinha. Eu ouço meu nome:

— Caleb?

Leah está parada na entrada da cozinha, com um pano de prato na mão. Isso me surpreende um pouco. Eu nunca havia visto Leah segurar alguma coisa que não fosse um copo de martíni. Ela seca a mão com a toalha e a joga na bancada, caminhando em minha direção.

— Você está bem? O que faz aqui?

Estou visivelmente agitado e até ofegante, e preciso me controlar para não explodir em fúria. Meu desabafo será implacável. Começo a ranger os dentes ferozmente e fico surpreso que ela não tenha fugido de medo. Leah de repente parece se dar conta do que estou fazendo.

— Ah — ela diz. E acena para que eu entre na cozinha. Obedeço e a observo enquanto ela tira uma garrafa de tequila do armário. Ela prepara dois copos e toma um deles; depois, preenche o copo vazio com mais uma dose.

— Essa briga vai ficar melhor com tequila. — Leah passa um copo para mim.

Não quero beber a tequila. Acrescentar álcool ao fogo que já está queimando dentro de mim pode significar perigo. Olho para o líquido claro e o aproximo dos lábios. Se Leah quer fogo, não vou deixá-la esperando.

— Onde está Estella?

— Dormindo.

Ponho meu copo na bancada.

Isso é bom.

Caminho na direção da minha ex-mulher. Ela recua, franzindo as sobrancelhas.

— Vai me dizer agora o que você fez.

— Eu fiz um monte de coisas. — Ela encolhe os ombros, tentando demostrar tranquilidade. — Vai ter de ser mais específico.

— Olivia.

O nome dela soa como se fosse um grito entre nós, abrindo brutalmente velhas feridas. Leah está furiosa.

— Não diga esse nome na minha casa!

— A casa é minha — respondo tranquilamente. A face de Leah está pálida. Ela passa a língua pelos dentes e pisca várias vezes.

— Você conhece Turner?

— Sim.

— E foi ideia sua que Turner se aproximasse de Olivia... para mantê-la longe de mim?

— Sim.

Bem, aí está. A verdade nua e crua. Meu coração está doendo demais. Eu me inclino na bancada para conter a raiva crescente antes que ela exploda. Endireito-me bruscamente e, então, sufocando todo o desprezo que sinto por Leah, olho bem no fundo de seus olhos. Olivia e eu jamais tivemos uma chance. Durante todo o tempo que passamos destruindo-nos mutuamente, havia alguém mais colaborando nesse processo.

— Leah — eu digo, fechando os olhos. — No hospital... depois que você tomou aquelas pílulas para... — minha voz falha. Levo uma mão ao rosto. Estou me sentindo muito cansado. — Você estava grávida?

Ela ergue o queixo, e eu já sei a resposta.

Ah, meu Deus... Ela mentiu! Se mentiu sobre aquele bebê, sobre quantas coisas mais teria mentido? Eu me recordo do sangue. Todo aquele sangue nos lençóis dela. Leah afirmou na ocasião que tinha perdido o bebê, e eu acreditei nela. Provavelmente aquilo era só menstruação, mais nada. Quanto tempo depois desse acontecimento Estella foi concebida?

Ando de um lado para o outro da cozinha, com as mãos entrelaçadas atrás do pescoço. Digo o nome dela de novo; dessa vez é uma súplica.

— Ela é minha, Leah? Ah, inferno! — Deixo as mãos caírem. — Ela é minha?

Fico observando a expressão em seu rosto enquanto espero pela resposta. Ela parece dividida, hesitante. Parece estar considerando se deve me revelar a verdade ou não.

— Tá, é sua, sim — diz Leah finalmente.

O mundo inteiro fica imóvel e paralisado. Meu coração vai explodir a qualquer momento.

Dois anos... Passei dois longos anos sem vê-la. O sofrimento me despedaça. Minha filha... *Minha* filha!

O copo vazio em que eu bebi tequila está bem ao meu lado. Dou vazão à minha raiva e o golpeio, fazendo-o voar para o chão e se espatifar. Leah recua, com medo. Tenho vontade de sacudi-la, de parti-la em pedaços como fiz com o copo e vê-la pagar por todas as coisas que me havia feito.

Caminho rumo às escadas com determinação.

— Caleb...

Leah me segue e então agarra o meu braço. Livro-me dela com um puxão e subo os degraus de dois em dois.

Ela chama por mim, mas nem a ouço direito. Chego ao topo da escadaria e sigo à direita pelo corredor. Logo atrás de mim, Leah implora para que eu pare:

— Caleb, a menina está dormindo. Você vai assustá-la. Não...

Empurro a porta do quarto, abrindo-a, e sou banhado por uma suave luz rosa. A cama dela fica no canto, uma cama de quatro colunas branca. Entro devagar e meus passos são abafados pelo carpete. Posso ver seu cabelo estendido sobre o travesseiro, surpreendentemente ruivo e cacheado. Dou mais um passo e me aproximo mais dela, e agora vejo seu rosto — lábios salientes, bochechas gorduchas e o meu nariz. Ajoelho-me ao pé da cama para poder vê-la e choro pela segunda vez na vida. Choro em silêncio, e os soluços fazem meu corpo sacudir.

As súplicas de Leah cessaram. Não sei se ela está atrás de mim ou não — e não dou a mínima. Os olhos de Estella se abrem lentamente. Ela se mostra bastante atenta e calma para uma criança que foi acordada no meio da noite por um estranho. Ela se recosta com tranquilidade e seus olhos azuis observam meu rosto com curiosidade. Seu semblante parece o de uma criança bem mais velha.

— Por que você está choiando?

O som da voz dela, áspero como o da mãe, me espantou. Chorei mais ainda.

— Papai, por que você tá choiandu?

De repente eu recupero a calma, como se alguém tivesse jogado água fria em minha cabeça. Toco no cabelinho desgrenhado dela e em suas bochechas gordinhas, e me derreto de vez por minha filha.

— Como sabe que sou o seu pai? — pergunto delicadamente.

Ela olha feio para mim, fazendo beicinho, e balança o dedo sobre a sua mesinha de cabeceira. Apoiada nela, vejo uma fotografia sua em meu colo quando era um bebê.

Leah contou a ela sobre mim? Não compreendo. Não sei se fico agradecido ou furioso. Se Leah quis me fazer acreditar que essa garotinha não era minha, por que perderia tempo fazendo Estella pensar qualquer coisa diferente disso?

— Estella — digo com cuidado —, posso lhe dar um abraço? — Meu real desejo é agarrá-la, apertá-la contra o meu peito, beijar seus lindos cachos ruivos e chorar com o rosto enterrado neles, mas não quero assustar a *minha* filha.

Ela dá uma risadinha. Quando responde, levanta os ombros e deixa a cabeça pender para o lado.

— Claro. — Estella se inclina para a frente com os bracinhos esticados.

Eu a aperto contra o peito, beijando sua linda cabeça. Deus, mal consigo respirar. Gostaria de levantá-la, colocá-la no meu carro e fugir com ela para longe da mulher que tentou afastá-la de mim. Porém não posso agir como Leah; tenho de fazer o que é melhor para a menina. Como seria bom poder apertá-la contra meu peito a noite inteira. Preciso de toda a minha força de vontade para separar nosso abraço.

— Estella — eu digo, afastando-me. — Você precisa voltar a dormir agora, mas sabe o que vamos fazer amanhã?

— O quê? — Seu lindo rostinho infantil se ilumina.

— Amanhã eu virei buscar você para darmos um passeio!

Ela bate palmas com suas mãozinhas, e mais uma vez me sinto tentado a pegá-la e levá-la embora dali. Trato de refrear meu entusiasmo.

— Sabe, querida, nós vamos tomar sorvete, comprar brinquedos, dar comida aos patos e brincar na areia da praia.

Ela leva a mãozinha espalmada à boca:

— Tudo isso em um dia?

Faço que sim com a cabeça.

Eu a ajudo a se acomodar novamente sob as cobertas e então a beijo nas bochechas e na testa. Ela dá uma risadinha, e eu puxo as cobertas e beijo os dedos dos seus pés. Estella grita, e sou obrigado a pressionar os polegares nos cantos dos meus olhos para não chorar.

— Tchau, pequenina linda.

Fecho a porta do quarto da menina suavemente. Ando alguns poucos passos e me deparo com Leah sentada encostada à parede. Ela não olha para mim.

— Eu estarei aqui logo pela manhã para apanhar a menina — aviso, enquanto caminho na direção das escadas. Preciso sair da casa antes de perder a cabeça e estrangular Leah.

— Ela tem escola — ela responde, levantando-se.

Dou meia-volta e avanço até ela. Meu rosto fica a um centímetro do dela. Estou ofegante, bufando. Ela fecha a cara. Eu a odeio tanto nesse momento que nem mesmo sei o que dizer. Mas acabo falando e minhas palavras soam rudes e cheias de angústia:

— A menina tem um pai!

É então que ouço as sirenes.

CAPÍTULO 27

PASSADO

— OLÁ, GATO! O QUE ESTÁ FAZENDO AQUI?

Ergui meus óculos de sol e sorri.

— Oi, Cammie.

Ela sorriu também, do seu jeito sarcástico, e ficou na ponta dos pés para me dar um abraço. Meus olhos passaram por ela e buscaram a multidão que caminhava dentro do shopping.

— Olivia está no...?

— Não, não está aqui. — Ela balança a cabeça numa negativa.

Eu me senti aliviado. Acho que não saberia o que fazer se a visse ali. Longe dos olhos, menos perto do coração: era esse o meu lema no momento.

— Mas então, o que você está fazendo aqui? Não deveria estar em casa ao lado da sua fiel esposa grávida?

Começamos a caminhar lado a lado, e eu rio de sua pergunta maliciosa.

— Na verdade, estou aqui para comprar um pão alemão. Ela teve esse desejo.

— Deus, isso é tão embaraçoso... Como o sujeito que já foi "o cara" do campus se torna o office-boy da vadia?

De novo me peguei rindo. Cammie e suas tiradas... Impossível não rir na companhia dela. Abri a porta e a segurei para que ela passasse, e senti o ar-condicionado explodir em meu rosto.

— E você, Cammie, o que faz aqui?

— Ah, sabe como é — ela cantarolou, parando numa prateleira de saias. — Gastar dinheiro é comigo.

— É, gastar dinheiro é mesmo legal. — Enfiei as mãos nos bolsos, sentindo-me desajeitado.

— Na verdade — ela disse, voltando-se para mim —, estou procurando um vestido para usar em um casamento. Quer me ajudar?

— Hein? E desde quando você precisa de ajuda para fazer compras?

— Ah, está certo. Precisa voltar para a sua mulher grávida, não é? Sei disso. Não quero fazer você perder tempo. — Cammie se despediu de mim com um aceno de mão e tirou da prateleira um vestido branco justo.

— Branco a faz parecer mais velha — eu comentei, coçando a nuca.

Ela estreitou os olhos e devolveu o vestido à prateleira, sempre olhando para mim.

— Ei, alguém lhe perguntou alguma coisa?

Cammie me mostrou um vestido de seda azul, e eu fiz que sim com a cabeça. Então empurrou a peça para mim, e eu a peguei.

— Vocês já sabem se vai ser menino ou menina?

— Não temos muito interesse em saber.

Ela atirou outro vestido na minha direção.

— Eu tenho uma agência de babás, você sabe. Então, quando o pacotinho chegar, tenho certeza de que posso encontrar uma nova mãe para ele.

Cammie me mostra um vestido da Gucci, e eu dou minha aprovação com um aceno de cabeça.

— Ela vai se sair bem. Você sabe que eu sou tradicional a respeito dessas coisas.

— Você até pode ser, mas eu duvido seriamente que a sua adorável esposa ofereça o peito por um segundo que seja.

Fiquei sério ao ouvir isso. Cammie percebeu na mesma hora.

— Hum... Assunto delicado, né? Não se preocupe, papai, eu já vi isso antes. Diga que vai comprar para ela um novo par depois que tudo terminar. Isso a deixará pronta para a tarefa.

Inclinei a cabeça para o lado. Até que a ideia não era má.

Acompanhei-a até o provador.

— Mas então — eu disse, inclinado sobre a parede do lado de fora. — Como ela est...

— Ela está bem.

Balancei a cabeça e olhei para o chão.

— Ela v...

Cammie escancarou de repente a porta do provador, trajando o vestido azul, e girou o corpo numa volta completa.

— Nem precisa perder tempo experimentando os outros — eu comentei.

Ela fez caras e bocas diante do espelho, e pareceu gostar do que viu.

— Tem razão! — disse por fim.

A porta voltou a se fechar. Um minuto depois, ela saiu vestindo a roupa antiga e carregando o vestido novo no braço.

— Isso foi bem fácil.

Eu a acompanhei até o caixa e esperei enquanto ela passava seu cartão de crédito.

— Bem, agora só preciso comprar um presente, sapatos novos e pronto — ela disse.

— O vestido é para alguma ocasião especial? — perguntei.

Cammie olhou bem para mim, e um sorriso travesso brincou em seus lábios.

— Mas eu não lhe contei? — ela questionou com uma inocência afetada. — Este vestido é para o casamento de Olivia.

Uma espécie de choque fez meu corpo tremer por inteiro. De súbito, todas as cores ao meu redor começaram a se misturar, ferindo os meus olhos. Eu me senti doente e meu peito se apertava mais a cada segundo que passava. Os lábios de Cammie se moviam; ela estava dizendo alguma coisa. Balancei a cabeça para recuperar o foco:

— O quê?

Ela deu um sorrisinho matreiro e jogou o cabelo loiro sobre o ombro. Então bateu levemente em meu braço; um tapinha amigável.

— Dói, não é, filho da puta?

— Quando? — perguntei num fio de voz.

— Nã-nã-não. Não vou lhe dar essa informação.

— Cammie... — Passei a língua nos lábios. — Diga-me que não será com Turner.

Ela abriu um sorriso.

— Não mesmo.

Senti a pressão em meu peito diminuir um pouco. Mas bem pouco. Eu odiava Turner. E nem mesmo havia conhecido o cara, a não ser de vista.

— Noah Stein — Cammie disse, sorrindo com sarcasmo. — Uma história realmente engraçada, sabe? — Os olhos dela se arregalaram. — Ela o conheceu naquela viagem repentina que fez a Roma. Está lembrado? Foi naquela ocasião que Olivia desnudou a alma diante de você que lhe deu as costas.

— Não foi dessa maneira que aconteceu.

Ela curvou o canto da boca para cima e balançou a cabeça como se estivesse desapontada comigo.

— Teve a sua chance, garotão. O destino pegou você de jeito.

— Leah tinha acabado de perder o bebê, e sua irmã tentara cometer suicídio. Eu não podia deixá-la. Estava tentando fazer a coisa certa pela primeira vez na vida.

Cammie me olhou de um modo estranho.

— Leah estava... — a voz dela sumiu. Ela hesitou por um momento. — Leah perdeu o bebê, Caleb?

Algo nos olhos de Cammie me chamou a atenção. Aproximei-me mais dela.

— Quer me dizer alguma coisa, Cam?

— Bem... — ela pigarreou. — Quando foi para Roma com Leah, vocês estavam tentando ter um bebê?

Cammie era conhecida por fazer perguntas constrangedoras, mas essa era pessoal demais, até para ela.

— Não. Nós estávamos apenas fazendo uma pausa. Dando um tempo em tudo. Tentando salvar o nosso...

— O casamento de vocês — ela concluiu.

— Por que está me perguntando isso?

Por alguns instantes ela ficou olhando para um adesivo de propaganda no chão. Então, subitamente olhou para mim.

— Só curiosidade, eu acho. Ei, está na minha hora... Eu tenho de ir embora.

Ela se inclinou para me dar um beijo de despedida, mas alguma coisa não me cheirava bem ali. Cammie tinha um temperamento explosivo e era agressiva. Quando começava a ficar embaraçada, era sinal de que havia algo errado.

— Cammie...

— Não — ela disse. — Ela está feliz. Vai se casar. Deixe-a em paz.

Ela começou a se afastar de mim, mas eu agarrei seu pulso.

— Você já me disse isso uma vez, lembra-se? — disparei.

Cammie ficou pálida. Soltou-se de mim com um safanão.

— Pelo menos me diga quando vai acontecer! — implorei. — Por favor, é só o que lhe peço...

Ela engoliu em seco.

— Sábado.

Fechei os olhos e abaixei a cabeça.

— Tchau, Cam.

— Até logo, Caleb.

Eu não comprei o pão de Leah. Voltei para o meu carro, dirigi até a praia e me sentei na areia, olhando para a água. Leah me ligou cinco vezes, mas as chamadas caíram no correio de voz. Faltavam dois dias para o sábado. A vida de Olivia provavelmente estava uma confusão total. Ela sempre ficava assim quando uma grande mudança despontava no horizonte. Esfreguei o peito. Sentia um peso tão grande no peito!

Observei os casais por um longo tempo, caminhando de mãos dadas na praia. Já era tarde para nadar, mas algumas crianças brincavam nas ondas, chutando água uma na outra. Dentro de poucas semanas eu teria a minha criança. Esse pensamento era assustador e excitante — como a sensação que nos invade antes de entrarmos na montanha-russa. Com a diferença de que este passeio de montanha-russa duraria 18 anos, e eu não tinha certeza de que minha companheira de passeio desejava de fato ser mãe. Leah tendia a gostar mais da ideia das coisas do que das coisas reais.

Certa vez, no início de nosso casamento, após o trabalho, ela voltou para casa trazendo nos braços um filhote de Collie.

— Eu o vi na *pet shop* e não consegui resistir — ela disse. — Nós podemos ir passear juntos com ele, e colocar nele uma coleira com seu nome!

Apesar de não acreditar que aquele cão fosse permanecer muito tempo em minha casa, eu recebi a novidade com um sorriso e a ajudei a escolher um nome para o bichinho: Teddy. No dia seguinte, quando voltei para casa depois de um dia de trabalho, encontrei-a repleta de suprimentos para cães — mordedores em formato de hambúrgueres, brinquedos de pelúcia e pequenas bolas de tênis brilhantes. *Cães não são daltônicos?*, eu me perguntei, pegando uma delas e examinando-a. Teddy tinha uma cama macia, uma coleira com falsos diamantes e uma correia retrátil. O nome dele estava gravado até em seus potes de água e de comida. Acompanhei isso tudo com preocupação e observei Leah medir a quantidade certa de comida para colocar na tigela do cão. Por dois dias ela comprou coisas para o nosso novo cachorrinho, embora eu não a tivesse visto nem sequer tocar nele. No quarto dia, Teddy se foi. Leah o deu a um vizinho, com suas bolas, brinquedos e tudo.

— Bagunça demais — ela explicou. — Eu não podia ensinar a ele as coisas básicas, como fazer as necessidades no lugar certo.

Nem me dei ao trabalho de dizer a ela que a tarefa de domesticar um cãozinho não poderia ser realizada em apenas três dias. E assim terminou a história de Teddy, sem que eu tivesse ao menos uma chance de levá-lo para passear. Por favor, meu Deus, não permita que o bebê seja mais um filhote na mão de Leah.

Eu me levantei e sacudi a areia do meu jeans. Eu tinha de ir para casa — para a minha mulher. Era a vida que eu havia escolhido, ou que havia sido escolhida para mim. Na verdade, eu já nem sabia mais onde minhas escolhas começavam e onde terminavam.

Sábado. Eu disse a Leah que teria de fazer uma pequena viagem de negócios. Saí de casa cedo e parei numa loja de bebidas a fim de comprar uma garrafa de uísque — eu já sabia que precisaria dela mais tarde. Coloquei-a no porta-malas, e depois dirigi por vinte minutos até a casa de minha mãe. Minha mãe e meu padrasto viviam em Fort Lauderdale. Eles haviam comprado a casa de um jogador profissional de golfe nos anos 1990, e minha mãe nunca se cansava de se gabar disso para os amigos.

Antes mesmo que eu tivesse tempo de bater, minha mãe abriu a porta.

— O que há de errado? É algo com o bebê?

Fiz cara feia e balancei a cabeça numa veemente negativa. Ela demonstrou alívio de maneira exagerada. Eu me perguntei quem lhe havia ensinado a exibir cada emoção que sentia como se fosse um espetáculo teatral, já que meus dois avós eram pessoas tão sérias. Quando eu passei por ela e entrei na casa, sua mão moveu-se até o pescoço, onde seus dedos distraidamente encontraram o medalhão que ela usava. Era uma reação nervosa que eu sempre achei encantadora. Mas não agora.

Entrei na sala de estar e me sentei, esperando que ela me seguisse.

— O que há, Caleb? Estou ficando assustada.

— Preciso falar com você sobre um assunto — comecei. — Tenho de conversar com minha mãe sobre um assunto. Você pode fazer isso sem ser...

— Chata? — ela arriscou.

Fiz que sim com a cabeça.

Levantei-me e caminhei até a janela, de onde vislumbrei as preciosas rosas dela lá fora. Mamãe as tinha em todos os tons de rosa e vermelho, numa verdadeira confusão de espinhos e de colorido. Eu não gostava de rosas. Elas me lembravam as mulheres da minha vida: lindas e radiantes, mas, se você as toca, acabava ferido e sangrando.

— Olivia deve se casar hoje. Preciso que me convença a não ir até a igreja para impedi-la.

A única indicação de que ela havia me escutado foi um movimento rápido das suas sobrancelhas.

Ela abriu a boca e logo em seguida a fechou.

— Vou entender isso como um sinal de aprovação, mãe. — Caminhei a passos largos em direção à porta. Minha mãe me alcançou e barrou meu caminho. Ela ficava bem ágil quando usava sapatos de salto alto.

— Caleb, meu querido... nada de bom pode vir de uma atitude dessas. Você e Olivia term...

— Não diga isso.

— Terminaram — ela concluiu. — Sem querer ser chata.

— Não está terminado para mim.

— Obviamente, está terminado para a garota. Ela vai se casar. — Minha mãe estendeu os braços e envolveu meu rosto com as duas mãos. — Saber que isso o faz sofrer me corta o coração, filho.

Eu fiquei em silêncio. Ela suspirou e me levou até o sofá para que eu me sentasse com ela.

— Vou deixar de lado minha enorme antipatia por essa garota e lhe dizer algo que você talvez ache útil.

Resolvi escutá-la. Se ela de fato colocasse de lado sua antipatia, seriam grandes as chances de que eu recebesse sugestões excelentes.

— Três coisas — ela começou, dando-me um tapinha na mão. — Tudo bem que você a ame. Não pare de amá-la! Se negar os seus sentimentos por ela, vai acabar negando tudo o mais. E isso não é bom. Em segundo lugar: não espere por ela. Você precisa viver a sua vida — há um bebê a caminho, o seu bebê. — Ela sorriu para mim tristemente enquanto eu esperava o *grand finale*. — E por último... espere por ela!

Ela riu da expressão confusa em meu rosto:

— A vida não se adapta às nossas necessidades, ela nos devasta. O amor é cruel, mas é bom. Ele nos mantém vivos. Se precisa dela, então, espere. Mas agora Olivia vai se casar. É o dia dela, e você não pode arruinar isso.

O amor é cruel.

Eu amo a minha mãe — principalmente quando ela se esquece de ser chata.

Desci as escadas a passos rápidos até o meu carro. Mamãe me observou da porta, mexendo em seu medalhão. Talvez ela estivesse certa. Eu queria que Olivia fosse feliz. Que tivesse as coisas que lhe foram negadas na infância. Eu não podia lhe dar tais coisas porque já as estava dando a outra pessoa.

Dirigi sem rumo por algum tempo até, finalmente, parar em um pequeno shopping de beira de estrada. Havia muitos desses espalhados pela Flórida. Todos ostentavam uma rede de *fast food* no melhor e mais destacado ponto do prédio, como um mastro num navio. Ao lado dos McDonalds ou Burger Kings genéricos sempre havia uma farmácia. Estacionei em uma vaga na frente da drogaria. Não havia nenhum cliente dentro da loja, apenas funcionários. Saí do carro, tirei o celular do bolso e me encostei à porta. Fazia frio; nada que exigisse o uso de um casaco, mas ainda assim incômodo. Meus dedos penderam hesitantes sobre o teclado.

Eu amo você
Deletar
Se você o deixar, eu deixarei Leah
Deletar
Vamos conversar?
Deletar
Peter Pan
Deletar

Voltei a guardar o celular no bolso. Esmurrei uma árvore. Dirigi para casa com os nós dos dedos machucados e sangrando.

O desgraçado do amor não poderia ser mais cruel.

CAPÍTULO 28

Presente

LEAH OBTEVE UMA ORDEM DE RESTRIÇÃO CONTRA MIM um dia depois da súbita e tensa visita que lhe fiz. Se me aproximasse de minha filha, em qualquer lugar que fosse, eu seria preso. Eu quase fui preso naquela mesma noite. Os policiais já tinham me algemado quando meu irmão apareceu. Ele conversou com Leah por alguns minutos e, momentos depois, retiraram as algemas de mim.

— Ela não vai prestar queixa, irmãozinho, mas fará um boletim de ocorrência e amanhã pedirá uma ordem de restrição.

— Conseguiu o que queria, não é?

Ele sorriu com desdém para mim. E não trocamos mais nenhuma palavra. Então eu simplesmente entrei no carro e saí dirigindo. Leah havia feito um boletim de ocorrência. Alegou que chutei sua porta, ameacei sua vida e acordei Estella no meio da noite, bêbado. Ela também voltou a afirmar que eu não sou o pai da menina. Pergunto-me se ela mentiu para Olivia apenas para me atormentar. Não sei o que se passa na cabeça dessa mulher. Também não sei o que eu tinha na cabeça quando resolvi me casar com ela. Seja como for, dessa vez, Leah está brincando com fogo. Olivia me indica uma advogada que lida principalmente com questões de família conturbadas como a minha. Segundo a própria Olivia, é a melhor em sua área. O nome dela é Moira Lynda. *Ariom* — eu gosto desse nome. Depois de me ouvir falar por dez minutos, Moira gesticula para me pedir que pare. Vejo uma tatuagem em sua mão, entre o polegar e o indicador, que parece ser um trevo-de-quatro-folhas.

— Você deve estar brincando comigo — ela diz. — A mulher descobre que você quer o divórcio e lhe diz que a criança que vocês criaram por seis meses não é sua... E você *acredita* nela? Simplesmente acredita?

— Eu não tinha motivo para não acreditar. Ela não quis o divórcio. Àquela altura seria bastante vantajoso para Leah me deixar acreditar que Estella era minha.

— Oh, Caleb. — Ela coloca a mão na testa. — Não vê o que aconteceu? Você chegou e jogou uma bomba sobre ela e, em determinado momento da conversa, ela decidiu que não queria você; ela queria *vingança*. E é exatamente o que está acontecendo.

Olho pela janela e vejo o tráfego na rua lá embaixo. Sei que a advogada tem razão. Mas por que eu não pude enxergar o que estava a um palmo do meu nariz? Se alguma outra pessoa me contasse essa história, eu teria rido de sua burrice. Por que os seres humanos têm tanta dificuldade para ver com clareza a própria vida?

— Ela o pegou direitinho, Caleb. Sua ex está com a faca e o queijo nas mãos. Não há provas do que aconteceu nessa última noite em que se encontraram. Mas existem provas de que nos últimos três anos de vida dessa criança você não a viu, não pagou pensão alimentícia nem tentou obter sua custódia. Leah pode acusá-lo de abandono. Sabendo disso, ela fez chegar até você a informação de que Estella é sua, e ela tem o poder.

Deus meu.

— O que vou fazer?

— Um teste de paternidade. Vai ganhar algum tempo com isso. Então nós solicitaremos visitas. No início serão visitas supervisionadas. Porém, contanto que você siga as regras e apareça para ver Estella, podemos tentar a custódia compartilhada.

— Quero a custódia total.

— Claro que sim... E eu quero ser uma *top model*. Isso não muda o fato de que sou gordinha e devoro um *cheeseburguer* no jantar toda noite.

— Entendi — eu respondo. — Faça o que você precisa fazer. Haja o que houver, vou até o fim nisso. Pode me conseguir acesso a Estella? Conseguir que eu a veja?

É uma pergunta estúpida, mas eu tinha de fazê-la. Leah não me deixaria chegar perto de minha filha, de jeito nenhum. Eu não tinha provas, mas já a considerava minha filha novamente. Aliás, eu jamais deixei de considerá-la minha filha.

Moira riu da pergunta que fiz:

— Não existe a menor possibilidade. Apenas espere, e me deixe fazer o meu trabalho. Você voltará a fazer parte da vida dela assim que for possível; mas não vamos conseguir isso sem uma boa briga.

Eu concordei.

Saio do escritório da advogada e vou direto para a casa de Olivia. Ao chegar lá, encontro-na de shorts e regata, limpando o chão. Parece irritada. Enquanto ela trabalha, eu me encosto na parede e lhe repito o que Moira me disse. Olivia está empregando grande energia em sua atividade; quando isso acontece, eu sei que ela está tentando se distrair. Há uma tigela de Doritos sobre a mesa e, sempre que passa perto dela, Olivia apanha alguns. Está acontecendo alguma coisa, mas sei que, mesmo que eu pergunte, ela não me dirá nada.

— Faça tudo o que ela lhe disser — é só o que Olivia me aconselha.

Durante alguns minutos, não falamos um com o outro. O som da mastigação dela domina o ambiente.

— Leah não parecia triste, arrependida — Olivia diz, finalmente.

— Achei isso muito estranho. Simplesmente apareceu em meu escritório para me dizer tudo aquilo. Ela sabia que eu lhe contaria. Que sinistro.

— Ela é capaz de tudo.

— Talvez esteja sem dinheiro e pense que fazendo isso pode obrigá-lo a pagar pensão.

— Não, de jeito nenhum. O pai dela construiu um império. Aquela companhia era apenas uma pequena parte de seu universo de negócios. Leah não precisa de dinheiro.

— Então Moira tem razão: ela veio em busca de vingança. O que você vai fazer?

— Vou lutar por Estella. E lutaria por ela mesmo que eu não fosse o seu pai legítimo.

Ela para de esfregar o chão. Uma mecha dos seus cabelos escapa do monte displicentemente preso. Ela o apanha e o coloca atrás da orelha.

— Não me faça amá-lo ainda mais — ela diz. — Meu tempo está passando e você está falando de bebês.

Cerro os dentes com força para não sorrir.

— Vamos fazer um — digo, indo na direção dela.

Ela me fita com olhos embevecidos. Porém, seu mecanismo de fuga volta a operar e ela retoma a limpeza.

— Não — ela me adverte. Então, sem tirar os olhos de mim, estende a mão para a tigela de Doritos e a encontra vazia.

— Você acha que teremos um menino ou uma menina?

— Caleb...

Avanço mais dois passos antes que ela molhe o esfregão no balde e me atinja no estômago com ele.

Com a boca aberta e cara de espanto, olho para minhas roupas molhadas. Ela sabe o que acontecerá a seguir, porque deixa cair o esfregão e corre para a sala de estar. Olivia se agarra aos móveis quando escorrega no piso molhado. Vou atrás dela, mas ela é tão viciada em limpeza que pode praticamente surfar no mármore úmido. Que ótimo. Escorrego e caio de bunda no chão.

Fico onde estou, e Olivia sai da cozinha trazendo duas garrafas de coca-cola.

— Oferta de paz. — Ela estende uma garrafa para mim.

Agarro a coca e a mão dela também, puxando-a para o chão até fazê-la sentar-se ao meu lado.

Olivia desliza pelo chão até ficar com as costas coladas às minhas, e assim nos apoiamos um no outro, com nossas pernas esticadas. E então ficamos falando bobagens. Não tenho palavras para descrever como isso é bom.

CAPÍTULO 29

PASSADO

MINHA FILHA NASCEU NO DIA TRÊS DE MARÇO, ÀS 15H33. Tinha um punhado de cabelos ruivos adoráveis na linda cabecinha. Passei os dedos por eles, sorrindo como um tonto completo. Ela era linda demais. Leah havia me convencido de que teríamos um menino. Acariciou meu rosto e olhou para mim como se eu fosse seu deus e disse, quase ronronando:

— Seu pai produziu dois filhos e seu avô teve três filhos. Os homens de sua família geram meninos.

Secretamente, porém, eu desejava uma menina. Leah, claramente, preferia um menino. Havia um elemento freudiano em nossas preferências de gênero, mas eu não disse isso à minha mulher quando ela decorou o quarto do bebê com coisas amarelas "só para deixar tudo preparado com antecedência". Mas desconfiei dessa história de "preparar com antecedência" quando vi aparecer, no meio das incontáveis coisas para bebês, um brinquedo de morder na forma de caminhão basculante e roupinhas com motivos de beisebol. Na faculdade, eu havia jogado basquete; então, a escolha por temas de beisebol só pode ter sido uma homenagem ao pai dela, que nunca perdia um jogo dos Yankees pela televisão. A conversa de preparar com antecedência não passava de mentira e trapaça. Resolvi jogar sujo também. Comprei coisas para meninas e escondi tudo em meu armário.

No dia em que ela entrou em trabalho de parto, nós tínhamos planejado sair para uma caminhada na praia. Leah entrou no carro e, ao sentar-se no banco, deixou escapar de sua boca um ruído gutural de dor. Vi quando ela segurou a barriga com força, chegando a amassar o tecido branco de seu vestido entre os dedos fechados em garra.

— Caleb, parece que teremos de ir para o hospital. Vamos deixar nosso passeio na praia para outro dia... — ela disse, ofegante e fechando os olhos.

Ela se inclinou sobre o console, deu partida no carro e direcionou o ar-condicionado todo para o seu rosto. Eu a observei por um minuto, incapaz de acreditar que aquilo estava realmente acontecendo. Então, corri para dentro de casa e apanhei a bolsa do hospital que estava no quarto.

Fiquei em choque quando o médico anunciou "É menina!" em voz alta antes de colocá-la sobre o peito da mãe. Não suficientemente em choque, porém, para apagar o sorriso idiota do meu rosto. Dei à criança o nome de Estella, inspirado na personagem de *Grandes Esperanças*. Naquela noite, quando voltei para casa a fim de tomar um banho, peguei uma caixa do alto do meu armário. Essa caixa havia chegado pelo correio um mês atrás, sem bilhete nem remetente. Fiquei confuso, mas resolvi abri-la.

Cortei a fita do pacote com uma tesoura, abri-o e tirei de dentro dele uma manta cor de alfazema. Passei os dedos por ela; era tão suave! Suave como algodão.

— Olivia? — eu disse baixinho. Mas por que motivo ela me mandaria um presente de bebê? Voltei a guardá-lo na caixa antes que começasse a imaginar coisas.

Fiquei olhando para a caixa com um sorriso no rosto. Será que Olivia sabia que Leah queria desesperadamente um menino e então enviou um item de menina para irritá-la? Ou tinha se lembrado de que eu queria muito uma filha? De qualquer modo, os motivos de Olivia eram sempre uma incógnita. A menos que você perguntasse a ela. E nesse caso ela mentiria...

Levei a manta comigo ao hospital. Leah revirou os olhos com uma expressão de descaso quando me viu com o artigo. Se soubesse de onde viera a manta, Leah teria feito coisa bem pior do que apenas revirar os olhos. Enrolei minha filha na manta de Olivia e me senti eufórico. *Eu sou pai. De uma garotinha.* Já Leah não parecia tão entusiasmada. Eu podia apostar que a causa disso era o desapontamento pelo filho homem perdido. Ou talvez fosse depressão pós-parto. Ou quem sabe fosse ciúme. Eu estaria mentindo se dissesse que não passou pela minha cabeça o pensamento de que Leah teve ciúme de sua própria filha.

Apertei Estella em meus braços com um pouco mais de força. Eu já havia me perguntado como a protegeria dos perigos do mundo. Jamais pensei que me depararia com a possibilidade de ter que protegê-la de sua própria mãe. *Bem, é assim que as coisas são*, pensei com tristeza. Os pais de Leah foram buracos negros emocionais durante a maior parte da infância dela. Mas ela ia melhorar. Eu a ajudaria. O amor consertava as pessoas.

O humor dela melhorou quando deixamos o hospital e fomos para casa. Ela ria e flertava comigo. Mas quando chegamos em casa e eu lhe entreguei a bebê para que a amamentasse, o corpo dela ficou rígido, como se uma lança tivesse sido enfiada em sua omoplata. Na ocasião, senti uma revolta tão grande que precisei me virar para ocultar a expressão em meu rosto. Não era isso que eu esperava. Não era isso que Olivia teria feito. Com toda a sua dureza e objetividade, Olivia era gentil e protetora. Quanto a Leah... Será que havia, de fato, algo de bom nela? Em algum lugar, para além daquele em que seus pais haviam plantado o mal? De qualquer modo, nesse caso eu precisaria de fé, pois a fé pode mover montanhas, como se diz. E abrandar corações... E provocar a cura através do amor.

Meu Deus, o que eu fui fazer?

CAPÍTULO 30

Presente

JÁ ESTÁ ANOITECENDO, E EU SAIO PARA CORRER UM pouco. Quando chego ao saguão do meu prédio, paro de andar subitamente. A princípio, não o reconheço. Está mais desleixado do que da última vez em que o vi. Por que será que os homens deixam de fazer a barba quando enfrentam uma desilusão amorosa? *Ah, porra. O que está acontecendo?* Passo a mão pela nuca antes de caminhar até onde ele está.

— Noah?

Quando ele se volta, noto que parece surpreso. Olha para o elevador e depois para mim.

Nossa, o cara está um lixo! Já fiquei desse jeito algumas vezes em minha vida. Quase me sinto mal por ele.

— Será que podemos conversar, Caleb?

Corro os olhos pelo saguão e concordo com um aceno de cabeça.

— Tem um bar lá na esquina. A menos que você prefira subir até o meu apartamento.

— Não, no bar está ótimo.

— Só me dê dez minutos. Eu o encontrarei lá.

— Certo. — Sem dizer mais nada, Noah se retira.

Sigo de volta para o meu apartamento e telefono para Olivia.

— Noah está na cidade — digo no instante em que ela atende. — Sabe disso?

Houve um longo silêncio antes que eu ouvisse sua resposta.
— Sim.
— Ele veio para ver você?

Sinto a tensão surgir em meus ombros e irradiar até as minhas mãos. Enquanto espero pela resposta dela, seguro o telefone com mais força do que seria necessário.

— Sim — ela repete.
— Só isso? Isso é tudo o que vai me dizer?

Ouço ruídos que indicam que Olivia está mexendo em coisas e se movimentando enquanto fala comigo, e me dou conta de que ela pode estar no tribunal hoje.

— Ele foi procurá-lo, Caleb? — ela sussurra ao telefone. Posso ouvir o som de seus saltos batendo no chão enquanto caminha.

Merda. Ela está no meio de seu trabalho e eu aqui, despejando mais problemas sobre suas costas.

— Não se preocupe. Telefono para você mais tarde, certo?
— Caleb... — ela começa.
— Está tudo bem — eu digo, interrompendo-a. — Continue concentrada no que está fazendo agora. Conversaremos ainda esta noite.
— Entendi — Olivia responde numa voz quase sussurrada.

Desligo o telefone primeiro, e então saio novamente para a rua. Caminho pela calçada cheia de gente, quase sem prestar atenção a nada. A voz dela não sai da minha cabeça e eu sei que alguma coisa está errada. Não tenho certeza se poderei lidar com tudo o que está acontecendo ao mesmo tempo. Estella é minha prioridade, mas não conseguirei seguir em frente sem Olivia. Eu preciso dela.

Noah está acomodado em uma pequena mesa na parte de trás do bar. O lugar é sofisticado; como tudo nessa vizinhança, você paga bem caro pelos serviços oferecidos. Nesse momento, há apenas dois outros clientes no bar além de Noah; um é velho e o outro é jovem. Vou caminhando e passo pelos dois, enquanto meus olhos se ajustam à iluminação parca. Quando puxo uma cadeira e me sento, o barman se aproxima de mim. Noah está bebendo o que parece ser uísque, mas meu único interesse é ficar bem sóbrio e ter total controle sobre a minha mente.

Espero que ele dê início à conversa. Eu realmente não tenho nada a dizer.

— Eu lhe avisei para ficar longe dela — Noah ameaça.

Passo a língua pelos lábios e observo o pobre filho da puta. Ele está com medo e não consegue esconder isso. Eu também estou.

— Isso foi antes de você deixar sua mulher enfrentar sozinha um criminoso extremamente perigoso.

Ele girou o pescoço, produzindo um estalo.

— Bem, eu estou aqui agora.

Tive vontade de rir. Estava aqui agora... e daí? Como se não fosse nenhum problema ausentar-se de casa o tempo todo, deixando a esposa sozinha, e só voltar a aparecer quando é conveniente.

— Mas Olivia não está. É um detalhe sobre ela que você desconhece. Ela sabe tomar conta de si mesma, não precisa de ninguém para isso. É uma mulher forte. Você não marcou presença e a negligenciou, então ela partiu para outra. Você fodeu com o seu casamento.

— Não ouse falar de minha mulher para mim! — Os olhos de Noah lançaram faíscas.

— Por que não? Porque eu a conheço melhor? Porque quando Olivia precisou de ajuda você estava longe, em mais uma dessas suas viagens de merda, e foi a mim que ela procurou?

Nós dois nos levantamos ao mesmo tempo. O barman percebe a agitação e bate com o punho no balcão. As garrafas ao redor dele balançam com o impacto.

— Ei, vocês dois! Sentem-se ou caiam fora daqui! — ele avisou.

É um cara bem grande, então nós nos sentamos.

Passamos alguns instantes tentando nos acalmar, ou tentando pensar, ou o que quer que os homens fazem quando são obrigados a sair na porrada. Estou prestes a ir embora quando Noah finalmente resolve falar:

— Eu já fui apaixonado por uma garota da mesma maneira que você é apaixonado por Olivia — ele diz.

— Epa, espere um pouco aí — eu o interrompo. — Isso não pode ser. Se foi apaixonado por essa garota como eu sou apaixonado por Olivia, então você não poderia estar com Olivia. Você estaria com essa garota.

Noah exibe um sorriso cansado:

— Ela está morta.

Eu me sinto um completo babaca:

— Por que está me dizendo isso, Noah?

— Pense um pouco sobre o que vem fazendo, Caleb. Ela não é mais sua. Eu e Olivia selamos um compromisso e, como você definiu muito bem, eu estraguei tudo. Ferrei com o nosso relacionamento. Mas nós precisamos ter condições de encontrar uma saída para nós dois sem que você apareça a cada cinco minutos para arrastá-la ao passado e enchê-la de nostalgia.

Nostalgia? Como se ele soubesse. Minha história com Olivia não pode ser definida como nostalgia. No dia em que a encontrei sob aquela árvore, foi como se tivesse aspirado a semente dela para o interior de meus pulmões. Nós continuamos voltando um para o outro. A distância entre nossos corpos aumentou com o passar dos anos, enquanto tentamos viver separadamente. Mas aquela semente firmou raízes e cresceu. Por isso, posso assegurar que Olivia continua a crescer dentro de mim, independentemente da distância ou das circunstâncias.

O comentário dele sobre nostalgia me deixa zangado e eu decido retaliar baixando o nível.

— Quer dizer então que vocês terão um bebê, é isso mesmo?

A indignação surge em seus olhos por um instante, e essa reação me mostra que toquei em uma ferida aberta.

Fico girando meu telefone celular entre os dedos e observando o semblante de Noah enquanto espero pela resposta.

— Isso não é da sua conta.

— Olivia é da minha conta. Não ligo se você gosta disso ou não. E eu quero ter um filho com ela.

Não sei por que ele não bate em mim. Eu teria batido em mim. Noah é um cara refinado. Ele desliza a mão por sua barba rala e termina seu uísque. Como seu rosto não revela nenhuma emoção, não consigo perceber o que ele está pensando.

— Minha irmã tem fibrose cística — ele começa. — Eu costumava acompanhá-la a sessões de grupos de apoio. Foi numa dessas sessões que conheci Melissa. Ela também tinha a doença. Acabei me apaixonando por Melissa e passei pelo horror de vê-la morrer sem ter a chance de completar 24 anos. Dois anos depois, minha irmã faleceu. Tive de assistir à morte de duas mulheres que eu amava. Não quero correr o risco de trazer ao mundo uma criança e lhe passar o gene. Não é justo.

Eu peço um uísque.

Estou sentindo dor de cabeça, mas tento não dar importância a isso. A cada minuto que passa, as coisas se complicam mais, e a última coisa que desejo é ter pena desse cara.

— O que Olivia quer fazer? — Não sei por que estou perguntando isso a ele, e não à própria Olivia, mas acredito que essa atitude tenha a ver com o modo como a voz dela soou ao telefone. O que ela pretendia me dizer?

— Ela quer salvar nosso casamento — Noah me diz. — Nós nos encontramos na noite passada para conversar e ajustar as coisas.

Nos anos que passei com Olivia, eu senti as mais variadas formas de dor. A pior delas foi quando entrei naquele quarto de hotel e vi a embalagem de preservativos. Foi uma dor excruciante, um ciúme insuportável. Eu havia falhado com Olivia. Eu queria protegê-la, ela queria destruir a si mesma; eu não podia detê-la, por mais que eu tentasse, por mais que a amasse. Senti uma dor quase tão medonha como essa quando fui ao apartamento dela e descobri que ela tinha me deixado mais uma vez.

A dor que sinto agora pode ser a pior entre todas. Ela vai desistir de mim e é a atitude certa a se tomar. Nada do que eu diga a Olivia para convencê-la a abrir mão de seu casamento pode ser razoável do ponto de vista moral. Noah tem razão, mas isso não significa que sou capaz de aceitar a situação.

Eu e Olivia passamos os últimos meses buscando nos conhecer como adultos, fazendo amor como adultos e nos compreendendo como adultos. E Olivia pode negar isso até que seu rosto presunçoso fique azul, mas nós combinamos como um casal adulto. Então, como ela pode ir embora e me largar novamente? Nós nos amamos. Estamos apaixonados.

— Preciso conversar com ela — digo.

Eu me levanto, mas Noah não tenta me deter. Será que os dois tinham planejado juntos essa nossa conversa? E Noah estava ali para me informar quem havia sido o escolhido? Olivia obviamente duvidava de que eu seria capaz de fazer qualquer coisa ao meu alcance para tê-la.

Joguei uma nota de vinte sobre o balcão e saí do bar.

CAPÍTULO 31

PASSADO

UMA SEMANA ANTES DO NASCIMENTO DO MEU BEBÊ, EU recebi uma ligação do escritório de Olivia. Não de Olivia diretamente, mas de sua secretária. Era uma nova secretária, felizmente. A anterior, com quem Olivia havia trabalhado quando começou na firma de Bernie, era uma doida. Nancy — esse era o nome da nova funcionária — me informou, de maneira profissional, que estava me telefonando a pedido da sra. Kaspen. Disse-me que três semanas atrás uma mulher chamada Anfisa Lisov entrou em contato com Olivia alegando ter visto, pela CNN na Rússia, uma notícia que se passou nos Estados Unidos. A tal Anfisa afirmou ser a mãe da mulher que apareceu em uma imagem ao lado de Olivia, Johanna Smith. Quase deixei cair o telefone.

Ela queria entrar em contato com a mulher que suspeitava ser sua filha. Eu desabei sobre uma cadeira e fiquei escutando Nancy falar. Ninguém sabia que Leah era adotada. Nós tivemos tanto cuidado para esconder essa informação da imprensa! Isso prejudicaria o testemunho de Leah; pelo menos foi o que os sócios disseram. Eu acho que isso teria comprometido a saúde mental dela. E nada havia mudado. Courtney estava em uma situação lastimável, vivendo como um vegetal, sua mãe era uma alcoólatra, a sanidade mental de Leah já dava sinais de fragilidade e ela iria ter o meu bebê. Fosse quem fosse essa mulher, eu não deixaria que se aproximasse de minha esposa.

— Ela disse que teve o bebê quando trabalhava como prostituta em Kiev, aos 16 anos de idade.

Porra! Merda! Merda!

— A mulher está vindo de avião para os Estados Unidos a fim de encontrar Johanna — Nancy disse. — A senhora Kaspen tentou detê-la, mas não conseguiu, pois a mulher está determinada. Então, pediu-me para lhe telefonar e avisá-lo.

Mas que porra! Por que demorou tanto para me avisar?

— Certo. Passe-me todas as informações de contato que você tem dela.

Nancy me forneceu o hotel e os horários de voo da tal mulher. E, antes de desligar, desejou-me boa sorte.

Anfisa voaria primeiro para Nova Iorque e, um dia depois que chegasse lá, tomaria outro voo para Miami. Não havia dúvida: ela era quem dizia ser. Quem mais poderia saber que a verdadeira mãe de Leah tinha sido prostituta em Kiev aos 16 anos? Os pais de Leah certamente não teriam dito a ninguém. Quando tentei enviar um e-mail para Anfisa usando o endereço que Nancy havia me passado, recebi como resposta um aviso de falha na entrega. Tentei o número de telefone dela, mas a ligação não se completava. Procurei o nome de Anfisa no Google e a busca me retornou a foto de uma mulher impressionante, de cabelo ruivo curto, bem curto. Ela havia escrito e publicado três livros na Rússia. Coloquei os títulos no tradutor automático e os resultados foram: *Minha Vida Vermelha*, *O Bebê Encharcado de Sangue* e *Descobrindo a Mãe Rússia*. A publicação de seu último livro datava de quatro anos antes. Reservei uma viagem a Nova Iorque imediatamente. Eu voaria para lá a fim de encontrar essa mulher e despachá-la; depois eu retornaria ainda a tempo de presenciar o nascimento do meu bebê. O que a mulher pretendia obter encontrando-se com Leah a esta altura dos acontecimentos? Eu não fazia a menor ideia, mas desconfiava de que a riqueza da família de Leah tinha algo a ver com essa decisão. Anfisa queria uma nova história para contar. Uma reunião com sua filha poderia lhe render muito dinheiro ou então lhe fornecer a história que procurava. O encontro de Leah com essa mulher estava fora de cogitação — não importava se era sua mãe ou não. Leah, agora, precisava concentrar-se em SER uma mãe; eu não permitiria que sua própria genitora viesse direto da Rússia para cair como uma bomba dessas sobre a cabeça dela. Eu tinha de cuidar do assunto. Até daria dinheiro à tal Anfisa se fosse preciso. Mas então Estella veio ao mundo. Nasceu antes do esperado.

Eu disse a Leah que precisaria viajar a negócios. Ela se zangou, mas consegui que sua mãe viesse fazer-lhe companhia durante a minha ausência de alguns dias. Não queria deixar Estella, mas que escolha eu tinha? Se eu não conseguisse evitar que a tal mulher embarcasse em um avião para Miami, em questão de poucos dias ela bateria à nossa porta.

Arrumei alguns itens em uma mala pequena, dei um beijo de despedida em minha mulher e minha filha e voei até Nova Iorque para encontrar Anfisa Lisov, a mãe biológica de Leah. Eu mal consegui me aquietar durante a viagem. Em nossa lua de mel, eu havia perguntado a Leah — alguns dias depois dela me revelar que era adotada — se ela não tinha vontade de ver sua genitora. Antes mesmo que a última palavra saísse da minha boca, ela já estava sacudindo a cabeça numa negativa:

— Eu não, de jeito nenhum. Não tenho o menor interesse.

— Por quê? Não está curiosa?

— Ela era uma prostituta. Meu pai era um nojento imprestável. O que exatamente nesse cenário despertaria a minha curiosidade? Saber se eu me pareço com ela? Eu não quero me parecer com uma prostituta!

Bem, mais claro que isso...

Nós não voltamos a falar nesse assunto. E agora aqui estou, trabalhando pelo bem-estar da família. Eu acho que acabei bebendo demais no avião. Quando desembarquei, registrei-me em meu hotel e fui de táxi encontrar Anfisa. Ela estava hospedada no Hilton que fica próximo ao aeroporto. Nancy não soube me dizer em qual quarto. Na recepção, pedi que interfonassem para ela e lhe avisassem que seu genro estava ali para vê-la. Então me sentei em uma poltrona confortável perto de uma lareira e esperei. Anfisa desceu dez minutos depois. Logo a identifiquei, pois já havia visto sua foto na internet. Ela era mais velha do que aparentava na fotografia; os efeitos do tempo eram visíveis ao redor de seus olhos e de sua boca. O cabelo dela era tingido, não mais naturalmente vermelho, cheio de pontas e curto. Olhei para o rosto dela em busca de semelhanças com Leah. Talvez fosse a minha imaginação, mas quando a mulher falou, eu vi minha esposa se expressando. Levantei-me para cumprimentá-la, e ela me encarou com absoluta tranquilidade. Minha súbita aparição não a abalou nem por um segundo.

— Você é o marido de Johanna? É isso?

— Sim — respondi, esperando que ela se sentasse. — Meu nome é Caleb.

— Caleb — Anfisa repetiu. — Eu o vi na televisão. Durante o julgamento. Mas como soube que eu estava aqui?

O sotaque dela era carregado, mas seu inglês era bom. Ela se sentou ereta como uma vareta, sem aproximar as costas da cadeira. Parecia mais uma militar russa do que uma ex-prostituta.

— Por que você está aqui? — perguntei.

Ela sorriu.

— Nós precisaremos responder as perguntas que fizermos um ao outro se quisermos chegar a algum lugar, não é?

— Recebi uma ligação do escritório de advocacia que defende Leah — eu disse, recostando-me na cadeira.

— Ah, sim. A senhora Olivia Kaspen.

Nossa! O nome de Olivia soava bem até com sotaque russo.

Não confirmei nem neguei.

— Que tal irmos ao bar e pedirmos uma bebida? — ela propôs.

Eu concordei, sem dizer uma palavra. Segui-a até o bar do hotel, onde ela se sentou em uma mesa perto da entrada. Ela respondeu minha pergunta somente depois que o garçom trouxe sua vodca e meu uísque.

— Estou aqui para ver minha filha.

— Ela não quer ver você — respondi.

Anfisa franziu as sobrancelhas, e eu vi Leah.

— Por que não?

— Você abriu mão dela há muito tempo. Ela tem uma família.

— Aquela gente? — disse Anfisa com evidente desdém. — Eu não gostava deles na época em que a levaram. O homem nem mesmo gostava de crianças, pode ter certeza.

— Então deu seu bebê a pessoas das quais não gostava? Isso não conta muitos pontos a seu favor...

— Eu tinha 16 anos e ia para a cama com homens para sobreviver. Não tive muita escolha.

— Tinha a escolha de dar a sua filha para pessoas das quais você gostasse.

Ela desviou o olhar.

— Eles me ofereceram muito dinheiro.

Baixei o copo à mesa com mais força do que pretendia.

— Como eu já disse, ela não quer vê-la — insisti.

Minhas palavras pareceram desnorteá-la um pouco. Inquieta, ela corre os olhos pelo bar vazio, como se aquela situação a incomodasse cada vez mais. Fiquei imaginando se a sua postura toda rígida não passava de fingimento.

— Eu preciso de dinheiro. Apenas o suficiente para escrever o meu próximo livro. E quero escrevê-lo aqui.

Bem como eu havia pensado. Apanho o meu talão de cheques.

— Você nunca irá para a Flórida — eu disse. — E nunca tentará entrar em contato com ela.

Anfisa deu cabo do resto de sua vodca como uma verdadeira russa.

— Quero cem mil dólares.

— Quanto tempo vai levar para escrever o livro? — Rabisquei o nome dela no cheque e então parei e aguardei sua resposta. Ela mirava a folha de cheque com olhos famintos.

— Um ano — disse Anfisa sem olhar para mim.

Segurei minha caneta sobre a linha referente ao valor do cheque.

— Então vou dividir isso por 12. Eu colocarei dinheiro em uma conta todo mês. Se entrar em contato com ela ou deixar Nova Iorque, não terá o seu depósito.

Notei algo no olhar dela que não consegui identificar. Talvez fosse apenas desprezo. Ódio por se colocar numa situação em que passará a depender de mim. Decepção porque sua chantagem não funcionou tão bem quanto gostaria.

— E se eu disser não?

A mesma expressão de Leah quando assumia uma postura de desafio.

— Ela não lhe dará dinheiro algum. E ainda baterá a porta na sua cara. Daí você não terá absolutamente nada.

— Então está certo, genro. Assine aí o meu cheque e vamos acabar com isso.

E foi o que eu fiz, encerrando a questão.

Eu mudei meu voo. Voltei para casa antes do previsto. Eu nem sequer ouvi falar mais de Anfisa. Enviei dinheiro a ela mesmo depois de ter me separado e me divorciado de Leah. Não queria que a presença dela magoasse Estella, mesmo que a menina não fosse minha filha. Decorrido o período de um ano, Anfisa voltou para a Rússia. Certa vez, dei uma busca na internet por seu nome e vi que seu livro era um grande sucesso de vendas. Talvez Leah ainda ouvisse falar dela qualquer dia desses.

CAPÍTULO 32

Presente

VOU DIRETO PARA O APARTAMENTO DELA. SE ELA NÃO estiver, me encontrará lá quando chegar.

Olivia está em casa. Quando ela abre a porta, tenho a impressão de que estava me esperando. Seus olhos e lábios estão inchados. Quando Olivia chora, seus lábios dobram de tamanho e ficam bem vermelhos. É sua característica mais maravilhosamente frágil e feminina.

Ela dá um passo para o lado a fim de me abrir passagem. Eu entro no apartamento e caminho até a sala de estar. Olivia fecha a porta sutilmente e me segue.

De braços cruzados, ela olha em direção ao mar.

— Quando você partiu e foi para o Texas, depois que nós... — Fico calado e espero até que ela se dê conta do que estou falando. — Eu fui buscá-la, fui atrás de você. Levei alguns meses para superar meu orgulho ferido, e também para encontrá-la, é claro. Cammie não quis me dizer que você estava lá, então eu simplesmente apareci na casa dela.

Conto a história toda a Olivia: que me escondi na lateral da casa quando vi o carro chegar e que fiquei esperando lá. Que ouvi a conversa entre ela e Cammie. Que bati à porta quando ela subiu para tomar uma ducha. Conto-lhe toda a história, mas não sei dizer se ela de fato está me ouvindo, porque seu rosto permanece impassível; Olivia nem mesmo pisca. Até sua respiração parece tênue demais.

— Eu já ia subir as escadas, duquesa, quando Cammie me deteve. Ela me disse que você havia engravidado depois de nossa noite juntos. E me falou sobre o aborto.

Finalmente a estátua retorna à vida. Ela se volta para mim com os olhos em chamas. Chamas azuis — as mais quentes:

— Aborto? — A palavra despenca de sua boca. — Cammie lhe disse que eu fiz um aborto?

Agora, sim, vejo-a respirar de verdade, vejo-a ofegante. Seus seios pressionam o tecido da camisa.

— Ela deduziu isso. Por que não me disse nada, Caleb?

Olivia abre a boca, passando a língua pelo lábio inferior. Não sei por que estou fazendo isso com ela agora. Talvez para que se lembre da longa história que temos e com isso se sinta inclinada a me escolher.

— Eu não fiz um aborto, Caleb — ela diz. — Eu não quis tirar o bebê, foi um aborto acidental... Um maldito aborto espontâneo!

Minha cabeça gira enquanto eu processo suas palavras.

— Por que Cammie não me diria isso?

— Sei lá! Para mantê-lo longe de mim? Ela acha que fazemos mal um ao outro, e tem razão!

— E por que você não me contou?

— Porque dói demais! Eu tentei fingir que isso jamais aconteceu.

Sinto-me de mãos completamente atadas. Parece mesmo que o mundo inteiro está determinado a nos manter separados. Até a desgraçada da Cammie, que acompanhou nosso relacionamento tão de perto por tantos anos. *Como ela pôde?* Olivia está lutando para não chorar. Seus lábios se movem como se estivesse tentando formar palavras.

— Olhe para mim, duquesa.

Ela não conseguiu.

— Pretende me dizer alguma coisa, Olivia?

— Você sabe... — ela disse gentilmente.

— Não faça isso — eu digo. — Esta é a nossa última chance. Nós dois fomos feitos um para o outro.

— Eu escolhi Noah.

Suas palavras provocam raiva em mim — uma raiva enorme. Mal posso olhar para ela. Respiro intensamente e sinto o ar me queimando por dentro. O anúncio dela ricocheteia pelo meu cérebro, atinge algum lugar dentro do meu peito e causa uma dor de cabeça tão devastadora que não consigo enxergar direito.

Mesmo em colapso, ergo a cabeça para encarar Olivia. Ela está pálida e com os olhos arregalados e cheios de medo.

Balanço devagar a cabeça em sinal de aceitação. E continuo assim por vários segundos. Estou calculando como será o resto da minha vida sem Olivia. Considero a possibilidade de estrangulá-la. Fico me perguntando se fiz tudo o que estava ao meu alcance... Se eu poderia ter feito mais ou agido com mais determinação.

Mas ainda há uma última coisa que preciso dizer. Uma coisa que eu tinha dito antes e sobre a qual eu estava terrivelmente errado:

— Olivia, certa vez eu lhe disse que voltaria a amar, e que isso a faria sofrer para sempre. Está lembrada?

Ela faz que sim com a cabeça. Trata-se de uma lembrança dolorosa para nós dois.

— Pois bem: era mentira. Eu sabia que era mentira, mesmo quando lhe disse. Depois de você eu nunca mais amei ninguém. E nem amarei.

Saio do apartamento.

Vou embora.

Chega de lutar — nem por ela, nem com ela, nem comigo.

Estou tão triste.

Quantas vezes um coração pode se despedaçar antes que não exista mais nenhuma possibilidade de reparação? Quantas vezes mais eu serei capaz de desejar não estar vivo? Como pode um ser humano trazer tanta ruína à minha existência? Eu alterno entre períodos de torpor e de inacreditável dor no intervalo de... uma hora? Uma hora parece um dia, um dia parece uma semana. Eu quero viver, e no momento seguinte quero morrer. Eu quero chorar, e logo em seguida quero gritar.

Eu quero, eu quero, eu quero...

Olivia.

Mas não quero. Quero que ela sofra. Quero que ela seja feliz. Quero parar completamente de pensar e ser trancado num quarto sem pensamentos. Talvez por um ano inteiro.

Eu corro. Corro tanto que se um apocalipse zumbi estivesse acontecendo jamais conseguiriam me apanhar. Quando corro eu não sinto nada além do ardor em meus pulmões. Gosto do ardor; ele me mostra que ainda posso sentir alguma coisa durante meus dias de entorpecimento. Já em meus dias de dor eu simplesmente bebo.

Não existe remédio para mim.

UM MÊS SE PASSA...

DOIS MESES SE PASSAM...

TRÊS MESES...

QUATRO...

O TESTE DE PATERNIDADE FICA PRONTO. ESTELLA NÃO É minha filha. Moira me chama ao seu escritório para me comunicar das novidades. Fico olhando fixamente para ela por cinco minutos enquanto ela explica os resultados: não há nenhuma maneira, nenhuma chance, possibilidade alguma de que eu seja o pai biológico de Estella. Eu me levanto e saio sem dizer nada. Entro no carro, dirijo e não sei para onde estou indo. Vou parar em minha casa em Naples — nossa casa em Naples. Não venho para cá desde o incidente com Dobson. Deixo todas as luzes apagadas e faço alguns telefonemas. Primeiro para Londres, depois para a minha mãe, e então para um corretor de imóveis. Adormeço sobre o sofá. Quando acordo, na manhã seguinte, tranco a casa e me dirijo de volta ao meu apartamento. Faço as malas. Reservo uma passagem. Tomo o meu voo. Sentado no avião, tenho vontade de rir de mim mesmo. Estou agindo como Olivia. Eu estou fugindo e simplesmente não ligo a mínima. Percorro com a ponta do dedo a borda do meu copo plástico. *Não!* Eu estou começando de novo. Preciso disso. No que depender de mim, nunca mais voltarei para cá. Pus minha casa à venda. Depois de todos esses anos. A casa onde nossos filhos deveriam nascer e onde nós envelheceríamos juntos. Ela seria vendida rapidamente. Recebi várias ofertas por ela ao longo dos anos, e corretores sempre deixam seus cartões comigo para que eu entre em contato, caso decidisse vendê-la. No divórcio, eu entreguei tudo a Leah, contanto que ela deixasse a casa de Naples para mim. Leah aceitou praticamente sem oferecer resistência, e agora entendo por quê. Ela reservava para mim um plano muito mais cruel. Quis me devolver a minha filha, apenas para tomá-la de mim mais uma vez.

Fecho os olhos. Como seria bom poder dormir para sempre.

CAPÍTULO 33

O PASSADO DE OLIVIA

FESTAS DE ANIVERSÁRIO ME DEIXAVAM ABORRECIDA. Quem diabos foi inventar isso? Balões, presentes que você não quer... Bolos com toda aquela cobertura artificial. Eu gostava mesmo era de sorvete. Cammie comprou um pote do meu sorvete favorito — Cherry Garcia — e me deu assim que eu soprei as velas.

— Eu sei do que você gosta — ela disse, piscando para mim.

Que Deus proteja os melhores amigos, pois eles fazem você se sentir especial.

Tomei meu sorvete empoleirada num banco de bar na cozinha de Cammie enquanto o resto do pessoal devorava o meu bolo. Havia gente por todos os lados, mas eu me sentia sozinha. E sempre que me sentia sozinha eu o culpava por isso. Coloquei o sorvete em cima do balcão e fui caminhar do lado de fora da casa. O DJ tocava Keane — uma música triste! Por que diabos havia música triste em minha festa de aniversário? Afundei o corpo em uma cadeira de jardim e fiquei ali observando os balões oscilarem de um lado para o outro. Balões eram a pior parte das festas. Eram imprevisíveis: num minuto eram alegres e coloridos, mas no instante seguinte explodiam bem na sua cara. Eu tinha uma relação de amor e ódio com o imprevisível.

Quando eu obedientemente comecei a abrir os presentes, com meu marido parado ao meu lado e Cammie dando em cima do DJ bonitinho, eu não esperava receber aquele pacote azul.

Vinte presentes já haviam sido abertos por mim. Quase todos eram vales-presentes — graças a Deus! Eu adorava vales-presentes. Certo, são impessoais demais, mas e daí? Não ligava a mínima para isso. Mesmo porque quando você escolhe seu próprio presente usando o vale, ele se torna bem pessoal. Assim que coloquei o último vale em cima da mesa ao meu lado, Cammie interrompeu por alguns instantes o flerte com o DJ para me entregar o último presente. Não era um cartão. Tratava-se de uma caixa azul-ciano embrulhada de maneira simples. Para dizer a verdade, minha mente estava vagando longe dali. Se você se esforçar de verdade, sem dúvida, conseguirá treinar seu cérebro para que ignore as coisas. Aquele tom de azul era uma dessas coisas. Cortei a fita com a unha e tirei a embalagem, amassando-a e jogando-a sobre a pilha de papéis aos meus pés. As pessoas haviam começado a se dispersar e a conversar, entediadas com o espetáculo da abertura dos presentes; então, quando eu abri a tampa e levei um susto, ninguém chegou a perceber.

— Puta merda! Ai merda, merda, merda!

Ninguém me escutou. Vi o lampejo de um flash. Cammie tirou mais uma foto e se afastou do DJ para ver o que estava fazendo minha face se contorcer como se eu tivesse chupado um limão.

— Porra — ela disse, olhando dentro da caixa. — É aquilo?

Fechei a tampa da caixa com força e passei o objeto para ela.

— Não deixe que ele veja isso — pedi, indicando Noah com o olhar. Com uma cerveja na mão, ele conversava com um dos convidados. Cammie fez um sinal afirmativo com a cabeça. Eu me levantei e rumei o mais rápido que pude para dentro de casa. Tive de passar pelas pessoas que ainda comiam bolo na cozinha de Cammie. Virei à direita e me lancei escada acima, escolhendo o banheiro do quarto de Cammie em vez do outro banheiro, que estava sendo usado por todos. Tirei os sapatos, fechei a porta e então me debrucei sobre a pia, ofegante. Cammie chegou instantes depois, entrou e bateu a porta.

— Eu disse a Noah que você estava se sentindo mal. Ele está esperando no carro. Se for preciso, posso mandá-lo para casa e lhe dizer que você vai passar a noite aqui.

— Eu quero ir para casa — respondi. — Dê-me apenas um minuto.

Cammie escorregou pela porta até terminar sentada no chão. Eu me sentei na borda de sua banheira e deslizei a ponta do pé pelos ladrilhos.

— Isso não estava nos planos — ela disse. — O que há de errado com vocês dois? Por que ficam enviando pacotes anônimos um ao outro?

— Aquilo foi diferente — retruquei. — Eu enviei só a merda de um cobertor para bebês, não... isso. — Olhei para a caixa ao lado de Cammie, no chão. — O que ele está tentando fazer?

— Hummm... Ele lhe mandou uma mensagem bastante clara.

Eu puxei a gola do meu vestido. *Mas por que está tão quente aqui?*

Cammie empurrou a caixa pelo chão do banheiro até encostá-la em meu pé.

— Olhe de novo.

— Por quê?

— Porque você não viu o que está debaixo dos papéis do divórcio.

Eu estremeci ao ouvir a palavra "divórcio". Agachando-me, apanhei a caixa do chão e levantei os papéis. Divórcio era algo muito sério. Não era oficial, mas ele obviamente havia entrado com o pedido. Mas por que ele precisava me avisar sobre isso? Como se isso pudesse fazer alguma diferença ainda. Pus os papéis ao meu lado, na borda da banheira, e verifiquei o conteúdo que estava debaixo deles.

— Ai, caramba!

Cammie ergueu as sobrancelhas e balançou a cabeça em sinal de concordância.

O CD do Pink Floyd da loja de discos — o estojo rachado na diagonal, a moeda do beijo — escurecida pela ação do tempo... e uma bola de basquete murcha. Estendi a mão e toquei sua borracha irregular, e então deixei cair tudo no chão e me levantei. Cammie rapidamente saiu do caminho; eu abri a porta e fui para o quarto dela. Precisava ir para casa e dormir para sempre.

— O que vou fazer com essa sua porcaria de presente? — Ouvi Cammie perguntar.

227

— Eu não quero isso — respondi. Parei na porta do quarto, sentindo que alguma coisa me consumia por dentro. Dei meia-volta, voltei para o banheiro e me agachei na frente dela.

— Se ele pensa que pode fazer isso, está enganado — ralhei. — Não, ele não pode fazer isso comigo! — repeti.

De olhos arregalados, Cammie balançava a cabeça concordando com tudo.

— Que esse cara vá para o inferno — eu disse. Ela fez um sinal de aprovação com o polegar para cima.

Continuamos olhando uma para a outra enquanto tateio o chão até meus dedos tocarem a moeda.

— Você não me viu fazer isso — eu disse, enfiando a moeda em meu sutiã. — Porque eu não estou mais nem aí pra ele.

— Vi você fazer o quê? — respondeu Cammie solidariamente.

— Boa garota. — Inclinei-me para a frente e a beijei na testa. — Obrigada pela festa.

Então eu caminhei de volta para o meu carro, para o meu marido, para a minha vida.

Uma hora mais tarde, eu estava na cama, olhando na direção do mar, embora estivesse escuro demais para enxergá-lo. Eu podia ouvir o barulho das ondas. O mar se revelava agitado naquela noite. Ajustando-se. Noah estava assistindo à televisão na sala de estar; eu podia escutar a CNN através das paredes. Àquela altura dos acontecimentos, a CNN era canção de ninar para mim. Ele jamais vinha para a cama no mesmo horário que eu, e todas as noites eu pegava no sono ouvindo o tema musical do noticiário. Nessa noite, porém, senti alívio por estar sozinha. Se Noah me olhasse com um pouco mais de atenção — e ele quase sempre fazia isso —, com certeza estranharia meus sorrisos vazios e minha falsa indisposição. Ele perguntaria o que havia de errado e eu não mentiria. Não queria mais fazer isso. Eu o estava traindo com minhas emoções perigosas. Apertava a moeda na minha mão e sentia que me queimava a pele, mas não conseguia largá-la. Primeiro Leah veio me procurar para esfregar aqueles papéis na minha cara. Papéis sobre os quais eu nada sabia até então. Agora Caleb aparecia também. Por que os dois simplesmente não me deixavam em paz? Dez anos era tempo demais para sofrer por causa de um relacionamento. Durante uma década inteira eu havia pago por minhas decisões estúpidas. Quando conheci Noah, finalmente me senti pronta para superar o meu coração partido. Mas como seria possível superar uma coisa que continuava voltando para me atormentar?

Levantei-me e andei até as portas de correr que davam para o ambiente externo. Saí e caminhei mecanicamente até as grades da sacada.

Eu era capaz de fazer aquilo. Na verdade, eu precisava fazer. Certo? Exorcisar os fantasmas. Tomar uma atitude. Afinal, tratava-se da minha vida, droga! A moeda não era a minha vida. Ela tinha de sumir. Ergui a mão fechada e senti o vento soprar nela. Tudo o que eu precisava fazer era abrir a mão. Aí é que estava. Tão simples e tão difícil. Eu não era o tipo de garota que recuava diante de um desafio. Fechei os olhos e abri a mão.

Por um segundo, senti o coração oprimido. Ouvi minha voz, mas o vento rapidamente a levou. Bem, então era isso. A moeda se foi.

Dei um passo atrás e me afastei das grades. Subitamente senti frio. Comecei a andar de costas de volta para o meu quarto; um passo, dois passos... Então me projetei para a frente, atirando-me contra as grades para esquadrinhar o espaço, o chão e eu.

Oh, meu Deus. Eu havia mesmo jogado fora a moeda do beijo?

Sim, e agora meu coração doía por causa disso, por causa de um maldito tostão! *Sua grande idiota,* disse a mim mesma. *Até esta noite você nem mesmo sabia que Caleb ainda tinha a moeda.* Mas isso não era verdade. Eu a havia visto dentro do seu cavalo de Troia quando invadi sua casa. Caleb tinha guardado a moeda durante todos aqueles anos. Mas ele tinha um bebê, e bebês sempre faziam as pessoas superarem o passado e recomeçarem. Caminhei finalmente para o meu quarto e fechei a porta da sacada. Depois, me enfiei em minha cama, me enfiei em minha vida e chorei, chorei, chorei. Como um bebê.

Na manhã seguinte, eu tomei meu café na sacada. Sentia-me sem energia e me pareceu que o ar fresco me faria bem. O que eu realmente queria era estar no lugar onde havia assassinado minha moeda. Deus, será que algum dia eu deixaria de ser tão melodramática?

Eu caminhava pela sacada empunhando meu café. Foi quando de repente senti meu pé passar sobre alguma coisa fria. Recuei um passo, olhei para baixo e vi minha moeda.

Aah! Fala sério!

Só podia ter sido obra do vento. A moeda provavelmente fora soprada de volta na minha direção quando a larguei. Não a apanhei do chão até terminar de tomar todo o café. Simplesmente fiquei parada ali, olhando para ela. Quando por fim eu me agachei para pegá-la, entendi. Ninguém pode se livrar do passado. Você não pode ignorá-lo nem queimá-lo nem atirá-lo da sacada. A única saída é aprender a viver com ele. Deixá-lo conviver pacificamente com o presente. Se eu conseguisse descobrir uma maneira de fazer isso, tudo ficaria bem.

Trouxe a moeda comigo para dentro e tirei meu exemplar de *Grandes Esperanças* da estante. A colei na primeira página do livro e o recoloquei na estante.

Agora a moeda do beijo estava no lugar em que deveria estar.

CAPÍTULO 34

Presente

EU A BEIJO E DESLIZO AS MÃOS POR DEBAIXO DA SAIA dela. Ela está ofegante, com a boca colada à minha; suas pernas se retesam enquanto ela espera que meus dedos ultrapassem a barreira da calcinha. Deixo que minha mão prolongue as carícias na região coberta pela minúscula roupa íntima. Ela diz meu nome, e eu puxo a calcinha. Vou transar com ela. Ela é linda. Ela é engraçada. E, como se não bastasse, também é inteligente.

— Me desculpe — digo. — Não posso fazer isso.

Saio de perto dela e levo as duas mãos à cabeça. *Meu Deus!*

— O que aconteceu? — A garota corre até o sofá onde eu havia me refugiado e passa um braço ao redor dos meus ombros. Ela é tão legal. Isso só piora as coisas.

— Estou apaixonado por outra pessoa — revelo. — Ela não está comigo, mas ainda tenho a sensação de que a estou traindo.

Ela começa a rir. Giro a cabeça a fim de encará-la.

— Desculpe — diz a garota, cobrindo a boca com as mãos. — Isso é bem estranho e um pouco romântico demais, né?

Eu sorrio.

— Essa garota está nos Estados Unidos?

— Que tal se não falássemos nela?

Ela esfrega as minhas costas e ajeita o seu vestido.

— Sem problema. Mas foi bem gostoso enquanto durou, você manda muito bem...

Ela se levanta e vai até a minha geladeira.

— Um belo apê este que você tem aqui. Devia comprar alguns móveis. — A garota pega duas cervejas e traz uma para mim.

Corro os olhos pela sala com uma sensação de culpa. Faz dois meses que estou aqui e a única coisa que tenho na sala é um sofá deixado pelo último proprietário. E também tenho uma cama no quarto, que adquiri quando cheguei aqui. Preciso fazer algumas compras.

— Podemos ser amigos — ela diz, sentando-se ao meu lado. — Agora, conte-me o nome dela para que eu possa seguir no Facebook a garota que empatou a minha transa.

Passo a mão pelo rosto:

— Ela não tem página no Facebook. E não quero dizer o nome dela.

— Caleb... — ela choraminga.

— Sara.

— Certo, vamos deixar pra lá então... — A garota se levanta. — Vejo você na academia. Se quiser sair para uns drinques é só me telefonar. Só beber e conversar. Nada de sexo, ok?

Ela é mesmo engraçada, e eu acabo sorrindo. Acompanho-a até a porta de saída e nos despedimos. É uma pessoa legal de fato, tão especial que consegue lidar com uma situação tão delicada sem perder o bom humor.

Quando enfim me vejo sozinho, pego o meu computador. Encomendo uma mesa de cozinha, uma nova cama e um conjunto para a sala de estar. Em seguida, verifico meus e-mails. Quase tudo em minha caixa de correio está relacionado ao meu trabalho. Minha mãe me envia e-mails todos os dias, mas ainda tenho de responder alguns deles. Quando vejo o nome do meu pai, eu me espanto. Mamãe deve ter contado a ele que eu voltei para Londres. Clico no nome dele.

Caleb,
Ouvi dizer que você está de volta a Londres. Vamos sair para jantar.
Ligue para mim.

E isso foi tudo o que ele escreveu para o filho que não vê há cinco anos. Bem, bem... Por que não? Pego meu telefone e digito o número que está no e-mail. Melhor me encontrar com ele de uma vez e acabar logo com essa chateação. Talvez meu pai me surpreenda e não se comporte como um completo babaca, como na última vez que fomos jantar juntos e ele passou duas horas inteiras trocando mensagens de texto no seu Blackberry.

Ele responde minha mensagem quase imediatamente e diz que irá me encontrar em seu *pub* favorito amanhã à noite. Vou direto para a cama e me atiro nela, ainda vestido.

Meu pai não mudou muito desde a última vez em que o vi, há cinco anos. Está mais grisalho... talvez. E o tom de cinza que ele escolheu manter é tão calculado quanto o seu bronzeado — que eu sei que é artificial, porque fica avermelhado e brilhante sob a luz solar.

— Como está parecido comigo! — ele diz, antes de me dar um abraço de urso.

Dou um tapinha em suas costas e me sento, sorrindo. Deus, eu odeio este cara, mas é bom vê-lo.

Papai age como se tivéssemos estado juntos todos os dias nos últimos cinco anos. É tudo teatro. Meu pai é um vendedor. Ele poderia fazer um terrorista se sentir confortável em uma cadeira elétrica. Deixo que siga em frente e trato de me concentrar na bebida.

Finalmente ele se toca e me pergunta por que estou em Londres.

— É uma situação que você conhece bem — digo. — A mulher que eu queria me dispensou e a criança que eu quis que fosse minha não é.

— Hum, não sei do que está falando, filho — ele responde em um tom cínico. — Eu tenho todas as mulheres que quero.

Eu caio na risada.

— Ela deve ter mexido demais com você para forçá-lo a sair da sua adorada América.

Não dou nenhuma resposta.

E ele muda subitamente de assunto.

— Eu queria ver a minha neta. Pelo menos quando eu pensava que fosse a minha neta.

233

Observo seu semblante com atenção e não encontro nele nenhum sinal de falsidade. Não está apenas massageando o meu ego ou sendo polido. Está envelhecendo e se dando conta de que não durará para sempre. Ele deseja de verdade conhecer Estella.

— Ouvi dizer que sua ex-mulher é pior que a minha primeira ex-mulher! — Ele deu um sorriso sarcástico. — Como foi se meter numa fria dessas?

— Bem, deve ser porque sou um bobalhão igual a você.

Ele ri com mais sarcasmo ainda.

— Venha jantar em minha casa. Assim conhecerá a minha nova mulher.

— Claro — eu respondo.

— Ela tem uma irmã mais nova...

— Argh! Você é tão doente. — Sacudo a cabeça e arranco boas risadas dele.

Meu celular toca. É um número dos Estados Unidos. Olho para o meu pai, e ele faz um gesto para que eu atenda a chamada.

— Eu volto já — digo, levantando-me. Quando atendo, reconheço imediatamente a voz.

— Moira?

— Olá, meu caro. Eu tenho novidades.

— Certo... — Uma estranha sensação me invade. Olho para o meu relógio. São quase duas da manhã nos Estados Unidos.

— Você está sentado?

— Fale logo, Moira.

— Quando a sua ex-mulher levou Estella à clínica para fazer o exame de sangue, ela preencheu a papelada usando o nome Leah Smith em vez de Johanna. Havia outra Leah Smith na base de dados e...

— Mas o que você quer dizer com isso? — eu a interrompo.

— Que você havia recebido os resultados de uma outra pessoa, Caleb. Estella é sua, 99,99% sua!

— Ah, meu Deus!

No fim das contas, Leah estava tomando providências para que um novo teste fosse feito quando a clínica descobriu o engano. Ela não quis que eu pensasse que Estella não era minha. Isso arruinaria seu plano de me fazer lutar na justiça pela custódia por um longo tempo, enquanto ela tentaria mostrar que eu havia abandonado minha filha. E eu a havia abandonado de fato. Não me esforcei para saber a verdade. Deixei-me cegar pela minha dor de tal maneira que jamais dei a devida atenção à situação. Eu me odeio por isso. Perdi tantos acontecimentos importantes da vida de Estella e por quê? Porque sou um idiota.

Como estou morando em outro país, Moira me avisa que eu não sou obrigado a comparecer a todas as audiências. De qualquer maneira, pego o avião e volto. Leah parece genuinamente surpresa por me ver. E eu faço a viagem de volta três vezes em três meses. Já teria me mudado novamente para os Estados Unidos se não tivesse assinado um contrato de um ano com a empresa em Londres. Por me ver comparecer às três audiências, o juiz me concede três semanas por ano; como estou morando na Inglaterra, ele decide que Estella poderá passar esse tempo lá, desde que acompanhada por um membro da família. É uma pequena vitória. Leah fica muito zangada. Por causa de míseras três semanas. Vinte e um dias para mim e todo o restante do ano para ela. Tento não ligar para isso. Tenho minha filha por três semanas ininterruptas. E o ano está quase chegando ao fim. No próximo, Moira entrará com o pedido de custódia compartilhada. Eu só preciso terminar meu contrato para poder voltar para casa. Fica decidido que minha mãe voará com Estella para Londres. Quando pergunto se posso ver Estella antes de partir para a Inglaterra, Leah diz que a menina está com diarreia e que seria traumático demais para ela. Sou forçado a esperar. Então, retorno a Londres e começo a preparar tudo. Compro uma cama e a coloco no quarto desocupado. Na primeira vez ela ficará comigo por apenas uma semana, mas quero que ela sinta como se meu apartamento fosse a sua casa. Para tanto, compro coisas para agradar menininhas: um edredom com pôneis e flores, uma casa de bonecas, uma cadeira cor-de-rosa felpuda com um puff. Dois dias antes da data marcada para que minha mãe voe para cá com Estella, eu encho a geladeira com comida para crianças. Mal consigo dormir. Meu entusiasmo é incontrolável!

CAPÍTULO 35

Presente

EM UMA LOJA DE BRINQUEDOS, DEMORO QUARENTA minutos para tentar decidir o que dar para Estella. Nos filmes, quando os pais estão na companhia de seus filhos, eles têm um bicho de pelúcia nas mãos — geralmente um coelho. Porém eu quero evitar clichês, dar um toque pessoal à coisa toda. De corredor em corredor, sigo até encontrar uma lhama de pelúcia. Seguro-a nas mãos por alguns minutos, sorrindo como um bobo. Depois, levo-a para o caixa.

Estou bastante nervoso quando entro no metrô. Tomo a linha Piccadilly no sentido Heathrow, mas me engano e desço no terminal errado. Tenho de voltar algumas estações e, quando encontro o local certo, minha mãe me envia uma mensagem de texto, avisando-me que o avião pousou. E se ela não se lembrar de mim? E se ela decidir que não gosta de mim e chorar durante toda a viagem? *Deus...* Estou uma verdadeira pilha de nervos. Vejo minha mãe primeiro, seu cabelo loiro preso em um coque perfeito mesmo depois de nove horas de voo. Quando olho para baixo, vejo uma mãozinha rechonchuda unida à mão magra dela. Sigo a linha do braço e vejo cachos ruivos desarrumados pulando vivamente ao redor de um rosto que parece ser idêntico ao de Leah. Abro um sorriso tão amplo que chego a sentir dor na face. Até agora, desde que me mudei para Londres, praticamente não sorri. Estella vestia um tutu de balé e uma camiseta com cupcakes. Quando vejo que ela está passando batom no rosto inteiro, meu coração tem uma reação muito peculiar: bate mais rápido e dói ao mesmo tempo. Minha mãe para e aponta na minha direção. Os olhos de Estella procuram por mim. Quando me vê, ela se solta da mão da avó e... corre para mim! Fico de joelhos para recebê-la. Ela se atira em meus braços com força — força demais para uma pessoa tão pequenina. É uma menina forte. Aperto o corpinho adorado e sinto lágrimas tentando abrir caminho em meus olhos. Eu quero ficar assim, segurando-a dessa maneira por mais alguns minutos; mas ela se move para trás, bate com as duas mãozinhas espalmadas em meu rosto e começa a tagarelar sem parar. Cumprimento minha mãe com uma piscada e volto a prestar atenção em Estella, que está contando a sua versão cheia de detalhes da viagem de avião, enquanto prende a lhama com vigor debaixo do braço. Ela tem uma voz contundente e ligeiramente áspera como a da mãe.

— E então eu comi minha manteiga e Doll disse que ia me fazer mal...
— Estella chama a avó de Doll. Minha mãe acha isso maravilhoso. Deve ser um alívio ter escapado dos tradicionais "vó" e "vovó" que a fariam sentir-se velha.

— Você é um gênio! — digo, aproveitando o instante em que ela para a fim de tomar fôlego. — Que criança com 3 anos de idade consegue falar assim?

— Uma que nunca para de falar. Ela pratica muito, é inacreditável! — diz a minha mãe, sorrindo tristemente.

Estella fica repetindo a palavra "inacreditável" enquanto pego as bagagens. Começo a repetir a palavra junto com ela, fazendo-a rir sem parar. A cabeça de minha mãe parece prestes a explodir.

— Você costumava fazer isso quando era pequeno — ela diz. — Dizia a mesma coisa um milhão de vezes, até me dar vontade de gritar.

Eu beijo a testa de minha mãe.

— Quem precisa de teste de paternidade? — brinco. Logo percebo que dizer essas palavras foi um grande erro, porque minha pequenina começa a repetir "teste de paternidade" durante todo o nosso percurso dentro do aeroporto... Mas quando entramos num táxi eu consigo distraí-la com um ônibus cor-de-rosa que está passando.

Durante a corrida de táxi até meu apartamento, Estella quis saber como era o seu quarto, de que cor eram os cobertores de sua cama, se eu tinha brinquedos, se ela podia comer sushi no jantar.

— Sushi? — repito. — O que aconteceu com o espaguete ou com os espetinhos de frango?

Ela faz uma careta, que só pode ter aprendido com Leah, e diz:

— Eu não como comida de criança.

As sobrancelhas da minha mãe se erguem:

— Quem precisa de um teste de maternidade? — ela comenta em voz baixa. Quase fico sufocado tentando reprimir uma gargalhada.

Depois de levá-las ao meu apartamento para deixar lá a bagagem delas, vamos a um restaurante de sushi, onde a minha garota de 3 anos de idade consome sozinha um sushi de atum e ainda come um pouco da minha refeição. Observo maravilhado quando ela mistura soja e wasabi e apanha seus pauzinhos. O garçom oferece a ela um par fixo, com um pedaço de borracha prendendo os pauzinhos juntos, mas ela recusa polidamente e então nos fascina com a habilidade de suas mãozinhas gorduchas. Estella bebe chá quente numa xícara de porcelana e as pessoas no restaurante falam de seu cabelo e seus modos refinados. Leah fez um bom trabalho educando-a nesse sentido. A todos que lhe enviam um cumprimento ela agradece com sinceridade; uma senhora idosa chega a ficar com lágrimas nos olhos. No táxi, a caminho de casa, Estella adormece no meu ombro. Eu queria levá-la de metrô, mas mamãe não combina com trens subterrâneos sujos.

— Quero andar de tuem, papai. — O rosto dela está colado ao meu pescoço e sua voz soa sonolenta.

— Amanhã — respondo. — Vamos deixar a vovó visitando os amigos dela e depois vamos fazer um monte de coisas legais.

— Tá ceuto — ela diz suspirando —, mas a mamãe... não gosta que eu... — E então sua voz some e ela pega no sono. Meu coração bate e dói, bate e dói.

Passo a semana seguinte sozinho com minha filha. Minha mãe vai visitar amigos e parentes, dando-nos muito tempo para nos relacionar, fortalecer laços e criar nosso próprio mundo. Eu a levo ao parque, ao zoológico e ao museu e — a pedido dela — almoçamos sushi todos os dias. Uma noite eu a convenço a comer espaguete no jantar, e ela tem um ataque de fúria ao derrubar macarrão em sua roupa. Ela choraminga e se lamenta, e então eu a levo para um banho e lhe dou o resto do jantar sentado na beirada da banheira. Não sei se considero sua reação engraçada ou preocupante. Quando a tiro da banheira, ela esfrega os olhos e boceja, e então adormece bem no momento em que coloco o pijama nela. Estou convencido de que minha menina é metade anjo. A metade que não é Leah, claro.

Certa noite, damos uma passada na casa do meu pai. Ele vive em Cambridge, numa esplêndida fazenda com estábulos. Papai leva Estella de baia em baia, apresentando-lhe os cavalos. Ela repete seus nomes: Sugarcup, Nerphelia, Adonis, Stokey. A menina fica encantada com meu pai, e me sinto aliviado por ela estar a um continente de distância dele. É exatamente isso que ele faz. Ele consegue se ligar a você imediatamente — seja você quem for — e o faz pensar que a atenção dele é toda sua. Se você gosta de viajar, ele lhe perguntará sobre os lugares onde esteve, e o ouvirá com expressão de total interesse, e rirá de suas piadas todas. Se você se interessa por modelos de carros, ele pedirá a sua opinião sobre a fabricação deles e vibrará com a possibilidade de aprender muito com o seu conhecimento acerca do assunto. Meu pai o levará a acreditar que você é a única pessoa com quem vale a pena conversar... e depois ficará um ano sem conversar com você. A decepção é enorme. Ele vai cancelar planos para jantar, para comemorar aniversários, para as férias. Vai preferir trabalhar a estar em sua companhia; vai escolher a companhia de outra pessoa e deixá-lo de lado. Vai despedaçar seu coração fascinado e cheio de esperanças, e fará isso várias e várias vezes. Mas deixarei minha filha desfrutar sua companhia hoje, e no futuro a protegerei da melhor maneira que puder. Pessoas despedaçadas oferecem amor despedaçado. E nós todos somos despedaçados em menor ou maior grau. É preciso perdoar e curar as feridas que o amor distribui, e então seguir em frente.

Saímos dos estábulos e seguimos para a cozinha, onde meu pai nos prepara enormes *sundaes* e então esguicha chantilly direto da embalagem para a boca de Estella. Ela avisa que mal pode esperar para contar a sua mamãe qual é sua nova guloseima; e eu tenho quase certeza de que minha ex-mulher me mandará e-mails desagradáveis nas próximas semanas. Estella ama o avô. E eu também o amo. É triste constatar que ele possui um talento formidável para ser pai, mas o desperdiçou.

Dois dias antes da partida de minha filha, sinto cólicas no estômago. Não quero que ela se vá. Desejo poder vê-la todos os dias.

Estella chora quando partimos para o aeroporto. Segura o seu lhama apertado contra o peito, derramando lágrimas sobre o bicho de pelúcia e implorando que a deixe ficar em "Londues". Sinto o meu sangue ferver e odeio cada uma das decisões que já tomei. *Deus, o que estou fazendo? Não posso deixá-la ir!* Leah é uma vadia cruel e calculista. Quando a menina tinha apenas uma semana de vida, Leah largou-a em uma creche para ir beber! Fez o que pôde para manter minha filha longe de mim com o único intuito de me ferir. O amor dela é condicional e sua bondade também, e eu não quero que sua maldade contamine a minha garotinha.

— Mãe — digo. Olho bem no fundo dos olhos de minha mãe, que percebe tudo. E segura a minha mão com força.

— Eu irei buscá-la na escola duas vezes por semana e a terei nos fins de semana. Vou me assegurar de que a menina ficará bem até que possa voltar para você.

Incapaz de dizer qualquer coisa, eu apenas faço que sim com a cabeça. Estella soluça com o rosto colado ao meu pescoço e a dor que sinto é complexa demais para ser transmitida através de palavras.

— Vou fazer as malas e voltar para casa — disse para a minha mãe, ainda com Estella em meus braços. — Não consigo fazer isso. É duro demais.

Ela ri.

— Meu filho, você nasceu para ser pai. Só precisa cumprir seu contrato com a empresa. Até que termine, continuarei trazendo a menina para vê-lo.

Minha mãe teve de pegar Estella e carregá-la através da barreira de segurança. Eu quis pular as barreiras para agarrá-la e trazê-la de volta.

O abatimento toma conta de mim quando volto de metrô para casa; fico o tempo todo sentado com as mãos na cabeça. À noite, eu bebo até cair e escrevo um e-mail para Olivia que jamais envio. Então eu apago, e sonho que Leah foge com Estella para a Ásia e diz que nunca mais vou ver minha filha.

CAPÍTULO 36

Presente

QUANDO O JUIZ MARCOU TODAS AS MINHAS DATAS DE custódia de Estella, ficou determinado que a menina passaria o Natal comigo um ano sim e outro não — ou seja, este próximo Natal ela ficaria *comigo*! Esse seria o primeiro Natal que eu passaria com minha filha. Quando Leah recebeu a notícia, ela me telefonou fervendo de ódio.

— Natal é importante para mim! — ela diz. — Isso é um erro absurdo. Uma criança não deve jamais ficar longe da mãe no Natal.

— E uma criança também não deve jamais ficar longe do pai no Natal — retruco no mesmo tom. — Mas você garantiu que isso acontecesse por dois anos!

— A culpa é sua. Você é que foi embora de casa. Não vou pagar por suas decisões estúpidas.

Ela não está totalmente errada, reconheço. Contudo, não tenho nada mais a tratar com ela, então lhe digo que estou ocupado e desligo.

O Natal não é importante para Leah. Essa mulher não dá valor nem à família nem às tradições. O importante para ela é poder enfiar nossa filha num vestido de Natal e carregá-la para as festas mais concorridas. Todas as mães ricas fazem isso.

No dia em que descubro que terei minha filha comigo no Natal, vou para o shopping comprar presentes para Estella. Sara me acompanha a fim de me ajudar na tarefa. Nós havíamos saído para beber algumas vezes e eu acabei lhe contando tudo sobre Olivia, Leah e Estella; então, quando lhe pedi para ir comigo ao shopping, ela não pensou duas vezes.

— Nada de bonecas, não é? — ela pergunta, segurando uma Barbie.

Eu confirmo que não, balançando a cabeça.

— A mãe de Estella compra as bonecas dela. A menina já tem bonecas demais.

— E que tal material de artes? Para estimular o lado artístico da garotinha.

— Humm, perfeito! Leah odeia que ela se suje...

Nós caminhamos pelo corredor de materiais artísticos. Ela vai atirando os itens dentro do carrinho de compras: massa de modelar, tintas, um cavalete, lápis de cor.

— Mas e aí, nenhuma palavra sobre Olívia?

— Curiosa, né?

Ela ri e pega uma caixa de giz.

— É como uma novela, colega. A gente fica esperando o próximo capítulo.

Paro diante de um kit de tingimento de camisetas.

— Vamos levar este — digo. — Estella vai gostar.

Sara faz um sinal de aprovação com a cabeça.

— Não fiz mais contato com nenhum de nossos amigos comuns. Ela me disse para deixá-la em paz e é exatamente isso que estou fazendo. Até onde eu sei, ela está grávida e feliz com a merda da vida dela.

— Pois é, amigo... Negócios inacabados são uma merda.

— Nossos negócios acabaram — respondo, mais energicamente do que gostaria. — Eu moro em Londres. Tenho uma filha. E sou feliz. Vivo mergulhado numa porra de felicidade delirante.

Nós dois rimos ao mesmo tempo.

Falo com minha mãe um dia antes de ela tomar o avião junto com Estella e Steve. Ela está estranha. Quando lhe pergunto se há algo de errado, ela se atrapalha com as palavras e diz que os feriados a estão estressando. Eu me sinto culpado. Para trazer Estella até mim, Steve e minha mãe são obrigados a abrir mão de seus planos habituais. Eu já poderia ter voltado para casa, mas não estou pronto. Ela está em todos os lugares — debaixo de cada árvore retorcida, dentro de cada carro na estrada. Um dia, eu digo a mim mesmo, o encanto terminará e eu serei capaz de olhar para uma porra de laranja sem pensar nela.

Ou talvez isso não aconteça. Talvez eu tenha mesmo de passar a vida inteira atormentado.

Compro uma árvore de Natal e então percorro a cidade em busca de enfeites. Encontro uma caixa com minúsculos sapatos de bailarina para pendurar na árvore e porcos cor-de-rosa com rabos enrolados. Quando apanho duas braçadas de folhas cor-de- rosa e prata, a vendedora sorri para mim.

— Alguém tem uma filha...

Sorrio também para ela. Gosto do modo como isso soa.

Ela aponta para uma caixa de flamingos cor-de-rosa e pisca. Coloco o artigo sobre o guichê também.

Deixo todas as coisas na sala de estar para que possamos fazer a decoração juntos quando eles chegarem. Minha mãe e Steve ficarão no Ritz Carlton, a poucos quarteirões de distância. Penso em deixar que Estella escolha o que comeremos no jantar de Natal; mas se ela pedir sushi ou costeletas de carneiro, vou me ferrar. No dia seguinte, chego ao aeroporto uma hora antes para apanhá-los.

Eu fico esperando sentado, em meio a uma grande ansiedade. Levanto-me para andar um pouco. Compro um café e, enquanto o bebo, observo uma pista de decolagem vazia. Não sei por que me sinto assim, mas há algo me revirando o estômago.

Pessoas começam a passar pelo portão, então eu me levanto e vou esperar perto da multidão, tentando avistar o cabelo de minha mãe. Loiro é uma cor que dificilmente passa despercebida em uma mulher. Meu irmão me disse que se lembrava de mamãe com cabelo ruivo quando era pequeno, mas ela nega isso firmemente. Pego meu celular para verificar se há chamadas ou mensagens de texto perdidas dela, mas não há nada. Ela sempre envia mensagens de texto quando aterrissa. Sinto, agora, uma pontada forte na boca do estômago. A sensação de que algo realmente estranho está acontecendo aumenta. Será que Leah fez alguma coisa idiota? Não me surpreenderia nem um pouco. Estou quase ligando para minha mãe quando meu celular toca. Vejo um número que não reconheço.

— Alô?

— Caleb Drake? — É uma voz de mulher, velada e baixa, como se ela estivesse falando com cuidado para não ser ouvida por mais ninguém.

Um calafrio atravessa a minha espinha. Recordo-me da última vez que recebi uma chamada desse tipo.

— Meu nome é Claribel Vasquez. Sou psicóloga no Boca South Medical Center. — A voz dela some. Meu coração bate furiosamente enquanto espero que a mulher volte a falar.

— Houve um acidente — ela diz. — Seus pais... sua filha. Eles...

— Eles estão vivos?

Não ouço a resposta de Claribel. O silêncio dela parece durar uma hora, dez horas. Por que tanta demora para me responder?!

— Aconteceu um acidente de carro.

— Estella? — pergunto, em desespero.

— O estado dela é crítico. Seus pais...

Não é necessário que ela me diga mais nada. Eu tento me sentar, mas não encontro um banco por perto. Então escorrego pela parede à qual estou encostado e caio direto no chão, com as mãos cobrindo meu rosto. Tremo tanto que mal consigo manter o aparelho encostado ao ouvido.

— A mãe dela está aí?

— Não, nós não conseguimos entrar em contato com sua ex-esposa.

— Estella! — eu digo. É tudo o que consigo fazer. Estou morrendo de medo de perguntar.

— Ela saiu da cirurgia há cerca de uma hora. Houve muito sangramento interno. Os médicos a estão monitorando agora. Seria melhor se você voltasse para cá imediatamente.

Desligo o telefone sem nem mesmo me despedir e vou direto para a bilheteria. Um voo sairá em três horas. Eu terei tempo suficiente para ir para casa, pegar o passaporte e voltar. Não paro para pensar. Simplesmente enfio algumas coisas em uma mochila, tomo um táxi de volta para o aeroporto e embarco no avião. Não durmo, não como, não penso. *Estou perdido e arruinado*, digo a mim mesmo. *Meus pais morreram*. Então lembro a mim mesmo que não devo pensar. Preciso voltar para casa, para Estella. Vou chorar por eles mais tarde. Nesse momento, não devo pensar em mais nada além de Estella.

Pego um táxi no aeroporto. Ligo para Claribel assim que entro no carro. Ela me informa que a condição de Estella não mudou e avisa que me esperará no saguão do hospital. Quando atravesso as portas do hospital, Claribel está esperando por mim. É uma mulher de estatura bem pequena e tenho de olhar para baixo para falar com ela.

— Sua filha continua em estado grave — ela me diz imediatamente.
— Nós ainda estamos tentando entrar em contato com Leah. Conhece outros números para os quais possamos ligar?

— Não sei... Talvez a mãe dela. Já tentou esse número?

Claribel move a cabeça numa negativa. Entrego a ela o meu celular.

— Está em *"mãe Leah"* na agenda.

A mulher apanha o aparelho e me acompanha até o elevador.

— Ligue para Sam Foster. Se ele não souber dizer onde Leah está, mais ninguém saberá.

— Entendi — Claribel responde.

Entramos no elevador e seguimos para a unidade de terapia intensiva. Vejo os números dos andares se acendendo no painel à medida que subimos. Quando chegamos ao quinto andar, Claribel sai do elevador primeiro e passa um cartão de acesso pelo teclado numérico ao lado da porta. O lugar cheira a desinfetante. As paredes são pintadas num caloroso tom de marrom, mas não acredito que isso ajude muito a melhorar o humor. Posso escutar um choro ao longe. Caminhamos rapidamente para o quarto 549. A porta está fechada. Ela para do lado de fora e põe sua pequena mão em meu braço.

— Pode ser difícil vê-la nesse estado. Apenas tenha em mente que o rosto dela ainda está bastante inchado.

Respiro fundo quando ela abre a porta, e então eu entro. A iluminação é tênue e uma sinfonia de equipamentos médicos está tocando ao redor do quarto. Eu me aproximo devagar. Quando chego bem perto dela, começo a chorar. Um pequeno tufo de cabelo ruivo escapa pelos curativos em sua cabeça. Essa é a única maneira de identificá-la. Seu rosto está tão inchado que ela não seria capaz de abrir os olhos mesmo que estivesse acordada. Há tubos por toda parte: em seu nariz, em sua garganta, passando por seus bracinhos feridos. Como ela conseguiu sobreviver a isso? Como pode seu coração continuar batendo?

    De pé na frente da janela, Claribel polidamente desvia o olhar enquanto eu choro ao lado de minha filha. Tenho muito medo de tocá-la, então encosto o meu dedinho no dedinho dela, a única parte de seu corpo que não tem ferimentos.

    Passados alguns minutos, os médicos vêm falar comigo. Médicos. Há vários deles, porque minha filha sofreu um grande número de lesões. No momento em que o 747 pousava em solo americano trazendo-me em seu interior, minha garotinha de 3 anos de idade acabava de sobreviver a uma cirurgia. Ouço as explicações dos médicos sobre seus órgãos, suas chances de recuperação, os meses de reabilitação que ela terá de enfrentar. Observo a parte de trás de seus jalecos brancos quando saem da sala e sinto ódio deles. Claribel, que minutos atrás havia deixado o recinto discretamente, volta para a sala com seu celular na mão.

— Eu falei com Sam — ela diz em voz baixa. — Leah está na Tailândia. Por isso ninguém conseguiu localizá-la.

Eu fecho a cara. É quase uma reação automática quando o nome de Leah é mencionado.

— Por quê?

Claribel pigarreia. É um som delicado, como um trinado.

— Tudo bem, não se preocupe — digo a ela. — Não tenho ligação sentimental com Leah.

— Ela viajou com o namorado. Já que vocês ficariam com Estella no Natal.

— Meu Deus... E ela simplesmente some e não diz nada a ninguém? Ele conseguiu entrar em contato com ela?

Ela manuseia seu colar e franze as sobrancelhas.

— Está tentando.

Esfrego os olhos com as mãos. Faz trinta horas que não como nem durmo. Olho fixamente para Estella.

— A mãe dela devia estar aqui! Por favor, avise-me assim que tiver notícias de Leah.

— Vou pedir que mandem uma poltrona para você se acomodar. Você devia comer alguma coisa. Precisa se manter forte para Estella.

Faço que sim com a cabeça.

Eu não como, mas acabo adormecendo ao lado da cama de minha filha. Quando acordo, há uma enfermeira no quarto checando os sinais vitais da menina. Passo a mão no rosto vigorosamente; minha visão está turva.

— Tudo bem com ela? — pergunto com voz rouca.

— Os sinais vitais são estáveis. — Ela sorri ao me ver massageando a nuca. — Sua esposa foi pedir...

— Perdão... Quem foi pedir? — Será que Leah já havia voltado?

— A mãe de Estella — responde a enfermeira. — Ela estava aqui.

Ao ouvir isso, começo a andar na direção da porta. Quero saber onde diabos Leah estava enquanto a nossa filha quase perdia a vida. Se você tem uma filha, não pode simplesmente viajar para fora do país sem avisar ninguém. Leah poderia ter chegado aqui antes de mim se alguém soubesse do seu paradeiro e conseguisse entrar em contato com ela. Se ela tivesse ao menos se dado ao trabalho de deixar um número para contato com os meus pais e... Paro de andar de repente. *Não, espere aí.* Talvez Leah tenha deixado. Mas eles não estão aqui para confirmar isso. Talvez isso explique por que a voz de minha mãe havia soado tão estranha ao telefone. Também é possível que mamãe tenha se revoltado ao saber com quem Leah saiu do país. *Minha mãe... Não, não pense nisso agora!*, digo a mim mesmo pela milésima vez hoje. Volto a caminhar. Dobro o corredor, entro no corredor principal, onde fica a unidade de enfermagem. Sinto o cheiro de antisséptico... Posso escutar passos abafados e vozes veladas. O Bip de algum médico soa. Penso no choro que ouvi mais cedo e me pergunto o que teria acontecido ao paciente. Eram lágrimas de medo, de luto ou de arrependimento? Seja como for, eu agora conheço muito bem essas três emoções. Procuro por cabelos ruivos, mas não vejo nenhum. Paro no meio do corredor e coço a cabeça, sem saber ao certo que direção tomar. Sinto-me alheio a tudo, como se estivesse pairando sobre o meu corpo em vez de estar dentro dele. *Como um balão preso a um barbante*, penso. *É isso que a exaustão provoca? Faz tudo ficar sem som e apagado?* De repente, eu me pergunto por que estou perambulando no corredor. Dou meia-volta para retornar ao quarto de Estella e é nesse instante que a vejo. Apenas alguns metros de distância nos separam; ficamos ambos imóveis, observando um ao outro, surpresos por nos encontrarmos. Sinto o balão estourar e subitamente eu sou puxado de volta para o meu corpo. Meus pensamentos recuperam a clareza. Sons, cheiros, cores — tudo volta ao seu lugar. Sinto-me vivo novamente.

— Olivia!

Ela anda lentamente na minha direção e não se detém a alguns passos de distância, como imaginei que faria. Olivia vem direto para os meus braços, envolvendo-me com vigor, colando seu corpo ao meu. Eu a seguro com força, pressionando meu rosto em seu cabelo. Como pode essa pequena mulher ter tanto poder que o simples ato de olhar para ela me faz despertar novamente para a vida? Eu respiro o seu aroma, sinto-a com a ponta de meus dedos. Sim, eu sei, eu sei que sou o fósforo e ela, a gasolina; e que separados um do outro não passamos de dois objetos sem expressão.

— Você esteve no quarto mais cedo?

Ela concorda com a cabeça.

— A enfermeira disse que a mãe de Estella esteve lá. Eu estava procurando uma mulher de cabelo ruivo...

— Ela supôs que eu fosse a mãe, e eu não a corrigi. Sam ligou para Cammie, Cammie ligou para mim — ela explica. — E eu vim imediatamente. — Ela toca meu rosto com ambas as mãos. — Venha, vamos voltar ao quarto e ficar com Estella.

Fecho os olhos e respiro fundo, tentando acalmar as emoções que me inundavam — alívio por tê-la aqui, medo por minha filha, e ódio de mim mesmo. Deixo que Olivia me conduza de volta a Estella e nos sentamos ao lado dela, em silêncio.

CAPÍTULO 37

Presente

OLIVIA CONTINUA COMIGO DURANTE TRÊS DIAS. COM muita paciência ela me convence a comer, me traz roupas e fica ao lado de Estella enquanto tomo banho no pequeno banheiro dentro do quarto. Nos dias em que ela permanece conosco, eu nunca pergunto por que ela veio, nem onde está seu marido. Deixo as questões de lado e permito que tenhamos uma convivência tranquila durante os piores dias de toda a minha vida. Além de Leah, outra pessoa sumida é meu irmão, Seth. Na última vez que conversamos, Steve mencionou que ele partiria numa viagem para pesca em águas profundas. Será que Claribel chegou a entrar em contato com ele? Eu me pergunto se ele já sabe que nossa mãe e nosso padrasto morreram. Subitamente, eu me dou conta de que a situação é bastante suspeita. Leah e Seth haviam desaparecido ambos ao mesmo tempo e minha mãe mostrou um comportamento bem estranho dias antes do voo que tomariam com Estella para Londres. E se minha mãe tivesse descoberto que Leah e Seth estavam juntos? Tento não pensar nisso. O que eles fazem agora é problema só deles.

No segundo dia, Olivia me lembra com delicadeza que eu tenho de tomar as providências para o funeral dos meus pais. Mais tarde, justamente quando estou ao telefone com o diretor de uma funerária, Olivia entra no quarto trazendo dois copos de café. Ela se recusa a beber o café do hospital; assim, duas vezes por dia ela sai à rua para ir até o Starbucks. Pego um copo de café da mão de Olivia, que se senta diante de mim. Albert — *Trebla* —, o diretor da funerária, me faz várias perguntas, mas não consigo me concentrar nas coisas que me diz. Flores, preferências religiosas, notificações por e-mail... É demais para mim. Quando percebe que estou lutando para tomar as devidas decisões, ela deixa de lado o seu café e tira o telefone da minha mão. Eu a ouço falar no mesmo tom de voz que ela utiliza no tribunal.

— Qual é o endereço de vocês? Certo. Eu estarei aí em quarenta minutos.

Olivia fica fora por três horas. Ao retornar, me diz que já cuidou de tudo. Ela chega bem a tempo de ver Estella acordar. Fiquei olhando para suas pálpebras durante dias; por isso, quase choro ao ver a cor na íris de minha filha. Ela choraminga e chama pela mãe. Eu beijo a ponta de seu narizinho e digo que a mamãe já vai chegar.

Leah teve problemas para arranjar um voo na Tailândia. Nós dois não fizemos nada além de discutir ao telefone. Quando conversamos pela última vez, algumas horas atrás, ela estava em Nova Iorque trocando de avião. Ela me culpa por tudo, é claro. Eu mesmo me culpo.

Quando os médicos e enfermeiras deixam o quarto, Estella pega no sono segurando a minha mão. É um grande alívio que não tenha perguntado nada sobre seus avós. Continuo segurando sua mãozinha ainda por muito tempo depois de ela adormecer, com meu coração batendo um pouco mais tranquilo.

Horas depois, Olivia está de pé diante da janela, vendo a chuva cair. Um pouco mais cedo, quando ela foi para casa a fim de tomar um banho, pensei que passaria a noite lá; duas horas depois, contudo, ela voltou, vestindo *jeans* e uma camisa branca, o cabelo ainda úmido e perfumado. Observo sua silhueta e pela enésima vez nesse dia sinto os efeitos do coquetel de dor e arrependimento que venho bebendo.

— Isso aconteceu por minha culpa. Eu não devia ter partido. Não devia ter obrigado meus pais a embarcarem em viagens intermináveis só para levarem Estella para mim... — É a primeira vez que faço esse desabafo diante de alguém.

Olivia se afasta da janela e olha na minha direção. Parece assustada. Não diz nada imediatamente; apenas caminha até a sua cadeira e senta-se.

— Também estava chovendo naquele dia em que vi você na loja de discos, lembra?

Confirmo que sim com um aceno. Claro que me lembro de tudo a respeito daquele dia — a chuva, as gotas de água brincando no cabelo dela, o aroma de gardênia que senti quando ela se aproximou de mim furtivamente.

— Dobson Scott Orchard estava do lado de fora da loja. Ele se ofereceu para me acompanhar até o meu carro com seu guarda-chuva. Não sei se ele já estava me observando ou se decidiu naquele momento, mas eu tinha uma escolha: me mandar dali debaixo do guarda-chuva dele ou entrar na loja e falar com você. Bem, parece que naquele dia eu fiz a escolha certa.

— Meu Deus, Olivia! Por que não me contou?

— Jamais contei isso a alguém — ela responde sem hesitar. — Mas aquele momento, aquele momento tão marcante e decisivo, teve um impacto profundo sobre mim. Toda a minha vida teria sido diferente se eu não tivesse caminhado até você! E você só voltaria a me ver nos noticiários. — Ela olha para o chão, balançando levemente a cabeça. Quando continua, sua voz soa mais baixa que antes. — O resumo de todas as coisas que não devíamos ter feito em nossas vidas tem peso suficiente para nos esmagar, Caleb Drake. Nem você nem eu nem ninguém nesta vida é capaz de prever a cadeia de acontecimentos que nossas decisões produzirão. Se tem que culpar alguém, então me culpe.

— Como?

— Se eu tivesse feito o que meu coração mandava e dissesse sim a você, então você não iria embora para Londres. Luca e Steve estariam vivos e sua filha não teria sido internada no hospital, em coma induzido.

Ficamos em silêncio por alguns minutos, enquanto eu reflito sobre o que acabei de ouvir. Tudo o que ela disse é terrível.

— Mas então por que defendeu esse cara?

Olivia respira fundo. Escuto quando libera o ar pela boca num grande suspiro.

— Melhor se preparar, Caleb, porque isso vai parecer doentio de verdade...

Finjo agarrar com força os braços da cadeira, e ela sorri com sarcasmo.

— Senti uma ligação com ele. Ambos estávamos lidando com nossas obsessões naquele dia, Dobson e eu. — Olivia arregala os olhos ao concluir sua revelação. — Nós dois estávamos buscando alguém. Nossa solidão era tão grande que nos arriscamos demais. Está decepcionado comigo?

Eu sorrio e acaricio Estella com o dedo mindinho.

— Não, duquesa. O que me faz amar você é justamente a sua capacidade de enxergar o todo e se alinhar mentalmente com a escória do mundo.

Arrependo-me de ter dito essas palavras no instante em que saem da minha boca. Observo o rosto dela para captar sua reação, mas não vejo nenhuma. Talvez porque ela já tenha se acostumado a me ouvir expressar o meu amor. Ou talvez ela nem tenha me escutado. Ou tal...

— Também amo você.

Eu olho bem dentro dos olhos dela e me perco neles. Meu coração palpita.

— Ei, mas isso não é mesmo lindo? Toda essa merda de amor fora de hora?

Nossas cabeças se viram na direção da porta quando Leah irrompe quarto adentro. Não olha para nenhum de nós dois ao passar por nossas cadeiras; vai direto para Estella. Ao menos suas prioridades estão corretas — isso eu preciso reconhecer. Ouço-a gemer quando vê nossa menina.

— Não, merda! — Leah diz. Suas duas mãos estão pressionadas contra a testa e os dedos se estendem para fora, numa estranha posição. Se a situação não fosse tão trágica, eu teria rido. Seu corpo se dobra, ela diz "merda" novamente, e então se endireita bem rápido. Ela perde por um momento o equilíbrio e então se segura na cama.

— Ela já acordou? Perguntou por mim?

— Sim e sim — respondo. No outro lado da sala, Olivia se levanta como se fosse sair. Faço um sinal para que espere e me volto para Leah que começa a chorar. Coloco a mão no ombro da minha ex-mulher. — Ela está fora de perigo. Estella vai ficar bem.

Leah olha para a minha mão, que ainda está em seu ombro, e depois para o meu rosto.

— Obrigada por avisar, senhor. Ou devo dizer *sir*?

— Do que está falando?

— Você está há tanto tempo na Inglaterra que já deve se considerar cidadão britânico. Espera receber o título de "sir"? Mas você já tem um título aqui na América: aqui nós damos para pessoas como você o título de *idiota*! — Ela começa a levantar a voz e eu já sei que a coisa vai ficar pior ainda. — Idiota, mil vezes idiota! Se tivesse ficado em nosso país, isso jamais teria acontecido! Mas você tinha de fugir correndo por causa dessa aí... — E aponta o dedo para Olivia. Se o dedo de Leah fosse uma flecha, já teria atravessado o coração de Olivia.

— Leah — Olivia diz em voz baixa, mas firme, — se apontar esse dedo enfeitado para mim novamente, eu vou arrancá-lo da sua mão. Agora, dê um sorriso e olhe para a sua filha, porque ela está acordando.

Leah e eu nos viramos para Estella, cujos olhos estão começando a se abrir.

Pisco para Olivia e sorrio agradecido antes que ela saia pela porta.

O funeral acontece três dias depois. Sam fica com Estella no quarto de hospital enquanto vamos à cerimônia. Tenho a maldosa suspeita de que há algo acontecendo entre ele e Leah, e então me recordo de que ele havia informado a Claribel que Leah estava na Tailândia com um homem. De novo, me pergunto, contrariado, se esse homem era o babaca do meu irmão, mas trato de deixar esse pensamento de lado. Eu sou um hipócrita. Eu dormi com Olivia enquanto ela ainda estava legalmente casada. É fácil falar dos outros.

Alguns dias atrás, pedi a Olivia que fosse ao funeral.

— Sua mãe me odiava — ela disse ao telefone. — Se eu for, será um sinal de desrespeito.

— Ela não a odiava. Acredite, é a mais pura verdade. Por outro lado, seu pai teria me odiado, e mesmo assim eu iria ao funeral dele.

Escutei um sopro vindo do outro lado da linha.

— Está bem — ela respondeu.

Eu estava seguindo à risca a determinação de não pensar em meus pais a fim da dar a Estella o que ela precisava; mas ao atravessar as portas da casa funerária e me deparar com seus caixões, um ao lado do outro, eu desmorono. Peço desculpas a um antigo vizinho que se aproxima para me dar os pêsames e saio correndo para o estacionamento. Nos fundos da propriedade há um salgueiro. Enfio-me debaixo dele e tento respirar. É onde ela me encontra.

Olivia não me diz nada, apenas se aproxima de mim, toma a minha mão e a aperta.

— Isso não está acontecendo, não — balbucio. — Diga-me que não está.

— Sim, está acontecendo — ela diz. — Seus pais morreram. Mas eles o amavam. Amavam a sua filha. Você tem muitas lembranças boas.

As palavras dela de repente me tocam fundo. Meus olhos, até agora parados, movem-se pesadamente na direção de Olivia. Ela teve de enfrentar a morte de seus dois pais e, sem dúvida, apenas um deles lhe deixou lembranças decentes. Pergunto-me se ela teve alguém para lhe dar apoio depois que Oliver e Via morreram. Eu aperto a sua mão.

— Vamos entrar — ela diz. — A cerimônia já vai começar.

No momento em que entramos na capela, todos os olhares se voltam para nós. Leah está sentada ao lado do meu irmão. Quando me vê ao lado de Olivia, o ódio fica evidente em sua expressão. Ela rapidamente desvia o olhar, guardando só para si o seu rancor. Por enquanto.

Mas ela não sabe que Olivia não é minha? Estou apenas sendo confortado por uma velha amiga, nada mais. Ela logo voltará para a sua casa e para o seu marido. Tomo o meu lugar entre os convidados.

As rosas favoritas de minha mãe são — eram — rosas inglesas. Há diversos arranjos belíssimos ao redor do seu caixão e de um retrato ampliado de seu rosto, que está preso a uma grande moldura. Os dois caixões estão fechados, mas Olivia tinha dito a mim que havia escolhido um vestido Chanel preto no armário de mamãe... para vestir o corpo dela. Steve sempre brincava dizendo que queria ser enterrado em seu velho uniforme de beisebol. Olivia ficou vermelha de vergonha quando me contou que havia apanhado o vestido e um *tailleur* para levar à casa funerária e ao chegar lá esquecera o tailleur no carro. Apertando sua mão para tranquilizá-la, eu a censurei jovialmente por se preocupar com bobagens. Eu não teria sido capaz nem mesmo de ir até o armário da minha mãe, quanto mais de escolher uma roupa de que ela pudesse gostar. Quando a cerimônia termina, eu me posto em um lado da porta e meu irmão do outro. Nós não conversamos, mas falamos com muitas pessoas que nos oferecem os pêsames. Isso me deixa doente. Tudo isso. Que os dois tenham morrido. Que Estella não saiba sobre eles. Que tudo tenha acontecido por minha culpa.

Quando o recinto enfim se esvazia, nós nos dirigimos ao local do enterro. É um dia de sol radiante e todos os presentes se escondem atrás de óculos escuros. *Parece um funeral do filme* Matrix, penso descontraidamente. Mamãe odiava esse filme.

Por fim, os caixões de meus amados pais são baixados e eles são sepultados. Quando o último grão de terra é lançado sobre eles, Leah começa a atacar.

CAPÍTULO 38

Presente

É BEM POSSÍVEL QUE ELA TENHA ME VISTO CAMINHANDO com Olivia, tão próximos um do outro que nossos braços chegavam a se tocar. Ou talvez uma pessoa tão cheia de veneno nem sempre consiga mantê-lo dentro de si e esse veneno simplesmente sai dessa pessoa em jatos, atingindo todos ao seu redor. Seja qual for a porra do seu motivo, ela resolve partir para o confronto:

— Caleb?

Eu paro e me viro. Leah está parada ao lado do carro do meu irmão, um pouco atrás de onde estou. Eu estava acompanhando Olivia até seu carro e depois voltaria ao hospital. Algo me dizia que eu não a veria durante algum tempo e eu pretendia agradecer-lhe por cuidar de mim. Olivia continua caminhando e, quando se encontra alguns passos à minha frente, volta-se para ver por que fiquei para trás. Uma rajada de vento cola seu vestido ao corpo e faz com que seu cabelo se agite como se fosse um chicote ao redor do rosto. Todos nós guardamos certa distância um do outro. Leah e eu estamos no centro da ação, enquanto Olivia e Seth nos ladeiam.

Sinto que o confronto está próximo. Vamos em frente: o que tiver de ser, será. Eu hesito antes de responder.

— O que você quer, Leah?

Ela prendeu os cabelos no alto da cabeça. Sempre tive a impressão de que, ao fazer isso com o cabelo, ela ganhava uma aparência mais inocente.

Noto que o meu irmão está olhando para Leah e a curiosidade dele parece ser tão grande quanto a minha. O braço dele está estendido para fora do carro, o polegar apoiado sobre o botão de controle da chave. Por um momento ficamos assim, imóveis, numa cena digna de um filme de Quentin Tarantino. Então Leah abre a boca para falar e eu já sei que nada de bom virá disso:

— Não quero que você volte àquele hospital! Você é um vagabundo irresponsável, um fracasso ridículo como pai! E saiba que Estella não fará mais nenhuma viagem para vê-lo. Mesmo porque vou pleitear a custódia total da menina.

Tenho a retaliação pronta, bem na ponta da língua, quando percebo um movimento à minha direita. Olivia vem na minha direção, mas passa direto por mim. Começa a se aproximar de Leah. Movendo-se como um rio em fúria, Olivia atravessa o asfalto do estacionamento. Fico paralisado de assombro ao ver aquele rio furioso erguer a mão e estapear Leah bem no rosto. O tapa é tão forte que faz a cabeça de Leah girar toda para o lado. Quando Leah consegue fazer sua cabeça voltar ao lugar, vejo nela o desenho perfeito de uma mão em vermelho.

— Porraaaaa! — Disparo na direção delas, ao mesmo tempo que Seth. Por um momento, meu irmão e eu estamos unidos em um esforço para evitar a retaliação de Leah. Ela está gritando de raiva, contorcendo-se para se soltar de Seth. Então, percebo que Olivia está calma e imóvel. Minhas mãos estão em seus ombros e eu me inclino para falar ao seu ouvido:

— Que diabos está havendo, duquesa?

— Pode me largar, eu vou embora — ela responde. — Não tenho nada a fazer aqui.

Ela ainda está olhando na direção de Leah, e tudo o que eu posso ver dela é a parte de trás da cabeça.

Quando solto Olivia, ela parte para cima de Leah e bate nela de novo. Seth xinga em voz alta. Felizmente não há mais ninguém no estacionamento, apenas nós.

— Vou processar você, sua vadia idiota! — Leah grita.

Seth a deixa ir e ela se lança na direção de Olivia. Antes que possa alcançá-la, porém, eu me posiciono na frente dela e bloqueio o caminho de Leah.

— De jeito nenhum — digo. — Você não vai tocar nela.

Seth começa a rir. Leah se vira para ele.

— Você viu isso, não é? Viu que ela bateu em mim?

— Isso não importa — eu aviso. — É a nossa palavra contra a de vocês. E eu não vi nada.

Leah pega o telefone celular e tira uma foto da marca vermelha em seu rosto. Balanço a cabeça, desapontado. Fui mesmo casado com essa mulher? Eu me distraio por um segundo, tempo suficiente para que Olivia passe por mim e arranque o celular da mão de Leah. Depois ela atira o aparelho no chão e pisa nele com o salto do sapato, quebrando a tela. Foram três pisões violentos antes que eu fizesse Olivia parar, agarrando-a.

— Meu Deus, Olivia, hoje o desejo de matar realmente tomou conta de você — comento baixinho.

Leah mal consegue acreditar no que vê. Sua boca está escancarada.

— Vou destruir você! — ela ameaça.

Olivia sorri com desprezo. Difícil acreditar que ela esteja tão calma depois de tudo o que acaba de acontecer.

— Mas você já destruiu. Contra mim não há mais nada que você possa fazer. Mas eu juro por Deus, se você foder com a vida de Caleb, vou mandá-la para a prisão por conta de suas *muitas* atividades ilegais. E então você não verá mais a sua filha.

Leah fecha a boca e eu abro a minha. Não sei qual de nós está mais surpreso com as palavras ferozes de Olivia em minha defesa.

— Eu odeio você! — Leah diz cheia de cólera. — Continua sendo o mesmo monte de lixo inútil que sempre foi!

— Eu não sinto nem ódio de você — Olivia retruca. — Não é digna do meu ódio, porque é patética demais. Mas não pense nem por um segundo que não vou desenterrar suas indiscrições.

— Do que está falando? — Leah diz, tentando fingir desinteresse.

Eu me pergunto o que Olivia tem contra ela. Deve ser algo bem grande, ou ela não espancaria Leah tão despreocupadamente.

— Christopher — Olivia responde calmamente. Leah empalidece na mesma hora. — Aposto que está se perguntando como sei sobre isso... não é?

Leah não diz uma palavra; apenas continua parada, encarando a rival.

— Eu não vou conseguir colocar você atrás das grades por fraude farmacêutica, mas, olha, isso vai ser bem melhor!

Seth olha para mim em busca de alguma explicação, e eu só levanto os ombros, pois não sei de nada. O único Christopher que conheço é um transgênero de 30 anos de idade que trabalha — ou melhor, trabalhava — para Steve.

— O que você quer? — Leah pergunta a Olivia.

Olivia empurra o cabelo para o lado a fim de tirá-lo do rosto e aponta um dedo para mim. Na verdade, ela quase me golpeia com o dedo.

— Nem pense em mexer com a custódia dele. Se ferrar a custódia dele, eu vou ferrar você. Entendeu?

Leah não faz nenhum movimento, nem de confirmação nem de negação.

— Você não passa de uma criminosa — Olivia diz. — E ainda por cima uma criminosa meio gorda. — Com este golpe de misericórdia, ela gira nos calcanhares e ruma direto para o seu carro.

Não sei se eu fico para me divertir vendo Leah se desmanchar de vergonha na minha frente ou se vou atrás de Olivia. Leah *está mesmo* gordinha.

Seth faz um aceno de cabeça para mim e então puxa a minha ex pelo braço, arrastando-a para o seu carro. Observo Olivia se afastar.

Trinta minutos depois que todos se foram, eu ainda não saí do estacionamento, agora completamente vazio.

Quem é Christopher, caramba?

— Que porra é essa de Christopher, duquesa?

Escuto a música do outro lado da linha. Ela deve ter desligado o rádio, porque, no momento seguinte, já não ouço mais nada.

— Quer realmente saber?

— Depois do que você fez, Leah só faltou se enfiar em um buraco no chão. Sim, eu quero saber sim.

— Está bem — ela diz. — Espere só um minuto, estou no *drive-thru* do Starbucks.

Eu aguardo enquanto Olivia faz seu pedido. Quando volta a falar comigo, sua voz soa séria, como se ela estivesse tratando com um cliente.

— Leah estava transando com o filho de sua governanta.

— Entendo — eu digo.

— Ele tinha 17 anos na época.

— Quê? — Tiro uma das mãos do volante e a levo à cabeça. — Como sabe disso?

Nós estamos seguindo em sentidos diferentes, mas posso sentir seu sorrisinho sarcástico. Posso até vê-lo:

— A governanta dela me procurou. Na verdade, procurou Bernie. Bernie apareceu em alguns outdoors no ano passado em Miami, encorajando vítimas de assédio sexual a consultá-la. Você sabe... Um desses anúncios piegas, onde o advogado aparece todo sério e há um martelo em segundo plano para simbolizar a justiça que será feita.

— Sim, sei bem como é.

— Seja como for, Shoshi, a mãe de Christopher, acabou vendo um desses anúncios e agendou uma entrevista no escritório. Quando a mulher forneceu suas informações de cliente, eu percebi que o endereço que ela deixou era o seu, Caleb. Então eu a abordei antes que Bernie fizesse isso. Shoshi queria conversar com alguém a respeito do filho adolescente dela. De vez em quando ela levava o jovem consigo para o trabalho e lhe pagava para realizar as tarefas mais difíceis da casa. Parece que Leah ficou tão impressionada com a eficiência do rapaz que pediu à mãe dele para trazê-lo nos fins de semana e pagou para que ele fizesse serviços pela casa. Poucos meses depois, Shoshi encontrou preservativos na mochila de seu filho, bem como calcinhas — as quais ela afirmou já ter visto centenas de vezes, pois ela mesma as dobrava.

— Mas que coisa absurda — eu comento. —Por que essa tal de Shoshi foi até você para reportar assédio sexual? Por que não chamou a polícia e mandou Leah para a cadeia por estupro de menor?

— Acontece que a coisa não é tão simples assim, meu amigo. Shoshi disse que seu filho insistia em negar tudo. Ele se recusou a denunciar Leah por dormir com um menor porque já tinha mais de 18 anos quando a mãe procurou o escritório, mas sua mãe tentava convencê-lo a denunciá-la por assédio sexual.

— O que você fez, Olivia?

— Na verdade, nada. Antes que eu pudesse tomar alguma providência, Shoshi mudou de ideia. Acho que Leah subornou os dois. Mas eu ainda posso chamá-lo a dar o seu testemunho, e ela sabe disso.

— Ah! Graças a Deus você é muito esperta — digo.

— Graças a Deus — ela repete.

— Você deu na cara dela, duquesa...

— Hummmm... Nem imagina como isso me fez bem!

Nós dois caímos na gargalhada.

Então, um longo e estranho silêncio cai sobre nós. Até que a voz de Olivia quebra esse silêncio:

— Noah e eu nos divorciamos.

O mundo se paralisa por um segundo... dois segundos... três segundos...

— Lembra-se daquela cafeteria? Aquela em que fomos depois de nos encontrarmos no mercado de produtos naturais?

— Claro — ela responde.

— Eu a vejo lá em dez minutos.

Quando eu entro na cafeteria, Olivia já está me esperando, sentada na mesma mesa em que nos sentamos anos atrás. Há dois copos diante dela.

— Pedi chá para você — ela diz quando me sento.

Mas que ironia. Agora é a minha vez de perguntar sobre o rompimento dela:

— Então, o que aconteceu?

Ela prende atrás das orelhas o cabelo que cai em seu rosto e olha para mim com tristeza:

— Eu engravidei.

Tento fingir que essa novidade não causa efeito nenhum sobre mim, mas não consigo evitar que o aborrecimento se estampe em minha face.

— Mas perdi a criança.

Oh, não! A expressão de dor em seu rosto é de cortar o coração. Nossas mãos estão sobre a mesa, tão próximas... Eu estico um dedo e acaricio seu dedo mindinho.

— Noah concordou em ter um filho comigo, mas, quando o perdi, ele pareceu tão aliviado! Então... — Ela para de falar a fim de ocultar seus olhos chorosos e bebe um gole de café. — Então ele disse que talvez tenha sido melhor assim.

Eu fico em silêncio, um tanto hesitante.

— Depois disso nós tocamos a vida por mais alguns meses, e então eu lhe pedi para ir embora.

— Por quê?

— Noah queria voltar à mesma vida de antes. Estava feliz, sorridente. Na cabeça dele, nós tentamos, mas não era para acontecer. Só que eu não podia fingir que nada havia acontecido e simplesmente voltar à velha rotina. Foi meu segundo aborto involuntário. — Ela olha para mim, e eu balanço a cabeça em sinal de concordância. — Caleb, será mesmo que a fria e implacável Olivia Kaspen poderá ter filhos? — Ela sorri com amargura.

— Claro que poderá, não tenho dúvida disso — respondo. — É só uma questão de tempo e de tratamento.

Terminamos nossas bebidas em silêncio. Quando nos levantamos, eu paro a alguns passos da cesta de lixo com meu copo de plástico na mão.

— Olivia?

— Hein?

— Topa sair comigo se eu acertar a cesta? — Seguro meu copo como se fosse uma bola de basquete, e então olho para ela e para a cesta de lixo.

— Tá — ela diz, sorrindo. — Eu topo!

E eu acerto a cesta.

CAPÍTULO 39

Presente

ESSE É O COMEÇO DE NOSSAS VIDAS. É A VIDA QUE NÓS escolhemos. Não foi nada fácil, mas conseguimos juntar nossos trapos. Eu terminei meu contrato em Londres, voltei para os Estados Unidos e vendi meu apartamento. Olivia vendeu o dela também, e nós nos mudamos para um imóvel mais próximo dos lugares onde trabalhamos. O novo apartamento não é lá essas coisas — tem linóleo demais e nossos vizinhos brigam constantemente. Mas nós não ligamos. Só queremos abandonar o passado e ficar juntos. Nós vamos descobrir como fazer isso. Talvez leve algum tempo. Ainda não temos um plano — ainda não temos nem móveis —, mas estamos de acordo com a renúncia. Temos de lutar pequenas batalhas o tempo todo. Ela odeia que eu não retire o meu lixo — garrafas de água, pacotes de biscoito, embalagens de doce. Ela encontra essas coisas espalhadas por todo o apartamento e reclama ao fazer um enorme barulho amassando os itens e jogando tudo no lixo. Olivia deixa o piso do banheiro todo ensopado, eu odeio isso. A mulher não se enxuga. Claro que é ótimo olhar para o corpo molhado dela quando ela sai do banheiro e vai para o quarto, mas para que serve a droga da toalha? Olivia sempre faz a cama. Eu sempre lavo os pratos. Ela bebe leite direto da embalagem longa vida, e eu não gosto disso, mas então ela argumenta que é obrigada a suportar o meu ronco... e damos o assunto por encerrado. Mas, caramba, como essa garota é engraçada! Eu não sabia que nós poderíamos rir tanto!

Também não sabia que seria tão bom nos acomodarmos em total silêncio e ouvir música juntos. Como pude viver sem isso durante tanto tempo?

Ela está sentada em uma de nossas duas cadeiras, uma trazida da casa dela e a outra da minha. Seus dedos passeiam pelo teclado do computador. Ainda tenho a sensação de que estou sonhando quando volto todas as noites para ela, para a nossa casa. Eu adoro este sonho!

Eu me inclino sobre o seu pescoço, enquanto ela trabalha, e a beijo nessa região sensível. Olivia estremece:

— Pare, estou tentando trabalhar.

— Não vai conseguir me convencer com esse argumento, duquesa...

Eu a beijo novamente, deslizando minha mão pela lateral do corpo dela. Sua respiração se agita. Não consigo ver seu rosto, mas sei que seus olhos estão fechados. Contorno a cadeira, fico de frente para ela e lhe estendo a mão. Olivia fica me olhando por um longo momento. Muito longo. Sem tirar os olhos de mim, ela põe seu computador de lado e se levanta. Nós ainda estamos entendendo a sexualidade um do outro. Ela é um pouco tímida, e eu tenho receio de ser agressivo demais e aborrecê-la. E assim vamos em frente. Eu risco meu fósforo, ela faz a sua gasolina jorrar. E nós queimamos agora. O tempo todo.

Eu a conduzo até a minha cama, parando a cada passo e puxando-a para mim. Eu a beijo demoradamente. Beijo-a até que ela esteja quase caindo sobre mim e eu seja obrigado a segurá-la.

— Eu a faço sentir-se frágil? — indago com a boca encostada à dela.

— Sim.

— Como?

— Você tira o controle das minhas mãos.

Abro o zíper da parte de trás de seu vestido e desço as mangas de seus ombros. Todos os encontros sexuais com Olivia têm dois lados: o da sedução e o da psicanálise. Preciso lidar com os demônios dela para que ela se entregue. Eu amo isso, e odeio ao mesmo tempo.

— Por que você tem sempre de estar no controle?

— Bem, porque assim não acabo magoada.

Não dou muita importância ao que ela está dizendo. Concentro-me na atividade de livrá-la de suas roupas. Quando chegou ao seu sutiã, puxo as taças para baixo, em vez de tirar a peça completamente. Seguro um seio em minha mão. Com o outro braço eu envolvo sua cintura, para que ela não se afaste. De qualquer maneira, Olivia não tenta fazer isso.

— Gosta de se sentir frágil?

Se eu olhasse por sobre os ombros dela, eu teria ampla visão do seu traseiro refletido no espelho da penteadeira. Ela está usando uma calcinha de renda branca.

Observo suas pernas enquanto espero pela resposta. Meu coração está acelerado; o resto de mim anseia pelo que virá. Eu já sei qual é a resposta dela. Sei que Olivia gosta de se sentir frágil. Voltar atrás é excitante para ela, mas ela paga um preço por isso: deixar de agir como sempre age. Eu quero eliminar o medo emocional e conduzi-la a um ponto em que ela comece a saborear o momento:

— Sim.

— Jamais vou deixá-la — digo. — Jamais vou amar outra mulher.

Solto o seu seio e deixo que minha mão passeie entre as pernas dela. Afasto a calcinha para o lado e a toco intimamente. Eu aprendi que é importante retirar sua roupa íntima apenas no momento de tocá-la. É preciso paciência para remover as defesas dessa mulher.

Ela se deita de costas na cama, retira de vez o sutiã e o joga de lado.

— Que tal tentar um lance novo?

Ela concorda balançando a cabeça.

Eu a coloco em meu colo e giro seu corpo de modo que ela possa enxergar a si mesma no espelho. Estou curioso para saber se ela irá olhar. Olivia se inclina para trás, apoiando as mãos espalmadas na cama, entre os meus joelhos, e começa a mexer os quadris num movimento circular. Em momentos como esse eu me pergunto quem é que deixa quem frágil. Esta mulher foi feita para o sexo. Quando ela supera a sua inibição e se solta, eu desfruto da cavalgada mais sensual da minha vida. Plantando ambas as mãos em meu peito, ela se balança para a frente e para trás enquanto me cavalga. Ela joga a cabeça para trás e seu cabelo é tão longo que roça os meus joelhos. Em toda a minha vida eu nunca vi nada mais erótico e maravilhoso. Quando Olivia balança a cabeça para a frente, seu cabelo cai como uma cascata sobre o seu rosto. Eu o enrolo em minha mão e a puxo para um beijo. Enquanto estou brincando com a língua dela, faço-a virar num movimento vigoroso. Ela protesta e eu lhe mordisco o ombro; isso parece silenciá-la. Agora, eu estou por trás de Olivia, que está de joelhos, mas em vez de abaixar suas costas, deslizo as mãos por seus braços e agarro seus pulsos, guiando suas mãos até a estrutura da cama de modo que ela fique com as costas eretas.

Eu posiciono o cabelo dela sobre o seu ombro, beijo-lhe o pescoço e seguro seus quadris. Inclino-me para a frente e falo perto de seu ouvido.

— Aguente firme, querida.

— Você não pode negar que nós fazemos isso como se deve.

Ela sorri para mim com um olhar suave e perdido. Os olhos de Olivia estão sempre atentos e intencionalmente frios, exceto quando ela está em meus braços ou se recuperando depois de estar em meus braços. Eu a instruí a dizer "*eu amo você*" quando ela chega ao clímax. Se Olivia não diz "*eu amo você*", quer dizer que não teve um orgasmo — ela aprendeu do modo difícil. É o justo troco por todos os anos que se negou a me dizer isso.

Ela demora pelo menos uma hora para voltar ao seu estado normal de pessoa combativa e esquentada. Porém, durante uma hora depois do sexo eu a tenho doce e submissa. Gosto de chamar isso de "amansamento temporário da mulher ranzinza". São os melhores momentos da minha vida! Nesses momentos, Olivia olha para mim como se eu fosse o cara. Às vezes, eu posso até ouvi-la dizer isso...

Você é o cara, Caleb. Você é o cara.

— Quer dizer que há pessoas que não fazem como se deve? Ou seja, de maneira... errada? — Suas sobrancelhas se erguem. — Há um modo errado de se fazer isso?

— Tudo está errado quando você não faz parte da equação, duquesa.

Posso afirmar que minhas palavras a agradaram. Ela pula para mais perto de mim, jogando a perna em cima da minha cintura. Passo os dedos levemente por sua espinha, e quando alcanço sua bunda — a mais perfeita do mundo —, espalmo a mão e a deixo lá.

Olivia se remexe, e eu sei o que ela quer:

— De novo? — Coloco um dedo dela na boca, e a faço estremecer.

— Sim, de novo — responde. — E de novo, de novo, de novo...

EPÍLOGO

OLIVIA E EU NUNCA NOS CASAMOS. SOFREMOS DANOS demais em nossa luta para ficarmos juntos. Parece quase um erro nos casarmos depois de tudo que fizemos em nome do nosso amor.

Nessa noite muito especial, em Paris, fazemos juras de amor um ao outro. Estamos em nosso hotel, sentados lado a lado no chão, diante da janela aberta. Podemos ver a Torre Eiffel em toda a sua glória, enrolados nas cobertas onde acabamos de fazer amor. Estamos escutando tranquilamente os sons da cidade quando subitamente ela se vira para mim.

— Os mórmons acreditam que quando se casam nesta vida permanecem casados na próxima. O que acha de nos convertermos ao mormonismo?

— Bem, duquesa, essa, sem dúvida, é uma alternativa interessante para o nosso caso. Mas e se tivermos de passar a próxima vida com as primeiras pessoas com quem nos casamos?

Ela sorri com malícia.

— Daí você iria se foder bem mais do que eu.

Eu rio com tanta vontade que nós dois caímos de costas no carpete. Nossos corpos se misturam, se entrelaçam, e nossos rostos acabam quase encostados de tão próximos. Estendo a mão para tocar o pequeno objeto oval que ela carrega preso a uma corrente ao redor do pescoço. É a nossa moeda do beijo. Olivia a transformou em um colar, e jamais a tira do pescoço.

— Para onde vamos na próxima vida eu não sei. Só sei que estaremos juntos — digo.

— Então tomara que não sejamos enviados para o inferno, pois Leah vai estar lá...

— Sem dúvida... E se já foi um inferno lidar com ela aqui, imagine no próprio inferno, que é a casa dela! — E de novo nós rimos muito à custa da minha ex. — Preste atenção, Olivia. Eu farei o que for preciso para protegê você. Vou mentir, trapacear e até roubar para defendê-la. Vou apoiá-la quando estiver sofrendo e vou lhe dar ânimo quando estiver deprimida. Não irei embora jamais, nem mesmo se você me pedir. Acredita em mim?

— Sim... meu amor. — Ela toca meu rosto com as pontas dos dedos. — Você é forte o suficiente para proteger o seu coração e o meu. E o *seu* coração *do* meu. Eu lhe darei tudo o que tenho, porque, no exato dia em que o conheci, eu me tornei sua.

Eu a beijo e estendo o meu corpo sobre o dela.

E é isso. Nossos corações estão casados.

Nós brigamos. Nós fazemos amor. Cozinhamos refeições fartas e comemos até quase passar mal. Depois de defender um assassino e ganhar o caso, Olivia vende sua parte nos negócios e nós nos mudamos para a nossa casa em Naples. Ela diz que, se continuar defendendo criminosos, acabará mesmo indo para o inferno, e a última coisa que deseja é passar a eternidade tendo Leah como vizinha. Ela monta seu próprio escritório, e eu trabalho em casa. Nós cultivamos vegetais. Olivia tem "dedo podre": mata todas as plantas. Quando ela não está olhando, eu cuido das plantas até recuperá-las, e então a convenço de que tem mão boa para o cultivo. Olivia morre de orgulho dos seus (meus) tomates.

Tentamos ter um bebê, mas Olivia sofreu aborto espontâneo duas vezes. Aos 35 anos de idade recebeu o diagnóstico de câncer no ovário e teve de fazer uma cirurgia de remoção do útero. Isso a fez chorar por um ano. Tentei ser forte, principalmente porque ela precisava que eu fosse forte. Nessa época, eu tive muito medo de perdê-la; não para Noah, nem para Turner, nem para os próprios fantasmas dela; temi perdê-la para o câncer. E o câncer era um inimigo que eu não queria enfrentar. Quase todos os dias eu implorava a Deus para que a deixasse viver e fizesse o câncer ir embora. Eu pedia exatamente isso a Ele — que fizesse o câncer ir embora —, como se eu tivesse 5 anos de idade e um bicho-papão estivesse escondido em meu armário. Deus deve ter escutado minhas preces, porque o câncer jamais voltou e o bicho-papão desapareceu. Minhas mãos ainda tremem quando eu penso nessa época.

Eu adoraria ter dado um bebê à Olivia. Às vezes, quando ela fica no escritório até tarde, eu me sento no aposento que teria sido o quarto das crianças e penso no passado. É um jogo inútil e torturante, mas acredito que eu mereça isso, por ser um homem imperfeito e estúpido. Olivia não gosta de me ver pensativo. Diz que meus pensamentos são intensos demais e a deprimem. Ela provavelmente está certa. Mas eu odiaria que ela visse o que eu vejo: o fato de que, se tivéssemos feito as coisas direito, se eu tivesse lutado mais, se ela tivesse lutado menos, nós teríamos ficado juntos bem mais cedo. Nós poderíamos ter tido nosso bebê antes que fosse tarde demais — antes que seu corpo tornasse isso impossível. Infelizmente, não tivemos. E sempre sentiremos um vazio no coração por causa disso.

Eu cheguei à conclusão de que não há regras estabelecidas para seguirmos na vida. Você faz o que é necessário para sobreviver. Se isso significa fugir do amor de sua vida para preservar a sua sanidade, você faz isso. Se significa partir o coração de alguém para não ferir o seu próprio coração, você faz. A vida é complicada — complicada demais para se resumir a verdades absolutas. A vida quebra a todos em pedaços. Se você conseguisse sacudir uma pessoa como se fosse uma lata de refrigerante, escutaria as batidas de seus pedaços quebrados. Pedaços quebrados de nossos pais ou de nossas mães ou de nossos amigos ou de estranhos ou de nossos amores. Olivia conseguiu colar muitos dos pedaços quebrados que carregava consigo. "*O amor é uma ferramenta enviada por Deus*", ela me diz. "*Ela fixa no lugar as coisas que estavam soltas e remove todos os pedaços quebrados que não lhe servem mais.*" Eu acredito nela. Nós consertamos um ao outro com o nosso amor, continuamente. Daqui a alguns anos, espero ouvir apenas música quando sacudir Olivia.

Leah voltou a se casar e agora tem outro filho. É um garoto, felizmente. Quando Estella fez 9 anos, veio morar conosco. Apesar da condição de "madrasta", Estella ama Olivia. Ambas têm o mesmo senso de humor, e muitas vezes sirvo de alvo para as suas brincadeiras e piadas. Algumas noites eu chego em casa e as vejo sentadas lado a lado no sofá, com os pés apoiados na mesinha de centro, laptops abertos, conversando sobre garotos. Olivia lamenta que não houvesse Facebook em sua época de menina. Diz isso todos os dias. Não sei ao certo se essa química imediata entre as duas espanta mais a mim ou a Leah.

Leah ainda odeia Olivia. Olivia está grata a Leah por ter permitido que ficássemos com Estella. Para nosso grande alívio, Estella não se parece em nada com a mãe, a não ser pelo cabelo ruivo, é claro. Na família, virou piada o fato de ninguém ter a mesma cor de cabelo. Negro, vermelho e castanho. Nós chamamos atenção nas ruas. Estamos criando um pequeno ser humano definitivamente lindo. Estella quer ser escritora e contar nossa história algum dia.

Nós vamos ficar bem. É o que acontece quando duas pessoas são hábeis. Elas simplesmente procuram resolver as coisas até que fiquem bem.

Nós transamos todos os dias, sem exceção — custe o que custar. Olivia é a única mulher que conheço que se torna mais bela com a idade. E eu só tenho olhos para ela.

AGRADECIMENTOS

E A JORNADA TERMINA AQUI!

Depois de oito anos amando os meus personagens, mesmo com suas mentiras, eu posso finalmente seguir em frente.

Para as mães, e pais, e amigos, e inimigos: eu roubo trechos de suas palavras e momentos de suas vidas para colocar em minhas histórias.

Eu devo tudo aos meus leitores: apaixonados, dedicados, um pouco insanos. Assim como eu! Obrigada. Eu escrevi isso para vocês. Eu jamais esquecerei as sessões de autógrafos, os presentes, os *scrapbooks*, os e-mails e o assédio.

Obrigada aos blogueiros por empoderarem o autor. E aos autores que empoderam outros autores com suas palavras inebriantes.

Eu serei para sempre grata por tudo isso.

Tarryn

**ASSINE NOSSA NEWSLETTER E RECEBA
INFORMAÇÕES DE TODOS OS LANÇAMENTOS**

www.faroeditorial.com.br